UN DIMANCHE
À LA PISCINE À KIGALI

D0809238

DU MÊME AUTEUR

Douces Colères, VLB, 1989.

Trente artistes dans un train, Art global, 1989.

Chroniques internationales, Boréal, 1991.

Québec, Hermé, 1998.

Nouvelles Douces Colères, Boréal, 1999.

Gil Courtemanche

UN DIMANCHE
À LA PISCINE À KIGALI

roman

Boréal

Les Éditions du Boréal remercient le Conseil des Arts du Canada
ainsi que le ministère du Patrimoine canadien et la SODEC
pour leur soutien financier.

Les Éditions du Boréal bénéficient également du Programme
de crédit d'impôt pour l'édition de livres du gouvernement du Québec.

Les citations des poèmes de Paul Éluard sont tirées de : Paul Éluard,
Œuvres complètes, Gallimard, coll. « Bibliothèque de la Pléiade », 1968.

© 2000 Les Éditions du Boréal
Dépôt légal : 4ᵉ trimestre 2000
Bibliothèque nationale du Québec

Diffusion au Canada : Dimedia
Diffusion et distribution en Europe : Les Éditions du Seuil

Données de catalogage avant publication (Canada)

Courtemanche, Gil

Un dimanche à la piscine à Kigali

ISBN 2-7646-0071-2

I. Titre.

PS8555.O826D55	2000	C843'.6	C00-941581-5
PS9555.O826D55	2000		
PQ3919.2.C68D53	2000		

À mes amis rwandais
emportés par la tourmente

Émérita, André, Cyprien, Raphaël,
Landouald, Hélène, Méthode

À quelques héros obscurs
qui vivent toujours

Louise, Marie, Stratton, Victor

Finalement, à Gentille qui me servit
des œufs ou de la bière
et dont je ne sais si elle est morte ou vivante.

J'ai voulu parler en votre nom.
J'espère ne pas vous avoir trahis.

Préambule

Ce roman est un roman. Mais c'est aussi une chronique et un reportage. Les personnages ont tous existé et dans presque tous les cas j'ai utilisé leur véritable nom. Le romancier leur a prêté une vie, des gestes et des paroles qui résument ou symbolisent ce que le journaliste a constaté en les fréquentant. C'est pour mieux dire leur qualité d'hommes et de femmes assassinés que j'ai pris la liberté de les inventer un peu. Quant aux dirigeants et responsables du génocide, ils ont conservé dans ce livre leur véritable identité. Certains lecteurs mettront sur le compte d'une imagination débordante quelques scènes de violence ou de cruauté. Ils se tromperont lourdement. Pour en avoir la preuve, ils n'auront qu'à lire les sept cents pages de témoignages recueillis par l'organisme African Rights et publiés en anglais sous le titre de *Rwanda : Death, Despair and Defiance* (African Rights, Londres, 1995).

G. C.

1

Au centre de Kigali, il y a une piscine entourée d'une vingtaine de tables et de transats en résine de synthèse. Puis, formant un grand L qui surplombe cette tache bleue, l'hôtel des Mille-Collines avec sa clientèle de coopérants, d'experts internationaux, de bourgeois rwandais, d'expatriés retors ou tristes et de prostituées. Tout autour de la piscine et de l'hôtel se déploie dans un désordre lascif la ville qui compte, celle qui décide, qui vole, qui tue et qui vit très bien merci. Le centre culturel français, les bureaux de l'Unicef, la Banque centrale, le ministère de l'Information, les ambassades, la présidence qu'on reconnaît aux chars d'assaut, les boutiques d'artisanat qu'on fréquente la veille du départ pour se débarrasser du surplus de devises achetées au marché noir, la radio, les bureaux de la Banque mondiale, l'archevêché. Encerclant ce petit paradis artificiel, les symboles obligés de la décolonisation : le rond-point de la Constitution, l'avenue du Développement, le boulevard de la République, l'avenue de la Justice, la cathédrale laide et moderne. Plus bas, presque déjà dans les bas-fonds, l'église de la Sainte-Famille, masse de briques rouges qui dégorge des pauvres endimanchés vers des venelles de terre bordées de maisons façonnées de la même terre argileuse. Juste assez loin de la piscine pour qu'elles n'empestent pas les gens importants, des milliers de petites maisons rouges, hurlantes et joyeuses d'enfants, agonisantes de sidéens et de paludéens, des milliers de petites maisons qui ne savent rien de la piscine autour de laquelle on organise leur vie et surtout leur mort annoncée.

Autour du jardin de l'hôtel croassent des choucas énormes comme des aigles et nombreux comme des moineaux. Ils tournoient dans le ciel en attendant, comme les humains qu'ils surveillent, le moment de l'apéro. À cet instant, les bières apparaissent tandis que les corbeaux se posent sur les grands eucalyptus qui encerclent la piscine. Quand les corbeaux se sont perchés, arrivent les buses qui s'emparent des branches les plus hautes. Gare au vulgaire choucas qui n'aura pas respecté la hiérarchie. Ici, les oiseaux imitent les hommes.

À cette heure précise où les buses s'installent autour de la piscine, les parachutistes français, dans leurs transats de résine, se donnent des airs de Rambo. Ils reniflent toutes les chairs féminines qui s'ébattent dans l'eau puant le chlore. La fraîcheur importe peu. Il y a du vautour dans ces militaires au crâne rasé à l'affût au bord d'une piscine qui est le centre de l'étal, là où s'exhibent les morceaux les plus rouges et les plus persillés, autant que les flasques et les maigres bouts de chair féminine dont l'unique distraction est ce plan d'eau. Dans la piscine, le dimanche et tous les jours vers cinq heures, quelques carcasses rondouillettes ou faméliques troublent l'eau sans se douter que les paras n'ont peur ni de la cellulite ni de la peau que seule l'habitude retient aux os. Si elles savaient quel danger les menace, elles se noieraient d'extase anticipée ou entreraient au couvent.

En ce dimanche tranquille, un ancien ministre de la Justice se livre à d'intenses exercices d'échauffement sur le tremplin. Bien sûr, il ignore que ces amples moulinets font glousser les deux prostituées dont il attend un signe de reconnaissance ou d'intérêt pour se jeter à l'eau. Il veut séduire car il ne veut pas payer. Il percute l'eau comme un bouffon désarticulé. Les filles rient. Les paras aussi.

Autour de la piscine, des coopérants québécois rivalisent de rires bruyants avec des coopérants belges. Ce ne sont pas des amis ni des collègues, même s'ils poursuivent le même but : le développement, mot magique qui habille noblement les meilleures ou les plus inutiles intentions. Ce sont des rivaux qui expliquent à leurs interlocuteurs locaux que leur forme de développement est meilleure que celle des autres. Ils ne s'entendent finalement que sur le vacarme qu'ils créent. Il faudrait bien inventer un mot pour ces Blancs qui parlent, rient et boivent pour que la piscine prenne conscience de leur importance, non, même pas, de leur anodine existence. Choisissons le mot « bruyance », parce qu'il y a du bruit, mais aussi l'idée de continuité dans le bruit, l'idée d'un état permanent, d'un croassement éternel. Ces gens, dans ce pays timide, réservé et souvent menteur, vivent en état de bruyance, comme des animaux bruyants. Ils vivent également en état de rut.

Le bruit est leur respiration, le silence est leur mort, et le cul des Rwandaises, leur territoire d'exploration. Ce sont des explorateurs bruyants du tiers-cul. Seuls les Allemands, quand ils descendent en force sur l'hôtel comme un bataillon de comptables moralisateurs, peuvent rivaliser de bruyance avec les Belges et les Québécois. Les Français d'importance ne fréquentent pas cet hôtel. Ils se barricadent au Méridien avec les hauts gradés rwandais et avec les putes propres qui sirotent du whisky. À l'hôtel, les putes sont rarement propres. Elles boivent du Pepsi en attendant qu'on les choisisse et qu'on leur offre de la bière locale, ce qui leur permettra peut-être de se voir offrir plus tard un whisky ou une vodka. Mais, en femmes réalistes, elles se contentent aujourd'hui d'un Pepsi et d'un client.

Ces observations, Valcourt, qui est aussi québécois mais qui l'a presque oublié depuis longtemps, les note autant qu'il les marmonne, souvent avec rage, parfois avec tendresse, mais toujours ostensiblement. Pour qu'on sache, tout au moins pour qu'on imagine, qu'il écrit sur eux, pour qu'on lui demande ce qu'il écrit, puis qu'on s'inquiète de ce livre qu'il ne cesse d'écrire depuis que le Projet l'a plus ou moins abandonné. Il lui arrive même de faire semblant d'écrire, afin de montrer qu'il existe, aux aguets et sérieux comme ce philosophe désabusé qu'il prétend être quand il est à court d'excuses à propos de lui-même. Il n'écrit pas de livre. Il écrit pour mettre du temps entre les gorgées de bière ou pour indiquer qu'il ne souhaite pas être dérangé. En fait, un peu comme une buse perchée, Valcourt attend qu'un morceau de vie l'excite pour déployer ses ailes.

Apparaît, au bout de la terrasse, marchant lentement et pompeusement, un Rwandais qui revient de Paris. On le sait à ses vêtements sport si neufs que leur jaune et leur vert choquent même les yeux protégés par des lunettes de soleil. On ricane à une table d'expatriés. On l'admire à quelques tables locales. Le Rwandais qui revient de Paris flotte sur un tapis volant. De la poignée de son attaché-case en croco pendent des étiquettes de Première Classe et de chez Hermès. Il a probablement en poche, outre d'autres étiquettes prestigieuses, une licence d'importation pour quelque produit de seconde nécessité qu'il vendra à un prix de première nécessité.

Il commande une verveine-menthe à si haute voix que trois corbeaux quittent l'arbre le plus rapproché. Gentille, qui vient de terminer ses études de service social et qui est stagiaire, ne sait pas ce qu'est une verveine-menthe. Intimidée, elle lui murmure, si doucement qu'elle ne s'entend pas elle-même, qu'il n'y a que deux marques de bière, la Primus et la Mutzig. Le Rwandais, qui n'écoute pas sur son tapis volant, précise qu'il désire bien évidemment la meilleure, même si c'est plus cher. Gentille lui apportera donc une Mutzig qui pour certains est la meilleure, et la plus chère pour tout le monde. Valcourt griffonne fébrilement. Il décrit la scène et exprime son indignation, ajoutant quelques notes sur les horreurs de la corruption africaine, mais il ne bouge pas.

Le Rwandais de Paris crie : « Petite conasse, et je connais le ministre du Tourisme, sale Tutsie qui couche avec un Blanc pour travailler à l'hôtel. » Il hurle devant sa Mutzig qui n'est pas une verveine-menthe. Et Gentille, qui a un nom aussi joli que ses seins, si pointus qu'ils font mal à son chemisier empesé, Gentille, qui a un visage encore plus beau que ses seins, et un cul plus troublant dans son insolente adolescence que son visage et que ses seins, Gentille, qui n'a jamais souri ni parlé tellement sa beauté la gêne et la paralyse, Gentille pleure. Seulement quelques larmes et un petit snif qu'ont encore les jeunes filles avant que s'installent entre leurs cuisses des odeurs d'homme. Depuis six mois que Valcourt ne pense qu'à une chose entre les cuisses d'Agathe qui vient dans sa chambre quand elle n'a pas de client, plutôt que de prendre le risque de rentrer la nuit à pied à Nyamirambo, depuis six mois qu'il bande à moitié dans Agathe parce qu'il veut transformer les seins de Gentille en seins de femme, depuis six mois qu'il bande seulement quand Gentille promène ses seins gentils entre les tables de la terrasse ou de la salle à manger, Valcourt n'entretient plus qu'un seul projet, « enfiler » Gentille, expression favorite de Léautaud qu'il a découvert à cause d'une femme plus cruelle que tous les mots de l'horrible Paul et qui l'a laissé en morceaux épars comme une carcasse mal débitée sur un étal sanglant.

« Je suis le neveu du président ! » hurle encore le Rwandais qui revient de Paris.

Non, il n'est pas un des neveux du président. Valcourt les connaît tous. Celui qui au Québec se donne des airs d'étudiant en sciences politiques, mais qui organise les escadrons de la mort faisant la chasse aux Tutsis, la nuit, à Remero, à Gikondo ou à Nyamirambo. Et l'autre qui contrôle la vente des préservatifs offerts par l'aide internationale, et l'autre encore, le sidéen, qui croit qu'en baisant de jeunes vierges il se libère de son empoisonnement, et les trois autres qui sont militaires et protecteurs des putains du Kigali Night, les putains les plus « propres » de Kigali, que les paras français se tapent sans capote dans les bosquets qui entourent le bar, parce qu'Eugène, Clovis et Firmin, les neveux du président, leur disent qu'ils les baisent sans capote et qu'ils ne sont pas malades. Et ces petits cons de corbeaux tricolores qui les croient. D'autant plus que le Kigali Night appartient à un des fils du président.

Gentille, déjà timide, marche maintenant comme une femme en deuil. Valcourt commande « une grosse Mutzig, ma petite Gentille ». Il vient près de prononcer quelques mots pour la réconforter, mais se sent bêtement démuni devant cette jeune femme trop belle. Et puis il sera bientôt six heures et, autour de la piscine, tous les acteurs du rituel quotidien de l'apéro auront pris place dans la même mise en scène que la veille. Et Valcourt jouera son rôle, comme tous les autres. Le stylo Mont-Blanc bouge : « Je me fais un fondu aux Noirs. »

Voilà Raphaël et sa bande de copains qui travaillent à la Banque populaire du Rwanda. Ils repartiront à minuit quand le bar du quatrième fermera. Et monsieur Faustin, qui sera premier ministre quand le président donnera la démocratie à ses enfants. Viendront se joindre à lui les autres membres de la table de l'opposition, Landouald, ministre du Travail qui est entré en politique pour faire plaisir à sa femme, une Québécoise libérée, et quelques autres qui feront des courbettes en allant trois fois se servir au buffet. Un conseiller de l'ambassade de Belgique affichera une mine circonspecte en s'arrêtant quelques minutes afin de ne diplomatiquement rien dire des accords de paix et de transfert des pouvoirs que le président accepte tous les six mois mais ne signe jamais, sous prétexte que c'est la saison des pluies, que sa femme est à Paris, que les dernières cargaisons d'armes ne sont toujours pas arrivées du Zaïre ou que le mari de sa secrétaire est malade.

Depuis deux ans, tous les jours à la piscine, on parle inlassablement du changement qui se prépare, on déclare qu'il sera là demain ou mardi, mercredi au plus tard. Mais cette fois, c'est vrai, et un grand frisson de rumeur saisit les habitués. Le mari de la secrétaire du président est mort du sida il y a deux jours à Paris où il était hospitalisé depuis six mois. C'est Émérita, taxiwoman, businesswoman, le meilleur taux au marché noir du franc rwandais, qui est venue le dire à monsieur Faustin. Un médecin du Val-de-Grâce, arrivé ce matin, l'a dit au premier secrétaire de l'ambassade de France, qui l'a répété à Émérita qui lui rend de menus services, tout en sachant qu'elle s'empresserait d'annoncer la nouvelle à monsieur Faustin. Le mari de la secrétaire du président était un parfait idiot qui se contentait d'exploiter sa licence exclusive d'importation des pneus Michelin, mais la rumeur veut que sa femme ne doive pas son ascension foudroyante dans les rangs de la fonction publique à ses prouesses dactylographiques. Le service de renseignements de l'ambassade, joint par un des frères de madame la présidente il y a quelques mois, a rassuré ce quémandeur désintéressé : tout cela n'était que racontars malicieux provenant des milieux de l'opposition.

Peu importe, dans une demi-heure, quand Émérita aura terminé son Pepsi après avoir parlé à Zozo le concierge, une nuée de chauffeurs de taxi partira pour la ville. Ce soir, de Gikondo à Nyamirambo, en passant par Sodoma, le bien nommé quartier des putes, on imaginera, puis on déclarera que le président se meurt du sida. Demain, cela se dira à Butare et après-demain à Ruhengeri, le fief du président. Dans quelques jours, quand le président sera le dernier à apprendre qu'il se meurt du sida, il fera une énorme colère et des têtes tomberont. Ici, les rumeurs tuent. Ensuite, on les vérifie.

Dans le même avion que le médecin du Val-de-Grâce et sa meurtrière nouvelle sont arrivés les dix exemplaires de *L'Express* et de *Paris-Match* qu'on s'échangera durant un mois et les fromages français un peu trop ou pas assez faits qui seront mangés en grande pompe trimestrielle à la salle à manger de l'hôtel.

Autour de la piscine, on discute de deux sujets importants. Les Blancs consultent la liste des fromages et inscrivent leur nom sur le feuillet de réservation. On viendra même du parc des Gorilles à la frontière du Zaïre pour déguster le traditionnel buffet de fromages français, dont la première pointe sera coupée par l'ambassadeur lui-même. Aux tables occupées par des Rwandais, en majorité des Tutsis ou des Hutus de l'opposition, on a baissé le ton. On parle de la maladie du président considérée déjà comme un fait avéré, et de la date probable de sa mort et de sa succession. André, qui distribue des capotes pour une ONG canadienne et qui à ce titre est un expert en matière de sida, calcule fébrilement. D'après la rumeur, il baiserait depuis trois ans avec sa secrétaire. S'il a été assidu et que le mari de sa secrétaire ait déjà le sida et que les dieux soient avec nous, le président Juvénal en a pour au plus un an. On applaudit à tout rompre. Seul Léo, un Hutu qui se dit modéré pour pouvoir baiser la sœur de Raphaël, seul Léo n'applaudit pas. Léo est journaliste à la télévision qui n'existe toujours pas et que Valcourt devait mettre sur pied. Léo n'est pas modéré, c'est seulement qu'il bande pour Immaculée. Léo, même s'il vient du Nord, la région natale du président, est devenu récemment membre du PSD, le parti du Sud. Au bar de la piscine, ce geste courageux en a impressionné plus d'un et Léo pavoise. Il faut préciser que la seule pensée de pouvoir dévêtir Immaculée donnerait des convictions à plus d'un pleutre. Mais Léo est aussi tutsi par sa mère. Léo, dans la tourmente naissante, cherche le camp qui sauvera sa petite personne et lui permettra de réaliser son rêve : devenir journaliste au Canada. Les Rwandais sont gens de façade. Ils manient la dissimulation et l'ambiguïté avec une habileté redoutable. Léo est une caricature de tout cela. Il est absolument double. Père hutu, mère tutsie. Corps tutsi, cœur hutu. Carte du PSD et rédacteur des discours de Léon, l'idéologue extrémiste hutu, dit l'Épurateur, ou le Lion Vengeur. Discours de colline, vêtements du 6e arrondissement. Peau de Noir, rêves de Blanc. Heureusement, pense Valcourt, Immaculée n'entretient que mépris et dédain pour Léo qui s'escrime en fleurs et en chocolats.

Valcourt n'a pas rejoint, comme il le fait chaque soir, ses copains rwandais. La détresse de Gentille le retient à sa table. La bêtise du Rwandais de Paris le révolte. Mais il est un peu lassé depuis quelque temps du discours obsessionnel de ses amis et encore plus de leur langue ampoulée, ornée, prétentieuse, souvent surannée. Ils ne parlent pas, ils déclarent, ils déclament, non pas des vers, mais des slogans, des formules, des communiqués de presse. Ils parlent des massacres qu'ils prévoient avec l'assurance des météorologues et du sida qui les ronge comme des prophètes de l'Apocalypse. Valcourt connaît les massacres, les attentats et le sida par cœur, mais il voudrait bien parfois parler de fleurs, de cul ou de cuisine. Il entend Raphaël qui annonce : « Nous en sommes à la fin des temps, rongés par deux cancers, la haine et le sida. Nous sommes un peu comme les derniers enfants de la terre…» Valcourt se bouche les oreilles.

L'ambassadeur du Canada arrive et, sans saluer qui que ce soit, s'installe à la table la plus proche du buffet. Lucien porte encore le tee-shirt sur lequel on peut lire « *Call Me Bwana* ». Lisette, qui est désespérée depuis qu'elle s'est fait voler son sac de golf, maugrée. Imaginez sa désolation. Elle est gauchère, la seule gauchère parmi tous les membres du Golf Club de Kigali qui étend ses fairways mal entretenus dans une petite vallée que surplombent l'arrogant édifice du Conseil national du développement, les villas luxueuses des favoris du régime, les résidences d'ambassadeurs et le Club belge. Dans ce pays de merde qu'elle exècre, le golf constitue son seul plaisir, sa seule activité civilisée. Être nommée à Kigali quand on a dix-sept ans de service dans la Carrière, c'est une invitation à démissionner. Mais il y a des gens aveugles et sourds qui s'entêtent. L'ambassade n'est en fait qu'une succursale, qu'une dépendance de Kinshasa, ville encore plus invivable que Kigali, mais quand on ne sait rien d'autre que l'art de mentir poliment, mieux vaut vivre à Kigali que de répondre au téléphone dans les bureaux du ministère à Ottawa. Lisette souffre luxueusement.

Le rire de la bande de Raphaël est de courte durée. Les trois beaux-frères du président apparaissent, suivis du directeur adjoint belge de l'hôtel et de cinq militaires de la garde présidentielle. Mais la piscine affiche complet. L'ancien ministre de la Justice, encore tout dégoulinant, se précipite vers les trois hommes, mais sa table est au soleil et ces messieurs veulent s'asseoir à l'ombre. Or, toutes les tables qui conviennent sont occupées par des Blancs ou par la bande de Raphaël qui, bien sûr, ne bougera pas. Situation délicate pour le directeur adjoint, mais il est miraculeusement sauvé par le directeur lui-même qui, passant par hasard, déloge sa femme et ses beaux-parents pour faire place aux trois piliers de l'*Akazu**.

Le Canada est maintenant au grand complet. Le commandant des troupes de l'ONU vient d'arriver. Miracle de mimétisme, il incarne parfaitement son pays ainsi que son employeur, un peu comme ces maîtres amoureux de leur chien qui en adoptent l'allure et le comportement. Effacé, timide, peu disert et naïf comme le Canada ; fonctionnaire, méticuleux, légaliste, bureaucrate exemplaire et angélique comme le Grand Machin. Du monde, il connaît les aéroports, les grands hôtels de Genève, de Bruxelles et de New York et les centres d'études stratégiques. De la guerre, il a bien vu des images à CNN. Il a lu quelques livres, dirigé des exercices et envahi plusieurs pays sur le papier. De l'Afrique enfin, il connaît la couleur et quelques odeurs auxquelles il ne parvient toujours pas à s'habituer, même s'il tente de les noyer en maniant avec dextérité les bombes de désodorisant fragrance « sapin québécois » et s'asperge de Brut, eau de Cologne très prisée par les militaires et les policiers. Moustache de commis, regard triste, le major général est

---

* Signifie « maison » ou « famille ». Désignait la famille du président, et en particulier les trois frères de sa femme Agathe, qui contrôlaient la majorité des richesses, licites ou illicites, du Rwanda.

d'autre part un honnête homme et un bon catholique. L'évidente piété du dictateur et de sa famille ainsi que leur fréquentation assidue des évêques le touchent au plus haut point. Voilà de braves gens. Leurs quelques excès doivent être imputés à un atavisme bien africain plutôt qu'à la vénalité insatiable et à la cruauté sanguinaire que leur prêtent méchamment tous ces Tutsis ambitieux, qui prétendent jouer le jeu de la démocratie mais qui n'aspirent en fait qu'à établir une nouvelle dictature. L'archevêque de Kabgaye le lui a longuement expliqué, un matin après la grand-messe solennelle à laquelle il avait assisté en compagnie de son nouveau secrétaire personnel, gentil jeune homme qui a étudié au Québec et qui jouit du précieux avantage d'être un neveu du dictateur. Sur le chemin du retour, Firmin, le neveu, a confirmé les propos de Monseigneur, tout en oubliant de dire au major général que le grassouillet représentant de Sa Sainteté polonaise était le confesseur particulier de la famille Habyarimana et membre du Comité directeur du parti unique.

Homme sans préjugés, car il est homme de devoir, le major général n'est pas mécontent de ce séjour en Afrique centrale. On aurait pu l'envoyer en Somalie ou en Bosnie. Ici, ce n'est pas la paix, mais ce n'est surtout pas la guerre, malgré les combats sporadiques qui se déroulent à la frontière ougandaise. Presque aussi reposant qu'une mission à Chypre. En fait, le major général entrevoit cette mission comme dix-huit mois de repos bien mérité, loin de la paperasse et des ronds de jambe onusiens. On lui a demandé à New York d'interpréter son mandat de la façon la plus restrictive possible. On lui a donné peu de moyens militaires, au cas où il serait tenté de faire preuve d'audace.

De telle sorte que le major général a déjà oublié ou presque que les forces des Nations unies doivent non seulement veiller au respect des accords de paix, mais aussi maintenir la sécurité dans la capitale.

Une grenade explose. Juste assez loin de la piscine pour que ce soit ailleurs. Seul le major général a sursauté. Il n'est pas encore habitué à la paix qui tue quotidiennement. Il a renversé un peu de soupe sur son uniforme. Le major général regarde, inquiet, autour de lui. Nul n'a remarqué sa nervosité. Rassuré, quoique suant abondamment, il plonge de nouveau sa cuillère dans la soupe de haricots noirs.

Douze corbeaux français plongent en même temps dans la piscine : trois femmes venaient de s'y glisser. Les corbeaux se transforment parfois en crocodiles.

Valcourt ferme son carnet. Depuis quelque temps, la pièce de théâtre vaguement surréaliste qui se joue chaque jour à la piscine ne l'intéresse plus. L'intrigue est cousue de fil blanc, le comportement des personnages, prévisible comme dans un téléroman. Il se demande s'il n'a pas fait son temps ici. Il avait voulu vivre ailleurs. C'est fait. Ce soir, il a l'impression de nager en rond dans un aquarium. Il commande une autre bière à Gentille qui n'a toujours pas relevé la tête même si le Rwandais de Paris n'est plus là.

2

Quand, un 10 avril, quarante-cinq centimètres de neige ensevelirent Montréal qui avait déjà commencé à fêter le printemps, Bernard Valcourt ne connaissait du Rwanda que sa situation géographique et le fait que deux ethnies, les Hutus, largement majoritaires, et les Tutsis, environ quinze pour cent de la population, s'y livraient une guerre civile larvée. Il buvait dans le bar d'un hôtel après avoir assisté à un colloque sur le développement et la démocratie en Afrique. La neige cesserait peut-être après quelques bières et il pourrait rentrer à pied. Et puis, rien ne l'attirait chez lui. Depuis que sa fille était partie comme toutes les filles le font quand elles deviennent amou-reuses, depuis que Pif, son chat, ainsi nommé parce qu'il était le frère de Paf, était mort, comme sa sœur, de simple et bête vieillesse, son appartement ne lui parlait que de sa solitude. Quelques femmes gentilles y dégrafaient leur soutien-gorge, une ou l'autre y avait dormi, pris le petit-déjeuner, mais aucune n'avait passé le test du matin. Il avait connu, depuis la mort de sa femme, cinq ans plus tôt, une seule passion, un amour fou, dévorant, magnifique, tellement qu'il n'avait su comment le vivre. La passion se nourrit d'abandon. Il n'avait pas encore atteint cet état de liberté totale qui détruit la peur de l'inconnu et permet de voler. Quant à son travail de réalisateur à Radio-Canada, il le percevait de plus en plus comme une tâche monotone, un fardeau fastidieux.

Un grand barbu élégant qui avait ânonné quelques platitudes sur les médias en Afrique se présenta.

— Claude Saint-Laurent, directeur du développement de la démocratie à l'Agence canadienne de développement international. Je peux m'asseoir?

Et il commanda deux bières. Le fonctionnaire lui expliqua que le Canada, pays sans importance dans le concert des nations, exerçait néanmoins dans certaines régions du monde une influence qui pouvait en déterminer l'avenir et surtout l'accès à la démocratie. C'était le cas du Rwanda. Le gouvernement canadien avait accepté d'y financer avec quelques autres partenaires l'établissement d'une télévision dont la première mission serait éducative, en particulier dans les domaines de la santé communautaire et du sida.

— On commence par les besoins hygiéniques, par des émissions sur la prévention, sur les régimes alimentaires, puis l'information circule, et l'information, c'est le début de la démocratie et de la tolérance.

« *Bullshit* », pensa Valcourt.

— Seriez-vous intéressé à devenir le codirecteur de cette télé?

Valcourt dit oui sans réfléchir même une seconde. Il donna ses meubles à la Société Saint-Vincent-de-Paul et ses tableaux à sa fille, vendit son appartement et sa bibliothèque dont il n'avait conservé que deux livres, les *Essais* de Camus et les *Œuvres complètes* de Paul Éluard, dans l'édition de la Pléiade. Deux mois plus tard, il buvait une Primus au bord de la piscine qui est au centre de Kigali. Cela faisait près de deux ans qu'il vivait dans cette ville bigarrée et excessive. Il ne croyait plus trop au projet de télévision. Le gouvernement ne cessait de trouver des raisons pour en reporter l'inauguration. On faisait des émissions en circuit fermé et le jugement tombait, toujours le même : « Le rôle du gouvernement n'est pas assez souligné. » Quand le gouvernement était satisfait par les touches de propagande qu'on y insérait, c'étaient les pays donateurs, le Canada, la Suisse et l'Allemagne, qui rechignaient. La télé et Valcourt étaient dans un cul-de-sac. Une seule chose le passionnait. Valcourt avait découvert avec effroi que plus du tiers des adultes de Kigali étaient séropositifs. Le gouvernement niait ses propres statistiques. Les sidéens vivaient dans l'opprobre, la honte, la dissimulation, le mensonge. Seules quelques personnes tentaient de faire face à ce cataclysme et, paradoxalement, c'étaient des curés et des religieuses. Des petites sœurs du Lac-Saint-Jean, de Québec ou de la Beauce qui recueillaient les prostituées et leur apprenaient les vertus de la capote. Des curés, des frères également, les poches de leur soutane bourrées de sachets en plastique qu'ils distribuaient sous le regard protecteur du pape, dont la photo ornait leur bureau. À temps perdu, les fins de semaine, les jours fériés, quand il pouvait sortir une caméra discrètement, Valcourt tournait un documentaire sur le sida et ces héros, pieux et pécheurs.

Dès son arrivée à Kigali, il avait été saisi par le paysage, par les collines sculptées de mille jardins, par les brumes languissantes qui caressaient le fond des vallées et aussi par le défi qu'on lui proposait. Il allait enfin être utile, changer le cours des événements. Il s'était dit : « Ma vraie vie commence. »

Mais la vie de Gentille ? Quand commence-t-elle vraiment ?

3

L'histoire de Gentille, qui regarde toujours le sol et sèche ses larmes sous le regard inquisiteur et concupiscent du barman, commence deux fois. La première fois, à une époque où son pays s'appelait le Ruanda-Urundi. Des Allemands s'y étaient installés, mais une guerre dont personne dans son pays n'avait entendu parler changea les Allemands en Belges. On avait expliqué à Kawa, l'arrière-arrière-grand-père de Gentille, que ces soldats, ces fonctionnaires, ces enseignants et ces prêtres tout de blanc vêtus venaient au pays des mille collines pour en faire un protectorat. Une société importante, dont personne n'avait entendu parler non plus, une société qui regroupait des rois, des ministres et autres personnages puissants avait demandé aux Belges de protéger le Ruanda-Urundi. Ils avaient emmené avec eux le Grand Protecteur, un dieu mystérieux et invisible qui se divisait en trois personnes, dont une était un fils. Les Grandes Robes blanches avaient construit pour abriter leur dieu de vastes maisons de briques rouges, ainsi que de plus petites pour eux-mêmes, et d'autres maisons encore dans lesquelles on apprenait à lire et à connaître la vie de la personne qui était le fils du Grand Protecteur. Kawa, qui était hutu et qui désirait une place à la cour du roi tutsi pour son fils aîné, l'inscrivit à l'école, mais refusa de le faire baptiser, car le souverain, le mwami Musinga, résistait à la pression des Grandes Robes blanches. Toutefois, les Belges ne voulaient pas d'un mwami qui croyait en Imana, le créateur, ainsi qu'en Lyangombe, et qui pratiquait la *kuragura,* la divination, et le culte des ancêtres. Monseigneur Classe, le chef des Grandes Robes blanches, obtint que le fils du mwami, Mutara III, devienne roi à condition qu'il abandonne ses croyances anciennes. Mutara III fut baptisé un dimanche de 1931. Le lundi, Kawa accompagna son fils à l'école et demanda au prêtre de le baptiser et de lui donner le nom de Célestin, qui était aussi celui du bourgmestre belge de sa commune. C'est ainsi que Célestin, quelques jours avant sa mort, raconta sa conversion au grand-père de Gentille.

Une fois inscrit à la grande école de Butare, Célestin se mit à lire tout ce que les Grandes Robes blanches avaient écrit. Ces gens devaient vraiment communiquer avec Dieu, car dans leurs livres on pouvait découvrir l'histoire de toute l'humanité. Il apprit bien sûr que la Terre était ronde. Il ne fut pas surpris. Le Soleil et la Lune étant ronds, pourquoi la Terre serait-elle plate ou carrée? Non seulement Célestin était intelligent, mais il tirait vite profit de ce qu'il apprenait. En les fréquentant autant qu'en lisant leurs œuvres, il avait rapidement compris que les Blancs se croyaient supérieurs. Cela ne le dérangeait pas. De tout temps, des individus, des clans, des tribus avaient promené leur supériorité proclamée sur les collines et dans les vallées. Certains usaient de la force, d'autres du commerce, pour s'affirmer, mais toujours, chacun à sa façon et chacun sur sa colline, le Hutu et le Tutsi étaient demeurés polis mais distants, empruntant sans le dire un peu de la sagesse des autres et menant leurs affaires en hommes respectueux.

Célestin était hutu, et seul l'empressement de son père à le faire baptiser lui avait ouvert les portes de la grande école, cette conversion et aussi deux vaches que Kawa, éleveur prospère, avait promis de donner chaque année à la mission pour la remercier de sa générosité. Célestin avait demandé à son père si ce n'était pas sa propre générosité qui s'était manifestée la première. Non, les deux générosités étaient nées simultanément, avait répondu lentement le père après avoir réfléchi plusieurs minutes. C'est ainsi que Célestin apprenait quotidiennement la dissimulation, sorte de demi-mensonge pratiqué depuis toujours par les hommes des collines. Celui qui habite la colline se méfie de l'étranger. Il vit isolé et ne connaît ni l'ami ni l'ennemi. Alors, il se donne le temps de comprendre et, en attendant, il fait semblant. Souvent, il prend toute une vie et ne dit ce qu'il pense que sur son lit de mort. C'est ainsi que parfois, dans ce pays, après des années de fréquentations et de salamalecs, de cadeaux et de conversations joyeuses, un Blanc apprend qu'il n'a jamais été aimé. Les Blancs disent que le Ruanda-Urundi est le royaume des menteurs et des hypocrites. Ils ne comprennent rien à l'insécurité permanente de l'homme des collines. Les Blancs ont des fusils, les Noirs ont des pensées secrètes.

Kawa souhaitait que Célestin connaisse une autre vie que celle de la colline. Il voulait qu'il devienne un «intellectuel». C'est ainsi qu'on nomme encore aujourd'hui ceux qui savent lire et empilent du papier au lieu de traire une vache ou une chèvre. Il irait vivre à Astrida*, la capitale, et deviendrait riche en faisant du commerce avec les coloniaux. Projet légitime qui honorait ce père aimant mais dont il ignorait encore toute la complexité. C'est Célestin, grand lecteur devant l'Éternel, qui lui fit entrevoir les difficultés que comportait sa marche vers la prospérité et la considération sociale.

Célestin avait rapporté à la maison un gros livre écrit par un médecin belge spécialiste des cultures indigènes. Dans son pays, on le considérait comme un grand africaniste. Le roi, la reine, les ministres, les hauts et les bas fonctionnaires puisaient dans cet ouvrage toutes leurs connaissances au sujet du continent mystérieux. Il n'y avait pas de plus grand savant sur le Ruanda que ce médecin. Il connaissait l'histoire de tous les royaumes africains et les caractéristiques de chacun des peuples. Il en faisait une description scientifique, appliquant les grandes théories de la morphologie et de l'anthropologie, comme on commençait depuis peu à le faire en Europe, particulièrement en Allemagne. C'est son professeur, le père Athanase, qui lui avait expliqué tout cela en lui remettant le précieux ouvrage. Il était temps, avait-il dit, s'il voulait devenir un intellectuel, qu'il découvre

---

* Aujourd'hui Butare.

quelles étaient les races pures pour qu'il puisse modeler sur celles-ci son attitude et son comportement. Cela faciliterait d'autant son ascension sociale.

Cette lecture bouleversa toute sa vie, celle de sa famille, de ses enfants et de ses petits-enfants, dont la plus belle et la plus intelligente serait baptisée du nom de Gentille. Il apprit que les Hutus habitaient la région des Grands Lacs depuis des temps immémoriaux et qu'ils descendaient probablement des Bantous, de sauvages guerriers venus du lac Tchad et qui avaient fondé de grands royaumes, comme ceux du Monomotapa et du Kongo, de même que les grandes chefferies zouloues en Afrique du Sud. Ce sont eux qui, bien avant la naissance de Jésus, avaient introduit la métallurgie dans la région et une technique de poterie qui se pratiquait encore aujourd'hui.

Les Tutsis, qui régnaient sur le Ruanda-Urundi depuis des siècles, venaient du Nord, d'Égypte ou d'Éthiopie. Peuple hamite, ils n'étaient pas de vrais nègres, mais probablement des Blancs que des siècles de soleil avaient assombris. Leur haute stature, la pâleur de leur peau et la finesse de leurs traits attestaient de cette noble ascendance et de leur lointaine parenté avec les peuples civilisés.

« Le Hutu, paysan pauvre, est court et trapu et il a le nez caractéristique des races négroïdes. Bon enfant, mais naïf, il est rustre et peu intelligent. Le Hutu est dissimulateur et paresseux, et son caractère est ombrageux. C'est un nègre typique.

« Le Tutsi, éleveur nomade, est grand et élancé. Sa peau est d'un brun clair qui s'explique par ses origines nordiques. Il est intelligent, raffiné et habile au commerce. Il a l'esprit pétillant et le caractère agréable. L'administrateur colonial au Ruanda-Urundi fera bien de s'associer leur concours pour les tâches qu'il jugera bon de confier sans danger à des indigènes*. »

En entendant ces mots, Kawa poussa un cri épouvantable. Tout s'écroulait : sa fierté de patriarche hutu et les ambitions qu'il entretenait pour Célestin. Il n'existait plus, et son fils ne valait pas mieux qu'un lépreux. Déjà, sur la colline, on le regardait d'un air soupçonneux. Oui, maintenant, il s'en rendait compte. Car Kawa était très grand et son nez n'était ni gros ni épaté comme ceux de ses six frères et de ses quarante-neuf cousins. Certes, sa peau était plus foncée que celle des Tutsis qu'il connaissait, mais lorsqu'on le voyait de dos ou de loin ou encore dans un lieu sombre, on ne faisait pas la différence. Bien sûr, il élevait des vaches comme les Tutsis, mais seuls le hasard et un pari fou que son père avait fait il y a très longtemps l'avaient entraîné dans cette voie. Il n'était ni paresseux ni imbécile. On le complimentait pour sa jovialité, on admirait son sens du commerce, et certains Tutsis de rang supérieur se confiaient volontiers à lui.

Si ce médecin avait raison, et il était impossible d'en douter, Kawa et ses parents et ses grands-parents et ses enfants et toute leur ascendance n'étaient ni hutus ni tutsis. À moins qu'un ancêtre ne se soit trompé et que, durant toutes ces saisons passées, ils n'aient été tutsis sans le savoir. Dans le cas contraire, s'ils étaient hutus, ils étaient difformes, des manières de bâtards, et l'avenir ne leur réser-

---

* Sasserath, *Le Ruanda-Urundi, étrange royaume féodal,* cité par Jean-Pierre Chrétien dans *Burundi, l'histoire retrouvée,* Karthala, 1993.

verait qu'embûches et déboires. Kawa demanda à Célestin de prier son nouveau dieu et, pour faire bonne mesure, il invoqua le sien, Imana. On n'est jamais assez prudent. Ni l'un ni l'autre ne semblait apporter de solution à son dilemme. Il fallait consulter les ancêtres, même si cette pratique, la *kuragura*, avait été interdite par les évêques et les bourgmestres.

Kawa ne put fermer l'œil de la nuit. Dix fois au moins, il se leva pour aller marcher dans la bananeraie, espérant un signe du ciel ou une inspiration soudaine qui lui éviterait d'aller chez sa lointaine cousine, une des *umumpfumu** les plus vénérées du district de Kibeho. En vain. Les étoiles étaient sourdes cette nuit-là et le ciel, aveugle et silencieux.

Sa cousine s'appelait Nyamaravago, en l'honneur de la reine mère qui, à son baptême, avait pris le nom de Radegonde. Elle pratiquait la divination depuis la mort de son mari, lui aussi devin, qui lui avait transmis tous les secrets de l'interprétation de la salive et des mottes de beurre qu'on fait fondre dans l'eau bouillante. Ils laissaient aux devins de moindre compétence le trop facile et peu fiable sacrifice du poulet.

Il prit la route bien avant que le premier rayon du soleil eût fait briller les eucalyptus. Kawa avait apporté sa plus belle vache pour l'offrir à sa cousine, histoire de la mettre dans de bonnes dispositions. Le soleil annonçait déjà la fin de la journée quand Kawa se présenta chez elle. Une bonne douzaine de personnes inquiètes, malades ou lésées

---

* Sorcière et devin à la fois.

attendaient patiemment, assises à l'ombre de la haie de rugo qui entourait la grande case ronde ornée de motifs abstraits. L'urgence de son cas, à moins que ce ne fussent ses liens de parenté ou encore la vache qui avait poussé un lancinant meuglement de fatigue en arrivant, fit en sorte que Kawa n'attendit que quelques minutes.

Sans dire un mot, mais les yeux pleins de questions, il prit place sur la natte décorée de motifs noirs en forme de pointes de flèches. Nyamaravago, assise devant lui, n'avait même pas levé la tête quand il était entré. Elle chantonnait presque imperceptiblement, les yeux fermés, la respiration lente. Une servante lui présenta un grand bol d'eau. Il se lava les mains et le visage. On lui offrit de la bière de banane qu'il but lentement, puis il se rinça la bouche avec de l'eau. Il ferma les yeux et se mit en état d'écouter.

Sa cousine parla de la pluie qui avait été très forte et des buses qui se faisaient de plus en plus nombreuses, ce qui signifiait que les gens jetaient beaucoup de nourriture, puis de son mari qui l'avait visitée trois nuits auparavant. Elle demanda à Kawa des nouvelles de son estomac qui avait été malade et qu'elle avait traité quelques mois auparavant. Oui, les crampes avaient disparu dès son retour sur la colline. On alluma une lampe à huile offerte par un riche malade. Ils parlaient depuis une bonne heure. Cinq minutes de mots, le reste de silences méditatifs. Enfin, celle qui communiquait avec les esprits l'invita à dire la raison de sa visite, d'autant plus importante, semblait-il, que la vache était belle et grasse. Il ne venait pas pour lui, mais pour ses enfants et les enfants de ses enfants. Il craignait que de grands malheurs ne s'abattent sur eux et que toute sa descendance ne soit maudite. Et s'il était aussi désespéré, c'est qu'un grand livre, écrit par un devin blanc, confirmait ses angoisses.

Il conclut : « Il semble que nous ne soyons pas ce que nous sommes ni ce que nous paraissons être, mais que l'avenir de mes enfants ne sera supportable que s'ils deviennent ce qu'ils ne sont pas. » Même avec les dieux et les ancêtres, la prudence et la discrétion sont de mise. Un homme qui dit tout est un homme nu. Un homme nu est faible.

Il cracha dans une petite calebasse. Sa cousine imprégna une languette de bois de la salive de Kawa et ajouta un peu de graisse de chèvre. Elle chauffa la languette en la tenant au-dessus de la lampe. Elle examina les formes que la chaleur faisait apparaître puis ferma les yeux. La servante apporta un large bol empli d'eau bouillante. Nyamaravago y plongea deux petites mottes de beurre. Une fois le beurre fondu, elle ferma de nouveau les yeux et dit : « Tes enfants et les enfants de tes enfants, tant qu'ils vivront au pays des collines, devront changer de peau comme les serpents et de couleur comme les caméléons. Ils devront toujours voler dans le sens du vent et nager avec le fleuve. Ils seront ce qu'ils ne sont pas, sinon ils souffriront d'être ce qu'ils sont. » Le silence s'installa. Kawa tremblait. On entendait les fourmis marcher sur la natte. La cousine leva lentement la main droite. Kawa, sans sa vache, reprit le chemin de sa colline.

C'est ici que l'histoire de Gentille, qui n'est toujours pas née, débute une deuxième fois.

De retour à la maison, Kawa ne dit mot de son périple, encore moins des soucis qui le rongeaient et de la douloureuse décision qu'il avait prise pour sauver sa descendance et la descendance de celle-ci.

Au pays des collines, l'origine du père détermine l'ethnie des enfants. Père hutu, enfants hutus. Père tutsi, enfants tutsis, peu importe l'origine de la mère. Ses filles n'auraient qu'à épouser des Tutsis pour que leurs enfants fassent partie de la race choisie par les dieux et adulée par les Blancs. Cela devrait pouvoir se réaliser facilement. Kawa était riche et connaissait maintes familles tutsies peu nanties qui accepteraient avec plaisir d'améliorer leur ordinaire de quelques vaches en échange d'un fils. Quant aux mâles de la famille, le destin les condamnait à demeurer des Hutus dans des corps de Tutsis. Et à jamais leur origine et celle de leurs enfants seraient inscrites sur leurs pièces d'identité. Quel cauchemar. Quel destin tragique. Écoles interdites, mépris des Blancs, carrières et ambitions bloquées. Il ne permettrait pas que ses fils et les fils de ses fils fussent à jamais des êtres officiellement inférieurs, des nègres de nègres.

Le père Athanase confirma ses craintes les plus sombres tout en lui rappelant que Dieu aime tous ses enfants également, que la véritable grandeur de l'homme est intérieure et que les premiers seront les derniers, ce qui impliquait, comprit Kawa, que les Batwas entreraient au ciel les premiers, suivis des Hutus, puis des Tutsis. Il n'osa pas demander au saint homme pourquoi les enfants de Dieu n'aimaient pas les Hutus et les Tutsis également, pourquoi la véritable grandeur dans ce pays était physique et pourquoi, ici-bas, les premiers sont toujours les premiers. L'homme des collines, qui n'aime pas perdre la face, prend soin de sauver celle de son interlocuteur. C'est pourquoi il ne révéla jamais sa transaction avec le bourgmestre.

Au bourgmestre, il offrit plusieurs vaches, quelques chèvres et la plus belle de ses filles qui venait d'avoir quatorze ans. Le Blanc refusa d'émettre de nouveaux papiers d'identité et de transformer ces Hutus en Tutsis. Cependant, il voulait bien de la fille, en échange du silence qu'il conserverait éternellement sur la démarche incongrue et honteuse de Kawa. C'est ainsi que Clémentine, dont les fesses et les seins nourrissaient les fantasmes des hommes de la colline, toutes ethnies confondues, devint la propriété d'un Belge très laid et boutonneux qui venait abuser d'elle par-derrière chaque fois qu'il passait près de là. Elle mourut à dix-sept ans d'une maladie du sang, dont on disait à voix basse qu'elle venait de la queue des hommes qui ne se lavent pas.

Les cinq autres filles de Kawa épousèrent des Tutsis, sauvant ainsi leur descendance de la honte et de l'opprobre. Il lui resta assez de vaches pour trouver des femmes tutsies à ses quatre garçons. Kawa avait choisi ses brus en fonction de leur taille et de leur pâleur. Il les avait voulues plus minces et effilées que la moyenne, longues et sinueuses comme des serpents, espérant que le sang tutsi tuerait le sang hutu. Ne restait plus que Célestin à la maison. Il s'occupait de son père que la maladie et la mélancolie minaient depuis la mort de sa femme survenue quelques semaines après celle de Clémentine. Tous les enfants avaient quitté la colline, fuyant les regards réprobateurs des oncles, des tantes et des neveux qui se sentaient trahis par cette famille qui avait décidé de ne pas être ce qu'elle était. Kawa ne possédait presque plus rien. Même plus de chèvres. Pour conclure le dernier mariage, il avait dû céder la bananeraie. Il n'avait plus que la grande maison et un petit champ de haricots. Kawa et Célestin mangeaient des haricots depuis un an.

Célestin n'était pas marié. Il fréquentait maintenant le séminaire à Astrida, marchant chaque jour dix kilomètres pour s'y rendre et en revenir, même si on lui avait offert l'internat. Il ne pouvait laisser son père seul sur la colline. Élève exceptionnellement doué, on lui avait permis de poursuivre ses études malgré son origine. Sur les trois cents séminaristes, trente étaient hutus, et c'était ainsi dans toutes les écoles du pays. Célestin hésitait entre la prêtrise et l'enseignement. L'évêque décréta que le pays n'était pas encore prêt à accepter un prêtre de l'ethnie inférieure. Il pourrait devenir frère ou enseignant. La décision de Kawa fut sans appel. Il deviendrait enseignant à la ville, ce qui lui permettrait d'avoir des fréquentations rentables. Et Kawa prit la route pour lui dénicher une épouse. Célestin était le cœur de son cœur, le dépositaire de ses espoirs. De tous ses enfants, il était le plus grand et le plus pâle. Le médecin belge, si savant fût-il, ne devinerait jamais qu'il était un Hutu, sinon peut-être à cause de son nez qu'il avait un peu large. Il trouva enfin le nez qu'il fallait sur la colline voisine. Un nez si fin qu'on l'eût cru taillé au rasoir. Un nez d'une peau si pâle que sa famille croyait Ernestine malade. Un nez si droit sur un corps si long et si maigre que le vent n'y avait prise. Si le sang supérieur faisait son devoir, les enfants de Célestin et d'Ernestine seraient plus tutsis que les Tutsis. Et avec le corps massif et solide de Célestin, ils seraient aussi beaux et forts que des dieux. Avant de faire sa demande, il voulut mettre Imana de son côté et retourna chez sa vieille cousine. Sans vache ni chèvre, il n'eut droit qu'à la salive, mais cela lui coûta quand même le petit champ de haricots. Nyamaravago dit : « Tu as fait trop de chemin et le peu de forces qui te reste t'abandonne. Tu crois avoir découvert la clé de tous tes rêves. Ouvre la porte et meurs heureux de tes espérances. »

Le mariage coûta la maison. Ernestine et Célestin s'installèrent à Astrida, et Kawa, sous le ficus qui baignait d'ombre sa maison. Le père d'Ernestine lui avait permis de vivre là. Chaque jour, on lui apportait un peu de haricots. Il mourut quelques semaines après le mariage, en disant à une vague cousine qui passait par là : « Les enfants de mes enfants seront blancs, mais vont-ils me reconnaître ? »

C'est ce que Célestin avait raconté à Gentille, qui le racontait par bribes à Valcourt. Il était assis dans le seul fauteuil de la petite maison en terre rouge qu'elle partageait avec une amie dans le quartier musulman de Nyamirambo, à quelques kilomètres de l'hôtel. Une seule pièce, le sol recouvert en partie de deux nattes. Un fauteuil bancal dans lequel il s'était réfugié pour ne pas être trop près de Gentille. Une table et deux chaises. Deux valises en carton qui contenaient toutes les possessions des jeunes filles. Sur le mur, trois chromos, la Vierge, le pape et le président. Que faisait-il là, encore tremblant et transpirant de chacun de ses pores, milliards de petites fontaines intarissables ?

Il venait de passer un autre dimanche inutile à la piscine. Quand tous les corbeaux puis les buses se furent perchés et que le soleil eut disparu brusquement derrière la barrière d'eucalyptus, quand il n'était plus resté que lui, comme chaque dimanche, désespéré à la pensée d'entreprendre une autre semaine inutile, Gentille était venue près de sa table et avait soupiré plus que dit :

« Monsieur, je t'en prie, monsieur, il faut dire au gouvernement que je ne suis pas une Tutsie. Je ne veux pas perdre mon emploi. Je suis une vraie Hutue. J'ai les papiers pour le prouver. J'ai peur de passer pour une *inkotanyi**. »

Valcourt levait son nez libéral sur ces théories racistes qui déduisent d'un nez, d'un front ou de la finesse du corps l'origine d'une personne. Mais lui-même, inconsciemment prisonnier de ces stéréotypes, se surprit à ne pas vraiment la croire. Elle pleurait doucement, résolument, fuyant ses yeux comme le font souvent les Rwandais. Elle avança timidement vers lui, à petits pas, répétant : « Monsieur, monsieur, aide-moi. » Et soudain, son odeur l'atteignit. Il chavira, bousculé, envahi de partout, doigts tremblants, jambes flageolantes, corps mouillé, comme en proie à une attaque de malaria, mais avec une érection si soudaine et si douloureuse qu'il laissa échapper un sourd gémissement. Ce qui tenait ensemble toutes les parties de son corps pour faire de lui un être humain s'était dissous. Seul demeurait un amas incontrôlable d'enzymes, de glandes, de molécules.

Non, il n'était pas malade, s'entendit-il dire. Oui, il voulait bien un verre d'eau. Non, il ne fallait pas aller chercher quelqu'un. Il fallait le laisser seul. Elle promit de revenir après avoir rangé le bar et de lui montrer sa carte d'identité. Trop de vie qui surgissait dans des veines et des muscles rouillés, trop de sang dans un cœur qui avait oublié comment traverser les extases subites, trop d'air dans des poumons habitués à respirer parcimonieusement.

----

* « Cafard », en kinyarwanda.

Effectivement, Gentille était hutue, du moins selon son carnet d'identité. Mais il ne la croyait toujours pas. Elle voulait lui parler, mais pas à la piscine, pas dans sa chambre non plus. Le seul fait de monter chez lui la désignerait comme putain et ne ferait qu'augmenter le harcèlement constant dont sa beauté était seule responsable ; car il n'y avait pas femme plus silencieuse, plus discrète et plus réservée que Gentille. Il se faisait tard. Valcourt savait que Gentille devrait dépenser la moitié de son salaire de la journée pour prendre un taxi. Sinon, il aurait fallu marcher une bonne heure dans une ville que le couvre-feu transformait chaque soir en terrain de chasse pour les soldats et leurs acolytes miliciens, généralement ivres, qui distribuaient la séropositivité comme les curés, les indulgences.

Il buvait une Primus aussi chaude que son front fiévreux. Que pouvait-il pour Gentille ? Rien. Tout sophistiqué qu'il fût, homme de gauche et humaniste éclairé, sachant tout sur les mariages mixtes et la transmission de l'origine ethnique au Rwanda, il ne la croyait pas vraiment. Si un anthropologue avait eu besoin d'une photo pour illustrer l'archétype de la femme tutsie, il lui aurait montré celle de Gentille. Si lui, le Blanc qui s'estimait sans préjugé, sans haine préconçue, ne la croyait pas, quel Rwandais prendrait au sérieux ce morceau de carton qui disait le contraire de ce qu'elle montrait avec une telle perfection ? Un amant complaisant et haut placé, un parent ou un fonctionnaire libidineux lui avait certainement procuré de faux papiers. Quant au faux neveu du président qui avait semé cette angoisse en elle, il s'engagea, si jamais il le revoyait, à lui jurer que Gentille était une véritable Hutue. De toute manière, le danger venait de partout. Un

Belge mécontent, un Allemand soûl et envoûté, un soldat qui passe par hasard, un fonctionnaire amoureux. Tous, virtuellement, la possédaient et pouvaient la tuer. De plus en plus, à Kigali et encore en province, la vie ne tenait qu'à un mot, à un caprice, à un désir, à un nez trop fin ou à une jambe trop longue.

Et les jambes, que dévoilait légèrement sa jupe bleue remontée sur ses genoux, elles étaient parfaites; et les chevilles, douces et graciles. Valcourt promenait lentement ses yeux sur chaque partie de son corps, heureux que la pénombre lui permette de le faire impunément.

— Tu es gentil avec moi. Tu m'écoutes et tu ne m'as jamais rien demandé. Tu es le seul Blanc qui ne m'ait pas demandé… de… tu sais bien ce que je veux dire. Tu peux rester ici cette nuit si tu veux. Moi, j'aimerais bien.

Non, elle n'avait pas peur de rester seule. Elle voulait le remercier, et puis, il y avait autre chose, mais elle préférait ne pas en parler maintenant. Le remercier de quoi? De ce qu'elle venait de dire, de son respect, de ne jamais l'avoir effleurée ou touchée subrepticement. Surtout de ne pas avoir fait comme tous les autres clients qui disent en signant leur addition : « Je serai dans ma chambre toute la soirée » et montrent leur clé pour s'assurer qu'elle mémorise bien le numéro de la chambre.

— Gentille, je ne suis pas totalement différent des clients de la piscine. Moi aussi, j'ai envie… j'ai envie de toi.

Valcourt se sentit piégé par sa franchise. Car il était fermement convaincu que, s'il avait une chance de remonter jusqu'au nombril la jupe bleue de Gentille, c'était bien en n'étant pas comme les autres, qui ne se cachaient jamais pour la manger, la sucer du regard, la toucher de la main et de la hanche comme si de rien n'était, la demander et lui offrir un verre, une protection et tout l'argent qu'elle voulait.

— Tu veux être avec moi? Tu veux coucher avec moi? Autant que tous les autres?

Voilà. Toutes ses craintes se confirmaient. Elle comprenait tout. Comme tous les autres qu'elle méprisait et fuyait, il la déshabillait, la baisait à chaque regard. Alors, pourquoi ne pas dire toute la vérité? Pourquoi taire ce qui le tourmentait depuis deux ans qu'il la regardait?

Ses seins, sa bouche, son cul (c'est le mot qu'il prononça, certain de heurter sa pudeur), sa peau de café au lait de matin doux, ses yeux, sa timidité, ses jambes sculpturales, sa démarche, son odeur, ses cheveux, sa voix, oui, tout d'elle le rendait un peu fou, même si jamais il n'avait osé l'approcher. Oui, comme tous les autres, il voulait la baiser. Voilà, et il s'en excusait et jurait de ne plus jamais en reparler et il partait maintenant, non seulement en s'excusant, mais en lui demandant pardon. Il se dirigea sans conviction vers la porte.

Encore une fois, l'odeur le submergea. Paralysé. Une odeur pornographique. Non pas de parfums enjôleurs ou d'épices puissantes et exotiques, mais une sombre odeur de chair, de lourde chevelure et de sexe humide.

— Moi qui pensais que tu ne m'aimais pas et que tu ne voulais pas de moi. Tu peux me prendre quand tu veux. Je voudrais être aimée par un Blanc gentil comme toi.

Exactement ce qu'il ne fallait pas dire. Elle voulait le Blanc, un Blanc comme tous les autres. Promesse de richesse, de visa pour l'étranger peut-être; et si la bonne Sainte Vierge l'exauçait, un mariage avec un Blanc et une

45

maison dans un pays froid, dans un pays propre. Il entendait Raphaël, cet après-midi à la piscine : « N'importe quoi pour quitter ce pays de merde. »

L'accouplement provisoire ou permanent constitue une transaction saine. Raphaël ne cessait de le lui expliquer : « Oublie ton langage amoureux de Blanc. Le cul du Blanc est une bouée de sauvetage. Petits cadeaux, une robe de Paris ou de Lévis (Raphaël avait suivi un stage au Mouvement Desjardins), un bijou hors taxe, un peu d'argent pour quitter le quartier musulman et monter sur la colline, dans une maison avec une haie et un gardien. Puis, si Dieu le veut, la libération, le Paradis, la cabane au Canada ou en Belgique ou en France ou à Tachkent, pourvu qu'il n'y ait plus de Hutus et de Tutsis, seulement des Blancs qui tolèrent plus ou moins les Noirs. L'intolérance ne tue pas. Paie-moi une bière, je suis fauché. »

— Gentille, je ne veux pas être le Blanc qui fait des cadeaux, expliqua Valcourt. Si tu veux partir, je peux bien t'aider à obtenir un visa, mais tu n'as pas besoin de coucher avec moi. Même si cela peut te paraître ridicule, je voudrais seulement que tu m'aimes un peu.

Il sortit sans se retourner, surpris par son propre aveu. L'amour, c'était le seul sentiment qu'il n'espérait plus et dont il se passait sans trop en souffrir. Et voilà qu'il en demandait.

4

Au retour, il dut s'arrêter à trois barrages improvisés établis par de jeunes miliciens du parti gouvernemental. Bière dans une main, machette dans l'autre, l'œil révulsé, la démarche incertaine. Le parti avait aussi distribué un peu de marijuana pour alimenter la ferveur milicienne. On lui avait parlé de ces jeunes désœuvrés que le MRND embrigadait et entraînait, mais il les voyait pour la première fois. Officiellement, il s'agissait d'un mouvement de jeunesse. Comme des scouts, lui avait dit un haut fonctionnaire. Depuis quelque temps, ils apparaissaient impromptu dans les quartiers de Kigali, en particulier à Gikondo. Ils ne l'inquiétèrent pas. « Les Français sont nos amis.» Merci, président Mitterrand, de soutenir l'amitié franco-rwandaise.

Sur son matelas rouge et vert, Gentille pleurait. Il n'avait rien compris.

Penser à Gentille. Dessiner Gentille. Parler de Gentille.

Avec n'importe qui. Mais surtout, entretenir la subtile douleur qui le pinçait au bas-ventre. Accroître le sentiment d'absence et de perte. Rêver. Rêver. Ou encore, pour ne pas mourir d'illusion, apprendre que Gentille couchait avec tous les Blancs qui voulaient bien payer. Et se dire : j'aurais dû le savoir. Pourtant, elle vivait si pauvrement. Sa timidité paraissait si réelle. Mais, ici, la timidité est un comportement acquis. Comment savoir si elle disait vrai ?

À cette heure-ci, Olivier, le maître d'hôtel de la salle à manger, devait être au bar en train de jeter un œil triste et désabusé sur ses clients distingués que la solitude et la Primus ou la Mutzig transformaient en boucs vulgaires et agressifs. Valcourt pourrait se confier à lui, d'autant plus qu'il était le patron de Gentille. Olivier était doux et rieur. Il n'affichait pas l'obséquiosité désagréable du laquais qu'on retrouve si souvent parmi le personnel des hôtels luxueux d'Afrique. Il respectait ses employés plus que ses clients, mais cela aucun client n'aurait pu le deviner, encore moins la direction belge de l'hôtel. Seul Bertrand, le chef venu de Liège, perdu au Rwanda pour cause d'amour avec une Rwandaise, puis avec sa colline, enfin avec le pays tout entier, le savait. Olivier terminait toujours la soirée en compagnie de Bertrand. Les deux avaient un seul sujet de conversation, le Rwanda, qu'ils aimaient passionnément mais sans l'aveuglement de la passion. C'étaient, comme le dit l'expression que Valcourt adorait, des « hommes de bon conseil ».

Avec eux, il pourrait parler de Gentille.

Le bar de l'hôtel était sordide, comme un cocktail lounge dans un film de série C qui se déroule dans une banlieue de Dayton, en Ohio, ou de Shawinigan, au Québec. Des draperies sombres masquaient les fenêtres. Des fauteuils en cuirette noire, des tables rondes recouvertes de formica et deux banquettes en U orientées vers un poste de télévision qui blatérait CNN. (Oui, je sais, « blatérer » ne tolère pas de complément d'objet direct, mais c'est exactement ce que fait un poste de télé syntonisé à CNN, il blatère.) Six tabourets inconfortables et trop hauts, enfin, où trônaient les habitués solitaires, ivrognes pour la plupart, et à minuit, invariablement, Bertrand et Olivier.

— Tiens ! le Canadien ! Une Primus ! Je t'ai gardé des charcuteries qui restent de la réception de l'ambassade d'Allemagne. Tu en fais, une tête. Tu sais, en Belgique, on dirait une tête de moule. Tout mou dans la coquille. D'accord, t'as pas la tête à la plaisanterie. Prends ta bière et va voir ton ami Raphaël. Il t'attend depuis deux heures.

Bertrand fit un signe de tête vers une des deux banquettes en U.

Valcourt ne voulait pas voir Raphaël. Il aurait bien aimé consacrer une petite heure à ses angoisses personnelles.

Ils dormaient tous les deux sur la banquette du fond, Raphaël et Méthode. Inséparables depuis leur enfance à Butare. Puis à l'école, à la Banque populaire, chez Lando, chez les filles qu'ils partageaient systématiquement. Deux frères. Inséparables encore plus depuis deux ans, depuis que Méthode avait appris qu'il avait « la maladie », comme si de ne pas le nommer éloignait un peu le sida.

Méthode voulait mourir à l'hôtel. Mourir dans le luxe, qu'il avait dit. Surtout pas au pavillon de médecine interne du Centre hospitalier de Kigali, où l'on agonisait deux ou trois par lit, où il n'y avait plus d'aspirine depuis trois semaines, où les médecins belges profitaient de ce large réservoir de malades pour préparer la communication scientifique qui leur ouvrirait les portes de la Conférence internationale annuelle sur le sida. Cette année, on cherchait avec encore plus de fièvre... La conférence se tenait à Tokyo.

Pour le luxe, il ne fallait pas compter sur le petit salaire de Raphaël qui disparaissait presque totalement dès que Méthode développait une mycose qu'il devait traiter au Nizoral (une semaine de salaire pour une semaine de médication) ou dès qu'on l'hospitalisait. Il fallait alors payer pour obéir aux diktats du Fonds monétaire international et aussi pour la nourriture et aussi pour le garde-malade. Raphaël avait vendu sa moto. Trois mycoses, une perfusion et deux hospitalisations plus tard, ne restait plus du petit magot que la valeur du guidon.

Méthode n'en avait plus que pour quelques jours. Une semaine, peut-être deux. Raphaël le porta sans peine dans la chambre de Valcourt comme on porte un enfant. Méthode ne pesait plus qu'une quarantaine de kilos. Assemblage ténu et fragile, souvenirs, ou plutôt vagues évocations de ce que sont un bras, une jambe, un cou. Seule l'immensité des yeux dans ce visage à la Giacometti rappelait la douce et fine tête d'ébène que les femmes aimaient.

Méthode esquissa un filet de sourire quand il entendit le bruit de l'eau qui emplissait la baignoire. Un bain chaud. Tel était son premier désir. « Avec beaucoup de mousse. » La mousse, on la trouva chez la voisine du 314, une experte italienne qui s'habillait via Condotti, à Rome, et qui avait la curieuse habitude, pour une experte en mission, de passer la journée à la piscine en attendant que le chef de mission revienne de son travail à la Banque mondiale.

Celui-ci, député démocrate-chrétien qu'une odeur de scandale avait recyclé dans le développement international, était justement en conciliabule d'experts avec Lisa quand Valcourt vint demander si elle ne lui donnerait pas un peu de bain moussant.

— À cette heure !

— Oui, c'est pour un mourant.

Ce genre de réponse, qu'il pratiquait depuis longtemps avec un plaisir féroce, ne tolère aucune repartie, provoque un silence gêné chez l'interlocuteur et installe une distance salutaire.

Méthode voulait mourir propre, soûl, gavé et devant la télévision. Une fin triomphale pour une vie de trente et un ans, une fin qu'il ne craignait plus car il préférait mourir du sida que haché par une machette ou déchiqueté par une grenade. « C'est le sort qui attend tous les Tutsis. Il faut partir ou mourir avant l'Holocauste. » Depuis que la maladie le retenait au lit, il lisait tout ce qu'il pouvait trouver sur les juifs. Tutsis et juifs, même destin. Le monde avait connu l'Holocauste scientifique, froid, technologique, chef-d'œuvre terrifiant d'efficacité et d'organisation. Monstre de la civilisation occidentale. Péché originel des Blancs. Ici, ce serait l'Holocauste barbare, le cataclysme des pauvres, le triomphe de la machette et de la massue. Déjà, dans la province de Bugesera, les cadavres flottaient sur le lac Mugesera et allaient rejoindre la Kagera, source légendaire du Nil. C'est ainsi qu'on avait décidé de renvoyer les Tutsis chez eux, en Égypte, comme le clamait Monsieur Léon qui possédait une belle maison à Québec et qui, ici, faisait son petit Hitler. Ce serait sale, laid, plein de membres tranchés, de ventres de femmes déchirés, d'enfants aux pieds coupés pour que ces cafards ne puissent plus jamais marcher et combattre. Méthode n'était pas triste de mourir. Il était soulagé.

Raphaël et Valcourt sont assis sur le bord de la baignoire et regardent ailleurs pendant que Méthode parle. Un filet de voix feutrée, qui a besoin d'un appui pour commencer chaque phrase. Et cet appui, Dieu sait où il le trouve, mais il le trouve et se précipite comme pour arriver avant la fin de son souffle. « Vous êtes aveugles ou quoi ?… Vous ne voyez pas ? Tout fout le camp. Avant, on faisait semblant, on vivait, du moins quelques heures ; on parlait, du moins quelques minutes. » Silence, respiration qui va chercher son appui presque dans les pieds, silence, respiration qui vient d'aussi loin que le ventre de la terre et qui gronde comme un volcan. « Aujourd'hui, quelqu'un entre, on dit Tutsi, Hutu, sidéen… On se trompe souvent, mais ce n'est pas important. Nous vivons tellement dans la peur que cela nous rassure de désigner l'ennemi et puis, si nous ne pouvons pas deviner, nous l'inventons. » Silence. Il tente de continuer. Mais ils n'entendent que le gargouillement d'un animal qu'on étrangle, puis sa tête se penche sur le côté, comme celle d'une chèvre au bout d'un long cou cassé, une tête comateuse glissant dans la mousse qui emplit la salle de bains d'odeurs et de parfums lascifs.

Raphaël et Valcourt auraient préféré que Méthode soit déjà mort.

Ce ne sera pas pour cette nuit.

Méthode siffle, râle, ronfle, hoquette, puis sombre dans un sommeil qui n'est pas loin de la mort. Raphaël s'est installé dans l'autre lit qu'il n'a pas défait, assis plus qu'allongé, le regard perdu dans la télé qui détaille avec adulation les dernières créations de la mode automne-hiver.

« Elles ont toutes le sida, ces filles, murmure Méthode. Maigres comme moi, des yeux énormes comme les miens et des bras et des jambes, comme les miens… Je veux une vraie femme avant de mourir, avec des seins qui débordent, des mains et des fesses, de vraies fesses. »

Il lui reste le désir, et le désir l'étouffe autant que ses poumons troués par la tuberculose. Un râle dit : « Une vraie femme. » Et le râle s'endort.

Valcourt, sur le balcon, tente de dormir dans une chaise basse, elle aussi en résine de synthèse. Il y a de la résine partout dans cet hôtel planté dans un pays de bois.

— Elle est belle, Claudia Schiffer ? demande Raphaël.

— Non, je préfère Gentille, et puis laisse-moi dormir.

— On ne dort pas à côté d'un mourant. On veille. Et puis, il faut lui trouver une vraie femme… tu sais avec des seins et un cul et des cuisses de négresse. Il n'est pas moderne comme moi… il aime encore les négresses. Demain, on va demander à Agathe. Il a toujours voulu Agathe.

Ils veillent mais dorment quand même, instants volés, petits abîmes d'oubli. Ils se relaient, passant de la chaise de résine inconfortable au lit moelleux.

Le matin, la vie s'éveille comme si une ville entière sortait du coma, étonnée d'être vivante tout en comptant ses morts. Beaucoup de gens dans ces pays ont la politesse ou la discrétion de mourir durant la nuit, comme s'ils ne voulaient pas déranger les vivants.

Avant les humains, bien avant les coqs et les choucas, les chiens lancent le premier cri ; toute une faune braillarde et hurlante, dont les plaintes et les lamentations percent les poches de brume irisées qui emplissent les cent vallées courant dans la ville. Du balcon de la chambre 314, perchée sur la plus haute colline de Kigali, l'âme satisfaite d'elle-même peut facilement se croire installée au paradis quand elle surplombe ces nuages effilochés masquant les milliers de lampes à huile qu'on allume, les bébés et les vieux qui crachent leurs poumons, les braseros qui puent, le sorgho ou le maïs qui cuisent. Cette brume qui prend progressivement toutes les couleurs de l'arc-en-ciel agit comme un coussin protecteur en technicolor, un filtre qui ne laisse passer de la vraie vie qu'ombres, scintillements et rumeurs fugaces. C'est ainsi, pense-t-il, que Dieu doit voir et entendre notre incessant fourmillement. Comme sur un écran géant de cinéma avec son Dolby quadriphonique. En buvant un quelconque hydromel et en grignotant un pop-corn céleste. Spectateur intéressé mais distant. C'est ainsi que les Blancs de l'hôtel, petits dieux instantanés, entendent et devinent l'Afrique. D'assez près pour en parler et même écrire à son sujet. Mais en même temps si isolés dans leurs ordinateurs portatifs, leurs Toyota climatisées et leurs chambres aseptisées, si entourés de petits Noirs en cure de blanchiment, qu'ils croient noire l'odeur des pommades bon marché et des parfums de la boutique hors taxe de Nairobi.

Une grenade explose, sans doute la dernière de la nuit car la brume se dissipe. C'est l'heure où les assassins vont dormir.

Un homme si jeune et si beau devait mourir comblé, ne serait-ce que des yeux. Car seuls les yeux et les oreilles (il faudrait penser à la musique) pouvaient encore lui procurer quelque plaisir. Il voulait s'envoler avec le souvenir d'une « vraie femme ». Agathe, qui souhaitait changer de prénom parce que c'était celui de la femme du président, ferait l'affaire. Elle avait plus de seins que Jayne Mansfied et plus de cul que Joséphine Baker. Avec ça, un sourire accroché en permanence à son visage comme un panneau publicitaire, des yeux rieurs, la chevelure en cavale et une bouche juteuse comme une grenadine. Maîtresse femme que cette Agathe, tenancière du salon de coiffure de l'hôtel, oui, tenancière et madame aussi, car si l'on s'y faisait coiffer, généralement à l'européenne, c'est aussi là que se négociaient le territoire des filles, les prix et bien d'autres choses, comme la marijuana qui venait directement de la forêt de Nyungye, le domaine privé du président, et qu'apportait chaque semaine un colonel lubrique, qui se faisait payer en nature et sans capote. Agathe, à qui l'horreur de la misère et la contemplation de la « richesse » des Blancs avaient donné une solide culture capitaliste, appelait cela du « capital de risque ». Elle obéissait aux lois du marché.

De l'avenue de la République qui encercle l'hôtel provenait le pas déjà lourd des employés qui entreprendraient dans quelques minutes leur journée de seize heures. En quelques mouvements mille fois répétés, ils se glisseraient dans une chemise blanche, un nœud papillon et un sourire trop large qui devrait résister à seize heures de caprices, de condescendance, d'impatience, de mépris mal dissimulé et parfois d'une sorte de tiers-mondisme si gentiment chaleureux que l'interpellé noircissait sa propre situation pour faire plaisir au Blanc esseulé. « Comment vont tes enfants ? » plutôt que « Tes enfants sont-ils bien nourris ? », voilà ce qui pourrait faire naître une vraie conversation.

Personne ne s'était jamais demandé pourquoi leur sourire avait autant de dents et si peu de regard. Valcourt appelait cela « le sourire dichotomique ».

On cogna à la porte. Raphaël ronflait. Méthode râlait. Zozo, qui venait de prendre son service, savait tout. Il venait voir le malade et aussi prévenir tout le monde que la direction se serait pas heureuse qu'on transforme ainsi une chambre d'hôtel respectable en chambre d'hôpital pour un visiteur atteint d'une maladie honteuse et au surplus si contagieuse. Il aimait bien Méthode mais pas au point d'accepter qu'il meure chez lui. Les autres employés refuseraient peut-être de travailler sur cet étage et, sûrement, ne voudraient pas faire la chambre. Zozo avait offert de mettre Valcourt en contact avec un cousin qui travaillait à l'hôpital et il avait rappelé, tout en soulignant son désaccord profond, que la politique de la maison était maintenant très stricte. « On doit payer une nuitée supplémentaire pour toute personne non enregistrée qui passe la nuit dans la chambre d'un client, même si le client est un bon client comme vous, monsieur Bernard. À moins, bien sûr, monsieur Bernard, que la nuitée supplémentaire soit celle d'une amie à vous. Et mon cousin, il est infirmier diplômé et il a beaucoup d'influence. »

Zozo était toujours prêt à rendre service car il devait nourrir ses nombreux enfants et il n'y parvenait pas avec son maigre salaire de pion. Seule la générosité de ses clients permettait de maintenir en vie toute cette marmaille. Son amour pour sa famille et quelques milliers de francs que lui glissa Valcourt, « pour les enfants », firent en sorte que le Centre hospitalier de Kigali fut soulagé de plusieurs sacs de soluté et d'une bassine. Le cousin n'était pas infirmier diplômé, mais magasinier à la pharmacie. Il n'exerçait aucune influence, mais, débrouillard et rusé, il fournissait la famille élargie en médicaments et en pansements.

Élise, infirmière canadienne plus têtue qu'une chèvre et plus généreuse qu'un champ de coquelicots, s'occupa de la perfusion. Méthode mourrait, comme il l'avait souhaité, dans sa chambre privée. Déferla alors un flot continu de visiteurs. Parents immédiats, puis éloignés, amis, collègues de travail et enfin vagues connaissances. Méthode souriait parfois ; il ne savait pas qu'autant de gens l'aimaient. Un inspecteur sanitaire, accompagné d'un policier, dut constater qu'aucun règlement n'avait été enfreint, d'autant plus qu'en discutant avec Raphaël il se découvrit des liens de parenté avec le mourant. Il se fit un plaisir de délivrer un certificat attestant que le malade ne pouvait être déplacé. Il fit mine de refuser les cinq mille francs qu'on lui tendait, mais pensa à ses nombreux enfants et au fait qu'il n'avait pas été payé depuis trois mois. Bien plus, son petit commerce de médicaments battait de l'aile. La pharmacie manquait d'aspirine depuis un mois et n'avait pas vu l'ombre d'un antibiotique depuis deux semaines. Il avait bien tenté d'écouler une partie des médicaments antituberculeux, mais sans grand succès, puisqu'on en distribuait gratuitement chez les missionnaires qui étaient presque aussi nombreux que les tuberculeux.

Le directeur belge, monsieur Dik, qui avait mandé l'inspecteur sanitaire mais oublié de lui faire un cadeau, vint pointer son gros nez purulent dans la porte qu'on avait laissée ouverte en raison du va-et-vient incessant. Il fut accueilli par Agathe, qui lui offrait régulièrement ses monts et ses collines de chair ferme en gage d'amitié ou de loyer en retard. Madame Agathe usait de son corps opulent comme d'autres utilisent leur carnet de chèques. Monsieur Dik avait tâté, caressé, sucé les seins qu'elle lui présentait l'un après l'autre comme on offre des gâteaux à un enfant gourmand. Il avait tripoté ses fesses et glissé sa main entre ses cuisses humides. Et il avait joui en le faisant. Mais il n'avait jamais vu nue Agathe qui, parcimonieusement, ménageait ses effets et conservait une partie de son capital pour les grandes occasions. Quand il s'écria : « Monsieur Bernard, ça ne peut pas durer... », elle serra le petit homme sur sa poitrine et le porta littéralement dans la salle de bains. « Monsieur Dik, je t'emmène au paradis. » Et elle ferma la porte. Cinq minutes plus tard, le directeur encore tout frissonnant de plaisir vint saluer Méthode, avec tout le respect et la compassion étudiée que la politesse et les circonstances exigeaient.

Puis la mère de Méthode arriva et les visiteurs se retirèrent. Son visage de chat amaigri était raviné, son regard, fixe et vide. Elle s'assit sur une chaise droite et prit la main de Méthode, qui esquissa un maigre sourire de reconnaissance. Elle ne le regardait pas. Elle seule dans toute la colline savait que son fils souffrait de « la maladie ». Elle n'avait pas honte, non, mais ne voulait pas se préoccuper des cancans, du rejet, des jugements et du mépris. Si Méthode mourait d'une maladie honteuse, c'était qu'il était né dans la honte. La honte de la pauvreté, celle de la discrimination, de l'université interdite, de la bourse refusée, de la terre et de la maison si exiguës qu'il était vite parti pour la ville, la honte du mariage impossible pour cause de pauvreté et de pénurie de logement, et puis une fille pour quelques brochettes et une bière, une fille pour oublier l'emprisonnement et la peur, une fille pour une petite jouissance rapide, ce n'est pas un péché, c'est une imitation du bonheur. C'est ce qu'elle pensait en murmurant ce qui devait être des prières. Et puis mourir à trente-deux ans ou à quarante massacré par des soldats ivres, ou à quarante-deux ans de la malaria ou à cinquante-cinq ans, comme elle, de lassitude et de tristesse… Quelle différence? «Mourir n'est pas un péché», c'est tout ce qu'elle était venue lui dire, et elle posa doucement son autre main sur le front luisant de son fils, qui ferma les yeux et laissa sa dernière larme couler. La dernière larme, c'est l'entrée de la mort.

Et Méthode répéta enfin, totalement soulagé et libre : «Mourir n'est pas un péché.» Puis, relevant légèrement la tête : «Il faudrait bien leur dire.» Marguerite Izimana acquiesça et se tourna vers Valcourt. Dans ses yeux, ni supplique, ni interrogation, seulement un ordre. Intimidé par cette sombre solennité, Bernard s'approcha.

— Tu veux me parler, Méthode?

— Oui, mais pas juste à toi, à beaucoup de gens… dans la télévision… pour le film que tu voulais faire avec moi. Faisons le film. Je vais me reposer, prendre des forces et puis on fera le film et tu le leur montreras. Et puis… je partirai.

Méthode ferma les yeux, sa mère aussi. Ils s'installèrent tous deux sereinement dans l'attente.

Méthode ne sortit de son sommeil, de sa stupeur, de son silence ou de son demi-coma, comment savoir? qu'à la fin de l'après-midi. Tiré des limbes par les cris stridents et rauques des choucas et des buses qui arrivaient en même temps que les Blancs qui rentraient de leur coopération et de leur marchandage. La mère n'avait pas bougé, gisante assise. Pas une seconde elle n'avait abandonné la main de son fils. Seules ses épaules qui se recroquevillaient soudainement quand le souffle de Méthode se faisait plus haletant témoignaient d'un reste de vie dans ce corps fait de nœuds, d'os, de peau tendue et sèche et crevassée de mille rides fines comme celles que creusent les gens du pays sur les collines.

Sur la longue commode basse qui courait tout le mur face aux deux grands lits, Valcourt avait fait dresser un buffet et un bar.

— Nous allons boire, manger et baiser, dit Méthode, ajoutant avec un sourire de gamin surpris de son audace qu'il était bien heureux que sa mère ne comprenne pas le français.

Puis en kinyarwanda :

— Maman, ne sois pas triste, je vais avoir une belle mort.

— Pour un jeune homme, une belle mort, ça n'existe pas. Ni une mort utile. Toutes les morts d'enfants sont laides et inutiles.

André, qui avait appris au Québec comment sensibiliser les Rwandais à la capote et à l'abstinence, arriva le premier pour ce festin funéraire que Méthode avait appelé la Dernière Cène, précisant en poussant un petit rire brisé par la toux qu'il ne se prenait pas pour le Christ. Puis Raphaël avec quelques collègues de la banque, Élise, les bras débordants de fleurs et le sac à main plein de morphine qu'une homologue compréhensive et mal payée lui avait procurée contre dix dollars américains. Agathe enfin, accompagnée de trois de ses filles, car une fête sans femmes libres n'est pas une fête. Elles refusèrent d'embrasser le moribond et même de lui serrer la main. Mais, tout à son bonheur, Méthode ne leur en tint pas rigueur. Au contraire. Que ces jeunes filles aient pensé qu'en le touchant du bout des lèvres ou des doigts elles pourraient contracter la maladie, cela le réjouissait. La peur s'était installée, injustifiée certes, mais cette peur, cette terreur presque, lui et tant de ses amis ne l'avaient jamais ressentie. Sa mort n'aura pas été inutile.

Quand les premières fièvres l'avaient saisi, il avait pensé au paludisme. Les premières diarrhées ne l'avaient pas surpris. Chèvre malade ou eau polluée. Les dix kilos perdus en quelques semaines, c'était sûrement un empoisonnement alimentaire, cette chèvre pourrie qu'il avait mangée chez Lando, ou peut-être les tilapias grillés qui lui avaient laissé un arrière-goût au Cosmos. Ces champignons dans la bouche ne l'avaient pas étonné non plus, tout comme la tuberculose qui tout à coup le foudroya. Il se prit une chambre dans le pavillon des intellectuels au Centre hospitalier de Kigali, pour ne pas partager le lit de quelqu'un qui avait une diphtérie ou une gale pustuleuse. La maladie apparut sous les traits d'un médecin belge, chef de médecine interne, qui savait bien que la maladie s'infiltrait partout, qu'elle se multipliait plus vite que les lapins et que cela lui donnait une longueur d'avance sur ses collègues occidentaux : tous ces malades, ces cohortes ignorantes à sa disposition, sans cesse renouvelées, et la maladie qui ici progressait à une vitesse fulgurante, mais avec ses particularités qui toutes pouvaient mener à une découverte importante et même à la fortune. Par exemple, l'absence presque totale de syndrome de Kaposi chez les Noirs, ou encore, ces cheveux crépus qui devenaient droits et souples comme des brins d'herbe ou des cheveux de Blancs. Le sida recelait peut-être le secret du produit cosmétique miracle qui ferait de son inventeur un milliardaire en francs belges. Toutes ces Africaines qui rêvaient de la chevelure de Claudia Schiffer! Le médecin belge rêvait à sa Mercedes pendant qu'il écoutait Méthode décrire ses derniers problèmes de santé, lui qui n'avait jamais été malade. Il n'avait pas besoin d'écouter, vraiment. Il avait vu, à la couleur des yeux, à la maigreur, aux quelques champignons qui parsemaient les parois de la bouche, parce que Méthode n'avait pu se payer qu'une seule semaine de traitement au Nizoral. Et puis cette tuberculose. «Tuberculose spécifique», disaient les manuels. Sida 101. «Il faudrait peut-être que tu passes le test.»

Le test. C'était le seul test dont on vous parlait en y mettant dans l'intonation une majuscule. Les autres, on y procédait sans rien vous dire et on vous donnait les résultats, si jamais vous osiez poser quelque question à un médecin du CHK. Mais *le* test, on ne le faisait pas au CHK, c'étaient des Québécois installés près de l'hôpital qui en étaient responsables. Et quand un médecin blanc vous y envoyait, la cause était entendue.

Élise comprit instantanément quand elle vit Méthode s'asseoir péniblement dans son petit bureau et dire à voix basse: «Je viens pour le test.» Deux ans de Rwanda, des centaines, des milliers de sidéens. Les mêmes mises en garde répétées inlassablement, les mots mille fois redits qui annonçaient la fin, les encouragements dont elle doutait de l'efficacité, cet accompagnement permanent de la mort de ceux et celles qu'elle apprenait à aimer au fur et à mesure de leurs confidences, rien ne minait sa détermination.

Élise était une professionnelle de la vie, qu'elle avalait goulûment pour oublier qu'elle ne côtoyait que la mort. Elle offrait son petit corps dodu mais ferme à tous ceux qui lui rappelaient la vie triomphante. Elle avait aimé un terroriste sud-américain, avait combattu pour l'avortement libre dans les années 1970 au Québec et avait la conviction que, dans ce pays du bout du monde, dans cet enfer putréfié, elle pouvait faire une différence. Chez elle, tout était tellement facile. Ici, il fallait tout inventer. Et avec Méthode, il fallait inventer les mots, les phrases, les sourires qui l'installeraient confortablement et dignement dans le court chemin qui le menait à la fin. Élise et Méthode étaient ainsi devenus amis, confidents et presque amoureux au gré des lymphocytes et des mycoses, au rythme de la tuberculose et des diarrhées. La déchéance de Méthode les rapprochait. Jamais un malade ne l'avait autant émue. Méthode ne le savait pas, lui qui prenait les attentions d'Élise pour le devoir obligé de la coopérante blanche venue aider les nègres. Mais il aimait bien son infirmière, un peu comme on aime une sœur. Jusqu'à ce qu'il sache qu'Élise accepterait de commettre un crime pour qu'il puisse mourir à sa guise, quand il en aurait assez de se transformer en squelette, en imitation de momie. Elle lui avait dit : « Quand tu en auras marre de souffrir, dis-le-moi. Tu partiras comme un petit oiseau. Doucement. »

Élise était là. Aussi triste que souriante. Avec ses ampoules de morphine, ses seringues et un énorme verre de whisky à la main. Méthode ferait ce qu'il avait promis de faire, et puis il partirait porté par les ailes chimiques que lui procurerait Élise. Méthode, qui aimait tellement la vie, était heureux de pouvoir mourir ainsi. À Raphaël, il souffla : « Même les riches des États-Unis n'ont pas une si belle mort », et à Valcourt il dit : « Je vais te faire un bon film qui va te rendre riche. » Et il s'assoupit de nouveau pendant qu'Agathe se demandait si, avant d'aller au paradis, Méthode n'aimerait pas une dernière manipulation habile et experte de ce membre maudit qui le conduisait dans la tombe, parce qu'il avait trempé partout sans protection. Mourir sans jouir une dernière fois, dit-elle à une de ses coiffeuses, c'est comme mourir seul et sans affection. La coiffeuse acquiesça et fut volontaire pour faire bander une dernière fois ce jeune homme qui avait rendu folles toutes les jeunes filles de Kigali. Elle porterait cependant des gants pour présenter ses derniers respects sexuels. Elle était séropositive, et elle le savait, mais elle ne voulait pas le devenir deux fois. Elle s'assit à côté du corps maigre, tout près de la maman qui tenait toujours la main de Méthode. Sa main gantée fouilla sous le drap et découvrit un petit sexe tout rabougri qu'elle commença à caresser comme jamais elle ne l'avait fait, toute putain qu'elle fût, tout expérimentée qu'elle crût être. Avec une délicatesse, une lente douceur qui tenait autant de l'adoration manuelle que du respect. « Fais-lui un grand plaisir, ma fille, avant qu'il parte pour le ciel », dit la mère. Et Mathilde sut que la main ne suffirait pas. Elle devait faire ce qu'elle avait toujours refusé aux clients européens si insistants ; le ciel n'était pas à portée de la main mais de la bouche. Les amis posèrent leur verre, Agathe avala rapidement son canapé et, tous, ils se regroupèrent religieusement autour du lit, retenant leur souffle et admirant. C'est la mère qui tira le drap et qui défit la ceinture de la robe de chambre. C'est la mère qui posa la main sur la tête de Mathilde, qui la poussa délicatement entre les deux os qui faisaient office de jambes et qui dit : « Suce-le, suce-le pour qu'un dernier jus de vie sorte de lui. » Et Mathilde prit dans sa large bouche le membre inerte, le mania de sa langue et de ses lèvres. Comme on modèle sur un tour de l'argile, sa patiente succion redonnait une apparence de forme au sexe du mort vivant. Méthode murmura : « Je n'ai plus de sexe, je n'ai plus de sperme. Ta langue est comme un serpent qui m'ensorcelle, mais ma langue est encore vivante, laisse-moi te boire. » Mathilde, sans dire un mot, se déshabilla et, soutenue par la mère et Raphaël, appliqua son sexe sur la bouche de Méthode. Épuisée, repue, satisfaite, épanouie, tremblante, elle s'écroula sur Méthode, qui poussa un grand cri de douleur.

La fête était terminée. Élise resta pour administrer la mort, mais surtout pour aimer Méthode jusqu'à la dernière seconde. La mère repartit vers sa colline. Elle ne voulait pas voir son fils mourir et souhaitait qu'il s'envole l'esprit tranquille, sans qu'il ait en plus à supporter la tristesse de la dernière séparation. Méthode dormait. Valcourt installa la caméra face au lit dans une position qui prendrait le mourant en plongée. À son réveil, la caméra ne ferait qu'un mouvement lent, un plan-séquence. Elle resterait fixée sur le corps longiligne durant cinq secondes, puis, durant cinq autres secondes, elle remonterait lentement jusqu'au visage, et enfin durant cinq secondes encore, elle se rapprocherait lentement, très lentement, comme dans une marche funèbre, et s'immobiliserait. On ne verrait alors qu'un gros plan du visage aminci et l'énormité des yeux qui parleraient plus que la bouche.

5

Gentille est venue cinq minutes avant de prendre son service à six heures du matin. Elle n'a pas frappé. Elle est entrée et s'est dirigée vers Valcourt assis sur le lit à côté du cadavre de Méthode.

— Mes condoléances, dit-elle en lui tendant la main.

— Merci. Vous n'êtes pas trop fatiguée ?

— Non, ça va. Vous savez, je crois que je suis peut-être parente avec Méthode. Mes parents et les siens viennent de la même colline. Il est tutsi, je suis hutue, mais ça ne veut rien dire.

Valcourt n'écoutait pas vraiment, perdu dans ses seins qu'elle avait juste à la hauteur de ses yeux. Il voulut dire : « Gentille, je vous aime. » Il voulut avancer la main, il voulut se lever, la prendre dans ses bras. Il n'en fit rien. Elle repartit sans ajouter un mot.

Avec un mètre que Zozo lui avait apporté, il mesura

Méthode et partit pour le marché aux cercueils qui partageait les abords d'une caserne avec le marché de ferraille. Les fabricants de cercueils ne suffisaient plus à la demande. Jusqu'à tout récemment, ils fabriquaient des lits, des tables et des chaises, mais le marché de la mort, alimenté par les grenades, les fusils et le sida, connaissait une croissance remarquable. Valcourt choisit le bois avec soin : de belles planches blondes et sans nœuds. Il donna les dimensions et demanda qu'on livre la boîte à sa chambre. Car à Kigali, un cercueil, c'est une boîte en bois, faite de quelques planches mal équarries, qu'on orne parfois d'un crucifix, dans un excès de luxe ou de folie provoquée par la douleur du décès. Puis il se rendit chez un copain sculpteur qui vendait des girafes et des éléphants multicolores aux deux ou trois touristes qui venaient encore au Rwanda chaque semaine pour voir les gorilles et les volcans.

« Fais-moi une croix disco pour le meilleur D.J. de Kigali. »

Ils étaient une centaine dans la salle de conférences de l'hôtel. Dans l'allée qui séparait deux sections de chaises droites, la boîte en bois même pas verni. Étaient venus quelques parents et les amis intimes, mais aussi les collègues de travail de la Banque populaire, le ministre responsable de l'institution financière encadré de deux jeunes soldats qui portaient nonchalamment leur fusil automatique UZI, gracieuseté d'Israël via la France et le Zaïre. Toutes les filles d'Agathe étaient présentes, ainsi que Lando et sa femme québécoise, et quelques hommes qui se faisaient discrets au fond de la salle et qu'on associa vite au FPR, l'armée clandestine des Tutsis. Car Méthode, comme

Raphaël, militait dans l'armée secrète, disait la rumeur autour de la piscine.

À gauche, derrière le ministre, les quelques officiels et Hutus proches du pouvoir qui se sentaient obligés d'assister à ces curieuses funérailles. À droite, tous les Tutsis, les amis hutus du Parti libéral et du Parti social-démocrate, et toutes les femmes qu'avait baisées Méthode.

Un poste de télévision trônait au-dessus du cercueil. Le visage émacié apparut avec ses yeux, énormes charbons brûlants. Les lèvres bougeaient à peine. C'étaient les yeux qui parlaient.

« Je m'appelle Méthode, cadre à la Banque populaire, disc-jockey les week-ends à la discothèque de Lando. Ma musique préférée est le country et les chansons sentimentales. Je suis tutsi, vous le savez, mais avant tout, je suis rwandais. Je vais mourir dans quelques heures, je vais mourir du sida, une maladie qui n'existait pas il y a quelques années selon le gouvernement, mais qui déjà me défaisait le sang. Je ne comprends toujours pas très bien comment la maladie fonctionne, mais disons que c'est comme un pays qui attrape tous les défauts des gens les plus malades qui le composent et que ces défauts se transforment en maladies différentes qui s'attaquent à une partie du corps ou du pays. Voilà à peu près ce que j'ai compris de la maladie, c'est une forme de folie du corps humain qui succombe morceau par morceau à toutes ses faiblesses.

« À ceux qui m'aiment, je veux dire que je n'ai pas souffert. Une amie m'a embrassée et m'a dit que je me réveillerais au ciel. Je suis mort dans mon sommeil. Je n'ai rien senti. En fait, c'est comme si je ne savais pas que je suis mort. Mais je sais que si nous continuons ainsi, beaucoup d'entre vous vont connaître des souffrances atroces et une mort horrible.

« Mais je veux parler encore de la maladie. Nous refusons d'en parler, et garder le silence tue. Nous savons que la capote protège, mais nous, grands hommes noirs puissants, traversons la vie comme si nous étions immortels. Élise, mon amie, appelle ça la pensée magique. Nous nous disons que la maladie, c'est pour les autres, et nous baisons, baisons, comme des aveugles, la queue toute nue dans le ventre de la maladie. Moi je vous dis, et c'est pour cela que je veux vous parler avant de mourir, que nous serons des millions à mourir. Du sida, bien sûr, de la malaria aussi, mais surtout d'une maladie pire, contre laquelle il n'existe pas de capote ou de vaccin. Cette maladie, c'est la haine. Il y a dans ce pays des gens qui sèment la haine comme les hommes inconscients sèment avec leur sperme la mort dans le ventre des femmes qui la portent ailleurs, dans d'autres hommes et dans les enfants qu'elles conçoivent... Je pourrais avoir un peu d'eau ? »

Une main tenant un verre d'eau apparaît dans l'image. Méthode boit et s'étouffe. Il reprend encore plus lentement.

« Je meurs du sida, mais je meurs par accident. Je n'ai pas choisi, c'est une erreur. Je croyais que c'était une maladie de Blanc ou d'homosexuel ou de singe ou de drogué. Je suis né tutsi, c'est écrit sur ma carte d'identité, mais je le suis par accident. Je n'ai pas choisi et c'est encore une erreur. Mon arrière-grand-père a appris des Blancs que les Tutsis étaient supérieurs aux Hutus. Il était hutu. Il a tout fait pour que ses enfants et ses petits-enfants deviennent des Tutsis. Alors, me voici, hutu-tutsi et sidéen, propriétaire de toutes les maladies qui vont nous détruire. Regardez-moi bien, je suis votre miroir, votre double qui pourrit de l'intérieur. Je meurs un peu avant vous, c'est tout. »

Le ministre se leva et se mit à hurler : « C'est un scandale ! » Il sortit en trombe. Cela eut pour effet de réveiller ses deux gardes du corps qui s'étaient endormis. Les dignitaires, les Hutus et les deux membres de l'ambassade de Suisse qui subventionnait la Banque populaire suivirent.

« Je pars content parce qu'enfin j'ai parlé. Adieu, et que le Seigneur vous bénisse. »

Debout, dans le fond de la large salle froide et laide, Gentille pleurait. Quand Valcourt vint la voir, elle lui dit : « Méthode a raison. Promets-moi de m'emmener avec toi quand tu partiras, je ne veux pas mourir. » Il posa sa main tremblante sur sa joue. « Je te le promets. » Tout basculait, il venait de réintégrer la vie en prononçant quatre mots. Il était venu ici pour vivre lentement, sans but, sans ambition ni passion. Valcourt ne souhaitait qu'aller au bout de son chemin sans tricher, mais en même temps sans s'engager ou prendre parti. « Nous sommes toujours prisonniers de nos paroles », avait-il écrit un jour. Et c'est prisonnier de ses dernières paroles que, oscillant entre l'angoisse et le bonheur, il partit avec toute la bande pour se soûler chez Lando.

À peine Valcourt était-il assis que déjà il s'ennuyait de Gentille qui n'avait pas pu quitter son service. Il laissa les copains agglutinés autour d'une longue table qui se couvrit instantanément de grosses Primus, et s'installa dans un coin à une table bancale qui faisait toc sur le sol de béton chaque fois qu'il s'y appuyait pour regarder le match de foot Lyon-Monaco que transmettait RF1.

Lando vint le rejoindre avec une bouteille de Johnny Walker Black et deux verres à bière qu'il remplit. Ils allaient vraiment se sôuler.

« Méthode rêvait d'aller au Québec, comme son ami Raphaël l'a fait. Tu ne sais pas comment il l'enviait d'avoir fait ce voyage. Je le comprends un peu. C'est amusant chez vous. Vous êtes tellement loin de tout. »

Et Landouald raconta la Grande-Allée à Québec et les habitants de la ville, se moquant gentiment de leur réserve provinciale et de ses professeurs de sciences politiques à l'Université Laval. Quand il leur parlait de la démesure rwandaise, de la corruption, de la violence, ses profs québécois tiers-mondistes le traitaient de « colonisé ».

« J'avais parfois la curieuse impression que les Noirs opprimés, c'étaient eux qui se promenaient dans leur Volvo, et que moi, je n'étais qu'un petit Blanc naïf qui voulait exploiter l'Afrique. »

Valcourt sourit et but une rasade. Son ami fit de même, mais sans sourire.

« Tu devrais partir, Bernard. Notre ami Méthode était plus perspicace que je le croyais. Il avait raison. Le grand massacre se prépare, plus grand que tous les autres que le Rwanda et le Burundi ont connus. Notre seule chance, ce sont les Casques bleus et ton général canadien. Mais comme dit Hélène, qui est séparatiste, c'est un vrai Canadien, une imitation de Suisse, un fonctionnaire qui suit la procédure à la lettre. Ici, si tu suis la procédure, tu es cent morts en retard. Bois. Viens voir. »

Le grand Lando tenait Bernard par l'épaule. Comme il

boitait, cela lui faisait plus un poids qu'une étreinte. Ils longèrent le bar, traversèrent le stationnement du restaurant jusqu'au rond-point. On avait largement passé l'heure du couvre-feu. En théorie, seuls les « humanitaires », c'est-à-dire les Blancs, les médecins et bien sûr les soldats avaient encore le droit de circuler. Les « vautours », comme Lando les appelait, patrouillaient le rond-point. Ils étaient une vingtaine. Ils ne faisaient pas partie de la gendarmerie ni de l'armée régulière.

« Bonjour, messieurs de la garde présidentielle, lança Lando. Je bois à la santé du Rwanda. Vous voulez boire avec nous ? Non, vous ne voulez pas boire avec nous. Vous êtes des Hutus, de vrais Rwandais, et moi, je suis un horrible Tutsi, un faux Rwandais. Vous n'attendez que l'ordre qui me tuera. Ce n'est pas ce soir, je le sais, mais lequel de mes amis tuerez-vous quand il sortira d'ici ? Lequel suivrez-vous patiemment jusqu'à sa maison pour qu'il agonise devant ses enfants et ses voisins ? »

Les soldats éclatèrent de rire. Puis les injures et les insultes : Tous les Tutsis sont des fils de pute et Lando plus que tous les autres, qui n'est plus un nègre parce qu'il couche avec une Blanche. On entendit le bruit sourd d'une grenade qui venait du centre-ville. Près du stade national, quartier habité par une majorité de Tutsis, les lueurs d'un incendie léchaient le ciel mauve. Lando serra un peu plus son ami.

— Tu ne comprends toujours pas. Bon petit Occidental que tu es, bardé de beaux sentiments et de nobles principes, tu assistes au début de la fin du monde. Nous allons plonger dans une horreur unique dans l'histoire, nous allons violer, égorger, couper, charcuter. Nous allons éventrer les femmes devant leur mari, puis mutiler le mari avant que sa femme ne meure au bout de son sang, pour être certains qu'ils se verront mourir. Et pendant qu'ils agoniseront, qu'ils en seront à leur dernier souffle, nous violerons leurs filles, pas une fois, mais dix fois, vingt fois. Et les vierges seront violées par des soldats sidéens. Nous aurons l'efficacité sauvage des primitifs et des pauvres. Avec des machettes, des couteaux et des gourdins, nous ferons mieux que les Américains avec leurs bombes savantes. Mais ce ne sera pas une guerre pour la télévision. Vous ne pourriez supporter quinze minutes de nos guerres et de nos massacres. Ils sont laids et vous paraissent inhumains. C'est le lot des pauvres que de ne pas savoir comment assassiner proprement, avec une précision chirurgicale, comme disent les perroquets de CNN après les briefings des généraux. Ici, nous allons tuer dans un grand excès de folie, de bière, de mari, dans un déferlement de haine et de mépris qui dépasse ta capacité de comprendre, et la mienne aussi. Je dis « nous » parce que je suis rwandais et parce que les Tutsis le feront aussi quand ils en auront l'occasion. Je dis « nous » parce que nous sommes tous devenus fous.

— Je ne veux pas partir.
— Tu es plus fou que je pensais.
— Non, je suis amoureux. C'est pareil.

De Sodoma, le quartier des putains, on peut voir à quelques centaines de mètres un paysage bucolique. Une colline dont la terre, toujours fraîchement retournée, est parsemée de jolies fleurs. De Sodoma, la vue est belle. Un fonctionnaire de l'ACDI, de passage pour vérifier si les fonds que le Canada accordait à la lutte contre le sida étaient bien utilisés, demanda à son accompagnateur rwandais : « Vous aussi, vous avez des jardins communautaires ? » Il faut lui pardonner. Sur cette colline, dans un va-et-vient continu, des gens bêchent, creusent et manipulent la terre. De loin, on dirait des centaines de petits lots sagement et méthodiquement sarclés, comme dans un terrain vague d'un quartier populaire à Montréal. « Non, c'est le nouveau cimetière, avait répondu l'accompagnateur. Il n'y a plus de place dans les autres. »

La croix était parfaite, tordue comme un arbre mort, toute de jaune, de bleu et de vert, avec à la place du corps du Christ un Johnny Cash plus ou moins ressemblant, mais qu'on reconnaissait parce que le sculpteur avait gravé son nom.

Il y avait Élise, le père Louis, ce vieux Champenois calme et obstiné qui à lui seul s'occupait davantage des sidéens que toutes les organisations humanitaires du pays, et Valcourt. Ils écoutaient Johnny Cash en attendant que les autres arrivent pendant que deux adolescents finissaient de creuser un trou assez profond pour contenir la boîte. Ils avaient beau tourner la tête et regarder dans toutes les directions, personne n'arrivait sinon d'autres groupes venant enterrer leur mort. Puis, rôdant comme des chacals, quelques soldats s'approchèrent juste assez pour qu'on note leur présence. Dix trous béants en cette fin de matinée, dans cette ville de cinq cent mille habitants, attendaient leur boîte et dix autres plus tard, vers l'heure du midi. Il y en aurait encore des vingtaines d'autres en fin d'après-midi, quand le soleil frapperait un peu moins directement les cercueils. Une Volvo noire boueuse apparut. C'était la voiture de Lando. Il en sortit avec un énorme bouquet, qu'il laissa tomber au fond du trou. Il ne fallait plus attendre personne, expliqua-t-il. À la Banque, on avait menacé de congédiement ceux qui s'absenteraient ce matin. La radio privée, Radio Mille-Collines, qui venait à peine de commencer à diffuser ses émissions, annonçait qu'un terroriste nommé Méthode était mort la veille et que toute personne vue à son enterrement serait considérée par les milices d'autodéfense comme un complice qu'il fallait éliminer. Et puis, durant la nuit, on avait incendié la maison de Raphaël. Il s'était réfugié chez Élise, qui n'avait pas voulu le dire pour n'alarmer personne. Élise haussa les épaules en signe d'excuse, et le père Louis marmonna quelques mots en latin, langue qu'il persistait à employer dans les moments solennels ou quand il officiait pour des amis. Puis, après avoir aspergé la boîte d'eau bénite : « Méthode, tu n'as besoin ni de ma bénédiction ni de mes prières. Tu n'as demandé à la vie que le plaisir de la vie, tout simplement. Et tu en meurs. Si tu avais fait mille péchés mortels, tes paroles d'hier assureraient ta rédemption… »

Il s'interrompit parce qu'il avait vu Gentille qui approchait. Elle venait tout juste de dépasser le groupe de soldats qui l'injuriaient copieusement. D'une main, elle tenait ses souliers de cuir noir et, de l'autre, un bouquet d'iris bleus. Elle avançait droite et déterminée comme quelqu'un qui accomplit un devoir. « J'ai pris congé, murmura-t-elle à Valcourt, il fallait que je sois ici avec toi. Je ne suis pas vraiment venue pour Méthode. Excuse-moi d'être aussi franche. » Elle s'empara de sa main et la serra légèrement. Les soldats s'approchaient en riant. Des dizaines de choucas faisaient des cercles patients au-dessus du cimetière.

76

Au loin, une famille avançait, portant un cadavre sur un brancard, puis, derrière, encore des endeuillés, épuisés à force de gravir cette colline. Six cadavres attendaient maintenant qu'on en finisse avec celui de Méthode et qu'on leur creuse un trou. Une sombre cacophonie monta dans le ciel, faite de cantiques divers, de pleurs hystériques, de vrombissements de moteurs et de klaxons des camions chambranlants qui parcouraient la route Mombassa-Kampala, l'autoroute du sida. Car, dans la vallée qui sépare Sodoma, le quartier des putes, du cimetière, fumait et puait le parc des camionneurs. Symbolique résumé de la vie dans cette ville. Tu gares ton camion, tu gravis la colline de Sodoma pour boire quelques Primus et tirer un coup, et quelque temps plus tard tu te retrouves dans un trou sur la colline d'en face.

Le père Louis avait repris son sermon.

« Nous sommes ici pour saluer la dignité d'un homme qui a osé parler. Moi, je suis ici pour lui dire que le paradis lui est ouvert. Peut-on reprocher à un homme de mourir parce qu'il a voulu aimer ? Ma foi me rassure, mais me laisse sans moyens, sinon, comme Méthode, celui de la parole. Alors, je dis qu'ici, au Rwanda, nous approchons des limites de l'humanité, que nous risquons de basculer dans la démence, dans une folie qui nous stupéfiera nous-mêmes. Je voudrais vous rassurer, je ne le peux pas. »

Le prêtre redressa les épaules et, d'un mouvement ample, dessina une bénédiction qui découpa le ciel, comme s'il bénissait le pays tout entier.

Une fois le trou rempli de terre, ils tracèrent un cercle de cailloux autour de la croix psychédélique. Gentille déposa son bouquet d'iris et ils s'entassèrent dans la Volvo de Lando, la fourgonnette qui les avait amenés avec le corps de Méthode étant déjà repartie chercher une autre boîte en bois. À la sortie de Nyamirambo, près de la mosquée, des jeunes hommes appartenant aux milices hutues se frayaient un chemin entre les automobiles et les minibus en tentant de vendre une des nombreuses feuilles extrémistes dont le régime encourageait la publication. Lando s'arrêta et acheta un exemplaire de *Ijambo*.

« Que racontent aujourd'hui nos assassins ? »

Et il tendit au père Louis le petit hebdomadaire mal imprimé.

— On y parle de Raphaël, qui ne doit son avancement qu'à ses sœurs tutsies qu'il conduit dans le lit du directeur blanc des Banques populaires, et de toi, Lando, qui, pour remercier le directeur Raphaël et Méthode pour les crédits que tu as obtenus des Banques, leur fournis dans ton hôtel des chambres pour recevoir les putains… évidemment tutsies*.

— Gentille, dit Lando, tu t'es foutue dans un sacré pétrin. Tu ne peux pas rentrer chez toi, du moins pour le moment.

Gentille ne disait mot, tout occupée à faire comprendre discrètement à Valcourt que si sa cuisse était collée contre la sienne ce n'était pas à cause de l'exiguïté de la voiture, tout comme le coude qu'elle avait progressivement glissé dans le creux de son bras. Valcourt n'était pas idiot. S'il vivait dans ce pays, c'était en partie parce qu'il

---

* Résumé d'un article paru dans l'hebdomadaire *Ijambo* en novembre 1991.

avait souvent plongé les yeux fermés dans des eaux troubles au simple appel de la cuisse qui insiste ou du coude qui se niche innocemment. Il s'était emballé pour bien moins : un regard, un sourire, une démarche. À Montréal, il avait suivi une de ces danseuses qui flottent presque sur la surface de la vie jusque dans le trou noir de l'héroïne. Il avait réussi à fuir à temps, mais était resté meurtri, cassé dans ce que l'homme possède de plus vital, la confiance en l'être aimé. Que cette cuisse était chaude ! Que ce coude était délicat et fragile ! Mais Valcourt n'avait pas quitté son pays pour vivre plus ou mieux. Il réclamait seulement le droit à la somnolence paisible. Et voilà qu'on le réveillait, qu'on le bousculait comme un enfant à qui l'on dit qu'il sera en retard pour la fête. Il avait promis, bien sûr. Il n'abandonnerait pas Gentille, la garderait avec lui, la protégerait un peu comme une fille adoptive. Ainsi mentait Valcourt, transi par la peur de retourner complètement dans la vie, et peut-être encore plus par celle d'être incapable de donner à ces seins les caresses qu'ils attendaient et à ce sexe, dont il avait déjà inventé l'odeur et le goût, un autre sexe qui puisse le satisfaire. Il transpirait à grosses gouttes et grelottait à la fois.

— Tu n'es pas bien ? dit-elle en prenant sa main.

Il ne dit rien, mais ne retira pas la sienne, qu'elle pressa légèrement. Il fit de même, ferma les yeux, appuya sa tête sur la banquette. Dieu lui offrait la plus belle de ses filles. Jamais il ne s'était senti aussi vieux, aussi près de la fin, mais en même temps aussi libre. Cela l'effrayait plus que tout. Car il avait toujours cru que l'absolue liberté est une prison. Jamais il n'avait craint autant les actes qu'il allait faire, car il les pressentait déjà. Il mesurait la profondeur des bonheurs qui s'annonçaient et l'abîme des douleurs dans lequel il se précipitait volontairement, consciemment. Il serra un peu plus la main de Gentille, puis la regarda dans les yeux pour la première fois. Elle esquissa un sourire timide de ses lèvres mouillées. Il ferma les yeux en souhaitant que tout se fige, que la vie s'arrête à ce moment précis. Puis son corps se détendit. Muscle par muscle. Il aurait pu en décrire la séquence précise, comme si un écheveau tordu se défaisait devant ses yeux et que chacun des fils prît sa place, formant une tapisserie ordonnée et harmonieuse.

Jusqu'à l'hôtel, ils ne dirent pas un mot. Lando avait observé toute la scène dans son rétroviseur avec un sourire triste.

— Allez, les enfants, je vous invite tous, nous allons célébrer Méthode. Rien ni personne ne doit nous empêcher de goûter les plaisirs de la vie. Mes brochettes de chèvre sont bien meilleures que le buffet européen du Mille-Collines, mais leur carte des vins est plus sophistiquée.

Gentille marchait dans le parking en direction de l'entrée de l'hôtel. Bernard s'arrêta pour la regarder défaire l'espace en courbes douces et sensuelles. Elle se retourna, inquiète de ne pas le voir à ses côtés.

— Ça va ?

— Je te regarde marcher et j'aime ça, et j'ai peur tellement j'aime ça.

Ils entrèrent dans le hall de l'hôtel main dans la main. Zozo se figea. Le directeur adjoint, qui passait par là, fit de même, ce qui ne l'empêcha pas de dire :

— Mademoiselle Gentille, vous êtes congédiée pour absence non autorisée.

Lando lança, méprisant :

— Si vous saviez comme ils s'en moquent.

Gentille et Valcourt montèrent à sa chambre. Il désigna le lit près de la porte coulissante qui ouvrait sur le balcon.

— Tu dormiras là.

— Et toi ?

— Dans l'autre lit.

— Je me sentirai plus loin que si je dormais chez moi.

— Non. Je t'entendrai respirer durant ton sommeil. Toi, tu m'entendras ronfler. Ton odeur va se coucher dans les draps, puis imprégner les murs et le tapis. Tu sentiras mon parfum qui n'est plus maintenant que l'émanation des lotions, des eaux de toilette et d'une peau qui vieillit. Tu t'en fatigueras peut-être rapidement. Vous le dites souvent, nous dégageons une odeur de cadavre, un parfum de fiole. Nos effluves évoquent les éprouvettes ou les laboratoires. Et puis, Gentille, il me faut du temps. Nous verrons, nous verrons.

— Tu ne m'aimes pas.

— Je t'aime déjà trop. Et puis que sais-tu de l'amour, petite fille ? Car c'est bien tout mon malheur. Tu n'es qu'une petite fille.

— Je ne suis pas une petite fille. J'ai vingt-deux ans et ici, à mon âge, on a vu beaucoup de choses. Et puis tu ne comprends jamais rien parce que tu compliques tout. Tu réfléchis, tu prends des notes. Je le sais, je te regarde sans arrêt depuis que je travaille ici. Tu discutes et tu raisonnes. Quand les autres rient aux éclats, quand ils crient de plaisir, tu souris un peu. Quand tu ris, c'est en silence ou presque. Quand tu te soûles, c'est seul dans ta chambre. Je le sais parce que Zozo sait tout et il me raconte tout, parce qu'il croit que je vais l'aimer quand il deviendra chef des pions. Il ferait n'importe quoi pour moi. Je lui ai posé des centaines de questions sur toi. Même si les filles dorment souvent chez toi, je sais que tu n'as jamais couché avec aucune, sauf avec Agathe. Je sais aussi que tu n'es pas un vrai homme avec elle. J'ai parlé à toutes les filles. Elles pensent que tu les aimes bien, mais que tu les méprises, parce qu'elles s'offrent à toi et que tu ne les prends pas, même gratuitement. Non, je ne connais rien de l'amour des Blancs. Je ne connais que des Blancs qui me regardent avec de gros yeux ronds, comme ceux des tilapias dans les assiettes que je sers, et qui me disent quand je viens leur servir leur deuxième bière : « Tu sais, je pourrais t'aider. On pourrait prendre un verre et en parler. » Les Rwandais au moins, ils y vont tout droit : « T'es belle, tu sais. Tu viens avec moi ce soir ? » Et ils mettent une main sur mon dos ou sur mes fesses. Je dis non et ils continuent à rire et à s'amuser. Le Blanc, lui, il fait le coq insulté. Il perd le sourire et sa manière douce de parler. La troisième bière, il la commande en montrant du doigt la bouteille vide. Et il s'en va sans dire ni merci ni bonsoir. Et le pourboire, aussi bien ne pas en parler. Le lendemain, il fait semblant qu'il ne m'a jamais demandé de coucher avec lui. Quand tu es venu me reconduire chez moi, ce que je voulais te dire, c'est que je t'aimais parce que tu ne m'avais jamais demandé d'aller avec toi. Je sais que je suis belle parce qu'on me le dit depuis que j'ai des seins, depuis que j'ai douze ans. Mais je ne sais pas ce que ça signifie d'être aussi belle. En tout cas, ce n'est pas une bénédiction. C'est un malheur. Sur ma colline, ils ont tous essayé, les oncles, les cousins, les amis des oncles et des cousins. Quelques-uns étaient plus jolis ou gentils, ils me disaient des choses comme dans les films français ou américains qu'on va voir dans les bars où il y a la télévision. Avant de me lancer sur la natte, ils me prenaient la main, comme dans les films. Ça durait quelques secondes. Je me laissais prendre. Ils avaient leur plaisir et partaient en riant et en disant : « Tu es bonne, Gentille. » Et puis les autres, ils ne demandaient pas la permission. Ils le faisaient. Alors, ce que je voulais te dire l'autre soir, c'est que je croyais que je ne te plaisais pas parce que jamais tu ne m'as proposé d'aller avec toi et que, moi, j'en avais envie parce que tu as toujours été poli et gentil, rien d'autre, juste poli et gentil.

— Et Blanc… et riche.

Pourquoi ne pouvait-il pas comprendre ce qui lui paraissait si simple à elle ? Bien sûr, elle voulait être aimée comme une Blanche, comme dans les films dans lesquels on ne voyait que des caresses et de longs baisers, des bouquets de fleurs et des hommes qui pleurent de douleur amoureuse. Non, elle ne souhaitait pas qu'il pleure, mais elle voulait savoir que son homme en serait capable.

— Je connais des Rwandais qui pleurent aussi quand ils connaissent un chagrin d'amour.

Elle n'en connaissait pas.

— Je veux que tu m'enseignes l'amour des Blancs.

— Je ne peux t'enseigner que le mien. Et parfois, il est bien noir.

Une femme terrorisée se mit à hurler dans la chambre voisine. Puis ils entendirent le bruit d'une bousculade, d'autres cris stridents et des chaises renversées sur le balcon et enfin un « non » prolongé et aigu qui s'éteignit dans un bruit sourd. Sur l'auvent en métal qui recouvrait le bar de la piscine gisait le corps de Mélissa, la plus laide et la plus maigre de toutes les prostituées de l'hôtel.

— Ah, la vache ! La dégueulasse ! Elle s'est jetée juste pour m'emmerder.

Un gros Belge nu gesticulait sur le balcon voisin. Autour de la piscine, quelques paras en mal de bronzage levèrent la tête. Deux touristes cessèrent de nager, puis reprirent leur crawl étudié. Gentille criait : « Mélissa ! Mélissa ! » Valcourt dit : « Tu veux encore que je t'enseigne l'amour des Blancs ? » Mélissa râlait trois étages plus bas sur l'aluminium brûlant. Gentille hurlait. « Il a voulu la tuer. Appelez la police ! » Le ventripotent protestait : « Juste une pute soûle, une sale pute. »

Gentille eut beau crier, Valcourt parlementer et menacer, la direction de l'hôtel n'appela jamais la police. Le chef de la sécurité de l'ambassade de Belgique, qui déjeunait au bar de la piscine, prit les choses en main. Son collègue, expliqua-t-il, avait été agressé par une pauvre prostituée qui voulait le voler, il s'était défendu et le malheureux accident était survenu. L'ambassade, où l'on savait vivre, s'occuperait de la malheureuse et acquitterait tous les frais d'hôpital. L'énorme barrique de bière titubante qui promenait sa petite virgule de pénis dans le corridor acquiesçait à chaque parole de son supérieur, qui conclut en disant à Valcourt : « Monsieur, vous avez tous les mauvais amis qu'on puisse avoir ici. Vous prenez des risques… Et puis, dites-moi, pourquoi ne laissez-vous pas ces gens à leur destin ? »

À l'hôpital, ils parcoururent tous les pavillons, enjambèrent les grabats et les nattes, décrivant Mélissa au personnel. À l'urgence, ils insistèrent en haussant la voix. Aucune Mélissa n'avait été admise au CHK aujourd'hui. On ne retrouva jamais le corps de Mélissa. Le gros Belge passa deux jours à l'ambassade puis rentra dans son pays. Au bar, une autre fille qui attendait depuis des mois la permission d'entrer en action l'avait remplacée. Le lendemain de l'incident, dont on ne parlait déjà plus, Valcourt et Gentille se rendirent au bureau des procureurs de la république pour déposer une plainte. Le procureur en chef adjoint les reçut, par respect pour Valcourt, citoyen d'un pays donateur et surtout neutre, comme le Canada, un pays qui ne posait pas de questions et qui donnait les yeux fermés, un pays parfait, quoi.

En quelques mots, Valcourt exposa les faits, insistant pour dire que le corps avait disparu après que des membres du service de sécurité belge eurent promis de le transporter à l'hôpital. Pourquoi ne pas les interroger? Où était le consultant belge? Le haut fonctionnaire l'interrompit d'un geste ample des deux mains, comme un curé qui s'apprête à bénir ses ouailles ou à prononcer un long sermon. Le représentant de la république comprenait la démarche du Canadien, mais…

« Nous aussi, même si nous la pratiquons depuis moins longtemps que vous, nous cherchons la voie vers une plus grande démocratie. Nous aussi, nous croyons en l'État de droit et le pratiquons, bien qu'avec parfois des particularismes qui peuvent surprendre mais qu'il faut respecter. Vous faites appel à cet État de droit et vous nous faites confiance. C'est une marque de respect envers notre démocratie dont je me réjouis. De toute évidence, vous n'êtes pas victime de la propagande de ces cancrelats tutsis qui abusent de notre généreuse république. Encore que je me sois laissé dire que vous avez de curieuses fréquentations, que vous êtes un ami de ce Raphaël de la Banque populaire qui donne ses sœurs aux Blancs pour en retirer des avantages. Vous avez aussi organisé les funérailles plutôt spectaculaires d'un certain Méthode qui, avant de mourir, a tenté de détruire l'économie touristique de ce calme pays en évoquant l'épouvantail d'une maladie qui existe si peu ici que nos citoyens n'en connaissent même pas le nom. Je vous le dis tout de suite, j'attribue ces erreurs de jugement à un trop grand besoin d'amitié superficielle, aux vicissitudes de la solitude. Les Tutsies ont le rire facile et la cuisse légère. Je comprends qu'un expatrié succombe à ces charmes et s'en grise au point de devenir aveugle. Mais là n'est pas ce qui nous occupe. En passant, monsieur Valcourt, vous savez que j'ai étudié au Canada. Oui, à l'Université Laval. Mais le français qu'on y parlait se rapprochait tellement d'une sorte de créole incompréhensible que j'ai préféré mon français de nègre et que j'ai terminé mes études à Butare…»

Valcourt connaissait maintenant trop bien les jouissances qu'apportaient le sermon solennel, le discours pompeux, la longue dissertation à tant d'«intellectuels» africains pour oser l'interrompre.

«Oui, je sais, c'est un prêtre canadien qui a fondé l'Université de Butare, et beaucoup de vos concitoyens y enseignent encore. Vous m'expliquerez peut-être un jour pourquoi, ici, ils se forcent à parler correctement, eux que nous parvenons généralement à comprendre, alors que chez vous… Mais je m'égare… Vous voilà donc dans une chambre de l'hôtel Mille-Collines avec une jeune femme, je dois l'avouer, pardonnez ma franchise, mademoiselle, une jeune femme d'une beauté remarquable, je dirais plus, d'une beauté exceptionnelle. De toute évidence, une Tutsie, et peut-être une mineure. Il faudrait vérifier…»

Le procureur griffonna quelques mots, puis enleva ses lunettes Armani.

« Cette jeune femme vient tout juste d'être congédiée. Elle n'avait aucune raison honnête d'être dans votre chambre, sinon pour y faire ce métier dans lequel, dit-on, les Tutsies excellent. Vous savez, monsieur Valcourt, que ces gens n'aiment ni les Belges ni les Français, tous ceux qui ont aidé la majorité hutue à reprendre ses droits usurpés par les cancrelats…»

Valcourt et Gentille protestèrent. Elle était majeure et hutue, et surtout pas putain. Le haut fonctionnaire rétorqua sèchement qu'on fabriquait ces jours-ci plus de faux papiers que d'authentiques.

« Regardez-la, monsieur… ce nez fin, ce teint de doux chocolat et cette taille, regardez-la et vous verrez bien que c'est une descendante des Éthiopiens. Donc, vous êtes dans votre chambre. Vous entendez des cris, vous vous précipitez sur le balcon. Une prostituée tutsie gît sur l'auvent du bar de la piscine et un malheureux membre du corps diplomatique belge s'époumone, perdu qu'il est devant cette tentative de suicide qui pourrait compromettre non seulement son honorable carrière, mais aussi la sérénité de sa famille. Mais sous l'influence amoureuse, oserais-je dire, vous, monsieur Valcourt, y voyez quelque sombre motif. Vous accourez à l'hôpital sans savoir si cette jeune fille, Mélissa, a eu besoin d'être hospitalisée. Vous insultez de dignes médecins, dont le chef de l'urgence, et puis vous venez ici pour accuser d'homicide involontaire un diplomate belge, de même que de complicité les officiers de la gendarmerie qui ont recueilli la jeune fille, qui était toujours vivante, je vous le rappelle. En fait, si la jeune fille a disparu comme vous le prétendez, vous accusez la gendarmerie de séquestration ou peut-être, je n'ose pas le croire, d'assassinat et évidemment d'entrave à la justice pour avoir fait disparaître une pièce à conviction, soit le cadavre de ladite Mélissa. Je vous dis, moi, que la jeune fille, honteuse à juste titre d'avoir mis dans l'embarras un ami de notre pays, est tout simplement retournée sur sa colline par le premier minibus. Vous voulez toujours déposer une plainte ? »

Gentille serra férocement la main de Valcourt durant quelques secondes qui permirent aux bruits du marché de tuer le silence qui s'était installé. Le temps d'entendre cent petites tranches de vie bruyantes et anodines.

— Oui, je veux déposer une plainte… contre le Belge et contre ceux qui sont venus chercher Mélissa.

— Comme vous êtes seule à vouloir ester en justice, comme disent les savants collègues, je vais vous demander de demeurer ici pour remplir les formalités et répondre aux questions de nos enquêteurs. Quant à vous, monsieur Valcourt, je ne vous retiens pas.

— Vous ne comprenez pas, monsieur le procureur en chef adjoint, c'est moi qui porte plainte et qui demande une enquête sur la tentative d'assassinat de Mélissa, puis sur sa disparition.

— Vous aimez beaucoup le Rwanda, monsieur Valcourt, je le sais, et aussi les Rwandaises comme je le constate, mais pour que vous puissiez rester ici, encore faudrait-il que le Rwanda vous aime.

— Et vous êtes le Rwanda, peut-être ?

— Oui, monsieur Valcourt, d'une certaine manière. Vous pouvez revenir demain pour remplir les formalités. Aujourd'hui, nous sommes débordés.

Oui, ils étaient débordés. Du bureau voisin provenaient des rires hystériques. Dans la salle d'attente, un groupe de miliciens, ces *interhamwes* qui s'affichaient de plus en plus, s'amusaient à frapper un jeune garçon. Des policiers riaient. Trois fonctionnaires derrière de petits bureaux d'écoliers poussaient lentement leur crayon.

Ils descendaient les marches donnant sur la rue du marché quand ils entendirent :

« Monsieur Valcourt, votre contrat avec la télévision est toujours valide, n'est-ce pas ? »

6

Face au bureau du ministère, une orgie de couleurs et de sons confus, de grouillements et de cris joyeux. Une sorte de concerto pour la vie. Petite vie, sans lustre, ordinaire, misérable, cacophonique, simple, méchante, bête, rieuse, mais la vie quand même. Le grand marché de Kigali, comme un tableau fauve et éclatant, disait à sa manière qu'existe une Afrique indestructible, celle de la proximité, du coude à coude, du petit commerce, de la débrouillardise, l'Afrique de la conversation interminable, de l'endurance, de la persistance.

Devant eux, une longue cicatrice rouge, aussi rouge que le rouge des drapeaux qui tuent. Trente mètres de tomates, trente vendeuses. Valcourt, qui n'avait jamais vu de rouge aussi rutilant, venait souvent s'asseoir sur les marches du bureau du procureur pour le contempler. Il avait déjà demandé à des caméramans de faire de longs plans fixes de ces tomates, puis des panoramiques et aussi des zoom in et des zoom out. Et puis les mêmes plans, avec les mêmes mouvements, du comptoir des épices sur lesquels s'alignaient comme dans un champ de coquelicots et de marguerites les petits pots de piment moulu et de safran. Ses élèves caméramans n'avaient jamais compris sa fascination pour des plans qui ne montraient que des tomates, du piment et du safran.

« Viens, je vais te présenter Cyprien.»

Cyprien vendait du tabac en feuilles qu'il étalait sur une petite natte en face des tomates beaucoup plus populaires que son tabac, qui devenait de plus en plus un produit de luxe. Il n'en voulait pas aux tomates, ni surtout aux vendeuses, qu'il ne cessait de draguer même s'il était marié et père de trois enfants. Il voulait toutes les baiser avant de mourir et il n'était pas loin d'avoir réussi. L'ancien camionneur ne pouvait voir une femme sans vouloir la prendre. Cyprien était sidéen, mais personne ne le savait, même pas sa femme, de telle sorte que les deux derniers enfants aussi étaient séropositifs. Sa place au marché, il l'avait obtenue grâce au père Louis qui finançait un programme de petits prêts pour permettre à certains sidéens de faire du commerce. Cyprien était heureux. Son calme et son détachement devant la mort imminente avaient fasciné Valcourt. Mais quand il s'en ouvrait à lui et le bombardait de questions, comme seuls les journalistes et les épouses trompées savent le faire, Cyprien n'arrivait pas à comprendre son étonnement et sa curiosité. Un jour, à bout d'explications que Valcourt trouvait toujours trop simplistes ou qu'il attribuait à la traditionnelle réserve des Rwandais, Cyprien lui avait demandé : «Mais dites-moi, monsieur Valcourt, les gens ne meurent pas dans votre pays?» Cyprien allait mourir comme il venait vendre son tabac au grand marché de Kigali. La fin n'avait pas plus de signification que le début ou le milieu. La mort, ici, commençait-il à comprendre, n'était rien d'autre qu'un geste quotidien.

«Monsieur Valcourt, je suis content de vous voir. Le film, nous le faisons bientôt?»

Cyprien faisait partie d'une cinquantaine de personnes, la plupart séropositives, avec qui Valcourt avait noué des liens de camaraderie, parfois même d'amitié, en faisant des recherches pour ce film sur le sida qu'il désespérait de terminer un jour. Il les avait approchés et interrogés avec assez de patience et de respect pour que ces gens si discrets, secrets même, se confient maintenant à lui avec une désinvolture et une candeur qui lui réchauffaient le cœur. Ainsi, pour expliquer qu'il avait fait un enfant à sa femme malgré sa maladie, il lui avait dit : «Monsieur Valcourt, c'est un accident. Ce jour-là j'avais vendu tout mon tabac en une heure. Je suis allé boire de la bière au Cosmos tellement j'étais heureux. Et il y avait cette fille que je voulais depuis si longtemps. Je l'ai prise avec une capote que le père m'avait donnée. Puis, un peu soûl, je suis rentré à la maison. Mais j'avais encore envie. Cette fille, elle n'était pas très bonne. Et ma femme, elle, elle est très bonne. Je n'avais plus de capote, mais j'avais tellement envie et ma femme aussi. Dieu ne me punira pas parce que ma femme et moi, on voulait avoir du plaisir. Vous voyez, c'est un accident.»

Valcourt répéta pour la dixième fois que le projet de film avançait.

«Vous me ramenez à la maison, monsieur Valcourt?

Les affaires ne sont pas bonnes aujourd'hui et, surtout, les clients ne sont pas de bonne qualité. Regardez derrière vous. »

À une dizaine de mètres, quatre jeunes miliciens portant la casquette du parti du président faisaient des moulinets avec leur machette. La joyeuse et bruyante anarchie du marché s'était éteinte, comme dans une forêt soudain se taisent les oiseaux quand les prédateurs s'y glissent.

Georgina, la femme de Cyprien, avait fait du thé, mais ils buvaient de la Primus chaude. Valcourt ne cessait de regarder les trois enfants qui jouaient sur le petit bout de terre battue faisant office de jardin et de terrain de jeu. Quelques plants de tomates, des haricots aussi poussaient difficilement à l'ombre de la petite cabane de terre rougeâtre. C'étaient des enfants comme tous les autres. Ils s'inventaient des jeux avec une boîte de conserve qui, à un moment, servait de ballon, puis, à un autre, de coquillage, dont ils tiraient des sons qui provoquaient des rires presque hystériques. Valcourt ne voyait pas des enfants, il observait des morts en sursis. Sans trop s'en rendre compte, il cherchait sur leur visage des indices, des signes de leur maladie. À chaque visite, il posait des questions sur leurs diarrhées ou encore sur leur poids. Avaient-ils eu de la fièvre récemment ? Comment était leur appétit ? Encore cet après-midi, il recommençait et surtout prenait à témoin Gentille qui, elle, ne faisait que rire du rire des enfants.

— Gentille, comment peux-tu rire aussi facilement ?
— Parce qu'ils sont drôles. Parce qu'ils rient. Parce que maintenant il fait chaud et bon. Parce que tu es là.

Parce que la bière me chatouille le dedans des joues et que j'aime bien Cyprien et Georgina… Tu veux que je continue ? Alors je continue : parce que les oiseaux, la mer que je ne vois pas et que je n'ai jamais vue, parce que le Canada que je verrai peut-être un jour. Parce que maintenant je vis, parce que les enfants vivent et parce que maintenant nous sommes bien. Tu veux que je continue ?

Il secoua la tête. Gentille avait raison.

— Monsieur Valcourt, commença Cyprien, je vais te dire ce qui te fait la tête toujours triste et sérieuse. Je te tutoie parce que tu sais tout de moi. Tu m'as tout tiré de la tête avec tes questions. Tu connais même ma maladie mieux que moi et tu me l'expliques. Tu vois, comme vous dites, nous sommes des intimes. De drôles d'intimes : tu sais quand je mets une capote et quand je ne le fais pas, et je ne connais même pas ton âge. Mais ce n'est pas grave. Je te dis, tu nous fais peur un peu parce que tu nous fais réfléchir. Nous sentons dans tes yeux ce que tu vois dans ta tête. Tu vois des morts, des squelettes, et en plus tu voudrais que nous parlions comme des mourants. Je le ferai quelques secondes avant de mourir, mais jusque-là, moi, je vis, je baise, je ris. C'est toi qui parles comme un mourant, comme si chaque phrase était la dernière. Il ne faut pas m'en vouloir, mais c'est ce que je pense et je le dis. Monsieur Valcourt, tu prends une autre Primus, tu ris avec nous, puis tu rentres à l'hôtel, tu manges, tu baises la belle Gentille et tu t'endors en ronronnant comme un chat. Et tu nous laisses tranquillement mourir en vie. Voilà, mon ami, ce que je voulais te dire depuis longtemps.

Valcourt encaissa la leçon comme un boxeur encaisse un direct dévastateur. Il était K.-O.

Mais Cyprien voulait aussi lui confier autre chose, et pour demander à Gentille d'aller retrouver Georgina et les enfants dans la maison, il fit un grand geste qui embrassait Kigali. À gauche, on voyait le centre de la ville avec l'hôtel qui le dominait sur la colline la plus élevée, à droite, la route de Ruhengeri, et en face, sur l'autre colline, le marché de ferraille qui rapetissait de plus en plus pour faire place aux fabricants de cercueils. Légèrement à droite, on distinguait la masse rougeâtre et presque moyenâgeuse de la prison. Alors Cyprien expliqua. Son cousin lui avait dit que, dans un collège de Ruhengeri, le président avait installé un camp d'entraînement et que les frères des écoles chrétiennes n'avaient pas protesté. On y entraînait des centaines de jeunes fanatiques comme ceux qui jouaient de la machette au marché. Chaque jour, sur la route qu'il montrait du doigt, des camions de l'armée remplis de miliciens arrivaient à Kigali. On les logeait dans différents quartiers, chez des sympathisants du parti et, la nuit, ils établissaient des barrières sur les chemins et contrôlaient l'identité des passants. Ils parcouraient les rues avec des papiers qu'ils remplissaient de signes après avoir demandé si la maison était tutsie ou hutue. Parfois, un peu soûls ou après avoir fumé du chanvre que les militaires leur distribuaient, ils estropiaient quelques Tutsis égarés. Depuis quelque temps, dans son quartier, des inconnus mettaient le feu aux maisons des Tutsis. Les incendiaires venaient d'ailleurs, personne ne les connaissait, mais ils ne se trompaient jamais de cible. Au « bar sous le lit », niché dans le tournant de la route qui montait vers la ville, Cécile, qu'il aimait bien caresser quand il rentrait du marché, lui avait montré des listes que lui avait laissées un milicien qui voulait baiser mais qui n'avait pas d'argent. Elles provenaient du chef de secteur, madame Odile, une hystérique qui battait ses enfants quand ils jouaient avec des Tutsis. La liste comprenait trois cent trente-deux noms. Presque tous des Tutsis. Les autres étaient des membres hutus des partis d'opposition. Voilà ce qu'il voulait lui dire. Et autre chose encore.

Un autre cousin, membre du parti du président, travaillait comme gardien à la prison. Il lui avait confié : « Nous avons commencé le travail à la prison. C'est un travail important pour la survie du Rwanda, menacé par les cancrelats. Nous les éliminons dès qu'ils arrivent. » Mais tout cela n'était rien encore. Les miliciens distribuaient des machettes dans le quartier. Certains chefs de secteur avaient même reçu des fusils-mitrailleurs. Et puis, on commençait à parler de supprimer des Blancs. Par exemple, les prêtres qui formaient des coopératives et s'occupaient des réfugiés tutsis. Personne n'était à l'abri, même pas Valcourt.

— Au marché, les miliciens criaient que tous tes amis seraient coupés en petits morceaux et que tu ne reverrais jamais le Canada, parce que tu es un ami de Lando. Et je ne dis pas ce qu'ils ont promis de faire à Gentille. Maintenant que je ne l'ai pas dit, tu le sais.

— Si tu dis vrai et, malheureusement, je te crois, Cyprien mon ami, on va te couper en petits morceaux toi aussi. Il faut que tu partes d'ici et que tu ne retournes pas au marché.

— Monsieur Valcourt, dans ta tête, je suis déjà mort. Et tu as raison. Quelques mois encore, un an peut-être. Chaque jour que je continue, je vole du temps à Dieu qui m'attend et qui ne m'en veut pas pour quelques accidents. Mais ce n'est pas parce qu'on meurt qu'on cesse de vouloir vivre et de se conduire droit. Et moi, je marche droit. Un ami, c'est un ami. Je reste avec toi pour faire ton film. Et puis, je ne t'ai pas dit. Cécile m'a montré la liste parce qu'il y avait mon nom dessus. Elle m'aime bien. C'est avec elle que j'étais au Cosmos et que j'ai fait mon dernier accident. Elle aussi voulait que je parte et que j'aille m'installer dans la région de Butare parce que c'est plus sûr.

Quand le soleil descend sur Kigali, on ne peut que se réjouir de la beauté du monde. De grands vols d'oiseaux font de délicates broderies dans le ciel. Le vent est doux et frais. Les rues se transforment en longs rubans de couleurs vives qui glissent paresseusement, formés de milliers de fourmis qui partent du centre-ville et grimpent lentement sur leur colline. De partout montent les fumées des braseros. Chaque volute qui se dessine dans le ciel parle d'une petite maison. Des milliers d'enfants rieurs courent dans les rues terreuses, poussent des ballons crevés et roulent de vieux pneus. Quand le soleil descend sur Kigali, qu'on est assis sur une des collines qui entourent la ville et qu'on possède un restant d'âme, on ne peut faire autrement que de se taire et de contempler. Cyprien prit Valcourt par l'épaule.

— Regarde. Tout est beau de chez moi. C'est pour ça que je veux mourir ici, en regardant le soleil endormir Kigali. Regarde, c'est comme du miel rouge qui coule du ciel.

Gentille vint s'asseoir à côté de Valcourt. Ils restèrent ainsi, tous les trois, silencieux, jusqu'à la tombée de la nuit, hypnotisés par cette ville bruissante qui se lovait dans les replis des ombres dorées, puis rouges et enfin brunes que peignait le soleil. Ils sentaient que leur vie, jusqu'ici plus ou moins faite de leurs décisions, leur échappait totalement. Ils se sentaient portés par des forces qu'ils pouvaient nommer, mais qu'ils ne parvenaient pas à comprendre parce qu'elles leur étaient étrangères, qu'elles ne résidaient ni dans leurs gènes, ni dans leurs frustrations, ni dans leurs faillites, parce que jamais, dans leurs pires excès de haine, ils n'avaient imaginé qu'on puisse tuer comme on sarcle un jardin pour éliminer les mauvaises herbes. Déjà le sarclage, le travail, avait débuté. Pourtant, ils ne désespéraient pas.

Les chiens aboyaient comme s'ils parlaient, comme s'ils prévenaient les humains. « Attention, l'homme devient chien et pire encore que le chien et pire encore que l'hyène ou que les charognards des vents qui dessinent des cercles dans le ciel au-dessus du troupeau inconscient. »

Cyprien avait repris son monologue. Valcourt, disait-il, voulait lui apprendre à vivre en attendant la mort. Lui, il voulait enseigner au Blanc comment on ne pouvait vivre que si on savait qu'on allait mourir. Ici, on meurt parce que c'est normal de mourir. Vivre longtemps ne l'est pas. « Chez vous, on meurt par accident, parce que la vie n'a pas été généreuse et qu'elle se retire comme une femme infidèle. Vous pensez que nous respectons moins la valeur de la vie que vous. Alors, dis-moi, Valcourt, pourquoi, pauvres et démunis que nous sommes, recueillons-nous les orphelins de nos cousins, pourquoi nos vieux meurent-ils entourés de tous leurs enfants ? Je te le dis en toute humilité, vous discutez comme de grands savants de la vie et de la mort. Nous, nous parlons des vivants et des mourants. Vous nous regardez comme des primitifs ou des inconscients. Nous ne sommes que des vivants qui ont peu de moyens, autant pour vivre que pour mourir. Nous vivons et mourons salement, comme des pauvres. »

Au-dessus de la prison de Kigali, le souffle, la sueur de milliers d'hommes parqués les uns sur les autres faisaient monter une coupole de brume.

Cyprien en savait bien plus qu'il n'avait voulu en révéler sur les massacres qui se préparaient. Il connaissait les cachettes où l'on empilait des fusils et des machettes, les casernes où la milice s'entraînait, les lieux de rassemblement dans la plupart des quartiers de la ville. Il n'avait jamais aimé les Tutsis. Il les trouvait arrogants et trop joyeux, mais il adorait la taille fine de leurs femmes qu'il pouvait entourer de ses deux grandes mains, leur peau chocolatée et leurs seins durs comme des grenades juteuses. C'est bien ce qui l'avait perdu aux yeux de ses voisins et de ses amis hutus, ainsi que son amitié avec ce Blanc qui ne fréquentait que des Tutsis et qui parlait de liberté, quand il enseignait aux journalistes de la télévision qui ne faisait toujours pas de télévision. Il aimait bien ce Valcourt qui était capable d'écouter des heures et des heures, qui parlait sans jamais faire la leçon. Mais il avait aussi un peu pitié de lui. Valcourt était aride comme un désert, comme une terre morte qui refuse les semences. La tristesse de vivre, cette maladie dont souffrent seulement ceux qui ont le luxe d'avoir le temps de se pencher sur eux-mêmes, le rongeait. Valcourt mort vivant, Cyprien vivant mort, c'est par cette équation qu'il avait résolu les incessantes questions qu'il se posait après leurs rencontres. Peut-être que cette si belle Gentille lui administrerait l'électrochoc qui le ramènerait dans la vie et lui permettrait de mourir dignement. Seuls les vivants savent mourir.

Un son saccadé de fusillade dévala de la colline voisine, et les chiens assoupis reprirent leurs aboiements de bêtes torturées. Cyprien arpentait la petite terrasse en pensant aux grands malheurs qui s'annonçaient dans son pays. Il ne souhaitait pas aider ce pays qui ne méritait que de mourir tellement il s'était nourri de mensonges et de faux prophètes. Il ne pouvait rien faire pour sa famille, déjà morte, condamnée par le sida. Ses parents? Ses amis? Ils brandissaient déjà leurs machettes neuves arrivées récemment de Chine et s'exerçaient à dépecer du Tutsi après avoir fumé un joint ou bu quelques bières que les chefs de secteur distribuaient.

— Valcourt, tu aimes Gentille?

Il répondit calmement «oui», comme s'il le savait depuis des années et que cet amour fût dans l'ordre des choses. Il répéta «oui, je l'aime», comme s'ils dînaient dans un restaurant familier, comme s'ils avaient eu le même âge et que rien n'était interdit. Gentille n'avait pas bougé, ni tressailli, mais elle chavirait déjà dans un autre monde. Le monde du cinéma et des romans, car de toute sa vie elle n'avait entendu ces mots qu'au cinéma et ne les avait lus que dans les œuvres des auteurs romantiques qu'elle avait étudiées à l'École de service social de Butare.

— Valcourt, tu l'aimes pour coucher avec elle ou tu l'aimes pour vivre avec elle?

— Les deux, Cyprien, les deux.

Gentille posa sa tête sur l'épaule de Valcourt, qui inclina la sienne pour que leurs cheveux se mêlent. Comme dans une éruption, tous les sucs de la vie coulèrent entre ses cuisses tremblantes. Un orgasme de tendresse et de mots.

— Tu n'es pas bien? demanda doucement Valcourt qui la sentait frissonner.

— Oh oui, trop bien peut-être. Pour la première fois de ma vie, je sais que je vis une vraie vie. Viens, touche. Quand on m'enseignait la poésie à l'école, on m'expliquait que les mots pouvaient mener à l'extase.

C'était en tout cas une autre vie, car ne se souciant pas de la présence de Cyprien, elle prit sa main et la guida jusqu'à son sexe ruisselant. Valcourt fut effrayé par toute cette énergie, par ces forces mystérieuses du corps et de l'âme qu'il avait déclenchées. Et ce n'est pas la joie de dire je t'aime qui l'habitait en ce moment, mais le désespoir de la perdre. Car elle partirait, il en était certain.

— Valcourt, ta Gentille, elle est tutsie, même si vous jurez le contraire. Sa mort est déjà écrite dans le ciel. Alors, si tu l'aimes, tu fais tes valises, tu oublies le film, la télévision qui ne fera jamais de télévision parce que nous sommes trop pauvres, tu oublies le Rwanda et demain tu prends l'avion.

Gentille protesta. Elle n'était pas une Tutsie.

— À moi, tu peux le dire, ce n'est pas grave, je ne le répéterai à personne. Tu as le nez droit et effilé comme un couteau, la peau couleur de café au lait, des jambes longues comme celles des girafes, des seins si pointus et fermes qu'ils percent ta blouse, et des fesses, des fesses… qui me rendent fou. Excuse-moi. Voilà. Tu possèdes une carte de Hutue parce que tu l'as achetée ou parce que tu as couché avec un fonctionnaire, mais à une barrière quand tu seras interceptée par une bande de petits Hutus noirs comme la nuit, ils ne regarderont pas ta carte, ils verront tes fesses, tes jambes, tes seins, ta peau pâle et ils se feront la Tutsie et ils appelleront leurs amis pour qu'ils se la fassent aussi. Et toi, tu seras allongée dans la boue rouge, les jambes écartées, une machette sur la gorge, et ils te prendront, dix fois, cent fois, jusqu'à ce que tes blessures et ta douleur fassent disparaître ta beauté. Et quand les blessures, les meurtrissures, le sang séché t'auront enlaidie, quand tu ne seras plus qu'un souvenir de femme, ils te jetteront dans le marais et tu y agoniseras rongée par les insectes, grignotée par les rats ou déchiquetée par les buses. Je veux te terrifier, Gentille. Il faut cesser de vivre comme si nous pouvions vivre encore normalement.

Un autobus dévalait la colline en direction de la ville dans un grincement de freins et un claquement de tôle. Des hommes chantaient en chœur, faussant et riant comme des hooligans qui reviennent complètement ivres d'un match.

— Voici nos assassins qui passent, dit Cyprien. Des miliciens qui viennent du Nord pour faire le « travail » dans la capitale. Tu entends ce qu'ils chantent : « Nous allons les exterminer » ? Gentille, ils parlent de toi et de tous ceux qui te touchent, te connaissent ou t'aiment. Partez. Pas de chez moi. Partez de ce pays de merde. La haine, elle te vient avec la naissance. On te l'apprend dans les berceuses avec lesquelles on t'endort. Dans la rue, à l'école, au bar, au stade, ils n'ont entendu et appris qu'une leçon : le Tutsi est un insecte qu'il faut piétiner. Sinon, le Tutsi enlève ta femme, il viole tes enfants, il empoisonne l'eau et l'air. La Tutsie, elle, ensorcelle ton mari avec ses fesses. Quand j'étais tout petit, on m'a dit que les Tutsis me tueraient si je ne le faisais pas avant. C'est comme le catéchisme.

Venant du quartier de Réméro, près de chez Lando, l'écho d'une grenade, puis d'une autre et d'une troisième, descendit d'une colline à l'autre, ponctuant comme pour les amplifier les propos de Cyprien.

Gentille n'écoutait pas, même si elle entendait. Elle se sentait enfin femme, honorée, admirée et aimée, non plus un corps, une petite chose qu'on trouvait belle, un bibelot qu'on achetait ou un désir qu'on satisfaisait. Quelques mots seulement, quelques mots l'avaient menée là. Et ce lieu lui paraissait aussi effrayant qu'adorable. L'homme qui mouillait ses cuisses avec ses seules paroles la quitterait sûrement. Cela était inscrit dans le ciel, dans la vie. Après une certaine période de plaisirs et de jouissances, quand il aurait fait le tour des seins, du cul, des jambes et du sexe, quand il les aurait appris par cœur du bout de ses doigts et de son sexe pressé, il comprendrait bien qu'il s'était entiché d'une pauvre petite négresse de campagne qui ne connaissait rien, qui ne pouvait parler ni du monde, ni de la vie, ni, surtout, de l'amour. Elle était persuadée qu'il ne pourrait pas supporter beaucoup plus longtemps ce pays hystérique dans lequel s'installait la folie comme une forme normale de vie. Elle savait qu'il la quitterait, dans quelques semaines, au mieux dans quelques mois. C'était inéluctable.

La femme de Cyprien avait préparé des brochettes de chèvre coriaces qu'ils mangèrent lentement avec des tomates, des oignons, des haricots et de la Primus chaude. Ils parlèrent peu, satisfaits d'être ensemble et de partager durant quelques heures le même destin. Après le repas, Cyprien insista pour accompagner Valcourt et Gentille jusqu'à l'hôtel parce que les miliciens avaient installé des barrières et que Gentille risquait d'avoir des ennuis. Déjà, quelques jeunes filles avaient disparu.

La première barrière s'élevait à moins de cent mètres de la maison de Cyprien. Un tronc d'arbre en travers de la route, un brasero, une dizaine d'hommes commandés par un gendarme qui avait troqué son fusil contre une machette. C'étaient des voisins qui respectaient Cyprien même s'ils s'en méfiaient. On les laissa passer sans problème. Le gendarme était un cousin. Encore un.

Juste avant d'entrer dans le centre-ville, une seconde barrière. Les hommes qui la gardaient semblaient plus excités et plus dangereux. Ils dansaient devant deux troncs d'arbres qui barraient la route en brandissant des machettes et des gourdins dont la tête était hérissée d'un énorme clou. Valcourt arrêta la voiture quelques mètres avant la barrière. Cyprien sortit pour aller à la rencontre de deux jeunes hommes qui titubaient. Il les accompagna jusqu'à la voiture. Les deux miliciens n'avaient d'yeux que pour Gentille qu'ils firent descendre. Ils tournaient autour d'elle en faisant des gestes obscènes et en appelant leurs compagnons. Valcourt sortit, tenant son passeport canadien et sa carte de presse du gouvernement. Cyprien parlementait, ses papiers d'identité en main. « Voilà, ce sont des amis qui rentrent chez eux. Elle est hutue, il est canadien, pas belge ou français. » Ils étaient bien une dizaine maintenant à les entourer, tous ivres ou ayant fumé du chanvre. Un petit barbu qui portait un chandail des Bulls de Chicago avec le nom de Michael Jordan dans le dos s'adressa à Valcourt : « Le Canadien aime les putains tutsies avec des fausses cartes de Hutues. C'est pas bon pour toi, chef. Pas bon. C'est un pays hutu ici, chef. Si tu veux pas finir dans la rivière Kagera, avec tous les Tutsis, trouve-toi une femme hutue. Je te laisse passer ce soir, mais tu dois donner un peu d'argent pour la formation et l'instruction patriotique des milices.» Valcourt donna les cinq mille francs rwandais qu'il avait. Le barbu lui remit son passeport, mais pas sa carte de presse, ni la carte d'identité de Gentille.

Valcourt insista pour que Cyprien passe la nuit à l'hôtel, mais son ami préférait les laisser seuls et il ne voulait pas dans cette période troublée abandonner sa femme et ses enfants. «Et puis trente minutes de marche sous la pleine lune, c'est un grand bonheur. Ne t'inquiète pas, je connais tout le monde. Donne-moi une bière pour la promenade.»

Il pouvait éviter les barrières en empruntant quelques-uns des sentiers qui parcouraient les collines comme un complexe réseau sanguin. Mais il avait envie de suivre la grande rue bitumée et de croiser des gens qu'il saluerait avec joie, leur demandant les dernières nouvelles de leur quartier ou d'un cousin éloigné. Avec sa grosse Primus, dont il n'avait pris qu'une seule gorgée, Cyprien voulait faire la fête. Il trouverait bien une femme libre le long de la route qui, pour partager sa bière, ouvrirait ses grosses cuisses chaudes et moites dans un grand éclat de rire. Le sexe l'avait condamné, mais c'est tout ce qui le rattachait à la vie. Et après cette femme, il réveillerait la sienne et lui ferait peut-être un autre accident parce qu'il y avait long-temps, et puis il jetait à la poubelle ou distribuait aux enfants pour qu'ils en fassent des ballons les préservatifs qu'on lui donnait à chaque contrôle médical. Cyprien avait tellement peur de mourir sans avoir couché avec toutes les femmes que lui aurait réservées une vie normale qu'il ne pensait qu'à cela. Sa journée s'organisait autour du sexe. Il avait écumé littéralement la moitié du marché, sans jamais penser qu'il pouvait infecter la vendeuse de tomates ou celle de tilapias. Ce pays était condamné, croyait-il, à disparaître. Que ce soit la machette ou la queue infectée qui fasse le travail, quelle différence? Oui, il y en avait une, la queue était plus douce que la machette. Un jour, Élise l'avait engueulé royalement parce qu'il couchait à gauche et à droite sans utiliser de capote. « Tu es un assassin, criait-elle, dans son petit bureau à côté de l'hôpital. Toutes ces femmes, tu les tues. »

Peut-être qu'il les tuait, mais elles riaient comme des folles quand il leur tapait les fesses et qu'il glissait sa main sous la jupe. Elles poussaient de grands cris de plaisir quand il les pénétrait en leur massant les seins. C'était, disait-il, une bien plus belle mort que celle de la machette.

Cyprien n'avait pas trouvé de femme libre sur le chemin qui le ramenait chez lui. Il songeait même à revenir en ville, tant il avait envie de soulager ses couilles douloureuses et l'érection qui persistait. « Je ne suis pas encore mort », se disait-il en riant. Il pensa alors à Fabienne, la sœur de son amie Virginie, qui tenait un « bar sous le lit » juste après la barrière. Une idiote qui jacassait sans arrêt comme une pie, même quand elle avait les jambes en l'air et qu'on s'épuisait sur son ventre à vouloir la faire taire ou la faire jouir. On ne savait jamais. Mais étant donné qu'elle en redemandait et qu'on ne payait pas pour la deuxième fois, elle jouissait d'une certaine renommée. Dans le quartier, on l'appelait la Mangeuse, parce qu'elle avait toujours faim d'un homme et qu'elle les prenait tous, même à crédit, à moins qu'ils ne soient tutsis.

On s'amusait ferme à la barrière. Une radio tonitruante diffusait de la disco dans tous les recoins du quartier. Des ombres dansaient ou sautillaient bêtement, découpées par la lumière fauve qui provenait de deux feux qu'on avait allumés dans de gros barils de métal. Les miliciens chantaient la gloire du parti du président, la supériorité éternelle des Hutus. Le refrain disait : « Nous commençons le travail, et le travail sera bien fait. » Dans la propagande, on employait toujours ce terme de « travail », qui signifiait aussi « corvée collective ». Chaque année, les habitants des communes devaient participer au travail, à la corvée qui consistait à faucher les mauvaises herbes et à nettoyer le bord des routes. Mais plus personne maintenant ne pensait aux herbes folles. Tant que les appels à la violence demeuraient dans le domaine de la parabole ou de l'hyperbole poétique, les pays amis, la France en particulier, ne s'inquiéteraient pas de l'inhumanité qu'elle cautionnait et nourrissait de ses armes et de ses conseillers militaires. Dans les desseins des grandes puissances, ces gens étaient une quantité négligeable, hommes hors de l'humanité réelle, ces pauvres et inutiles Rwandais que le monarque moderne de la grande civilisation française acceptait de regarder mourir pour ne pas mettre en péril la présence civilisatrice de la France en Afrique, menacée par un grand complot anglophone.

Cyprien voulait Fabienne, ici et maintenant, comme aurait dit le grand Français qui avait armé et entraîné les hommes qui le séparaient de Fabienne et de son plaisir. À la vue de Cyprien, qui gravissait péniblement la colline, les miliciens se mirent à crier et à gesticuler.

— Viens t'amuser avec nous, Cyprien, viens. Allez !

Cyprien-les-grosses-couilles, il y a ta femme qui t'attend et qui te veut. Comme tu n'étais pas là, on a pensé qu'elle serait mieux avec nous.

Juste derrière les deux troncs d'arbres qui fermaient la route, sa femme gisait, la jupe remontée sur son ventre. Elle gémissait. Deux jeunes miliciens complètement hilares tenaient ses jambes écartées et un troisième immobilisait sa tête. Un sein pendait en dehors de son tee-shirt déchiré et ensanglanté. Le chef de la barricade pointa un revolver sur la tempe de Cyprien et le mena près de Georgina.

— Nous avons tous essayé, mais nous n'y arrivons pas. Ta femme n'a pas de plaisir. Même moi je suis passé dessus et les femmes m'aiment. Rien, pas un soupir de plaisir. Elle doit être anormale. Nous l'avons prise à deux, l'un par-devant, l'autre par-derrière. Et nous avons forcé. Des grands coups de queue, de grosses queues, puis nous avons utilisé un bâton. Rien seulement des pleurs et des cris horribles, même des insultes, pas un petit plaisir pour nous dire merci de la trouver si belle et appétissante. Toi qui connais tous les secrets des Blancs et des Tustis que tu fréquentes, tu vas nous montrer, Cyprien, tu vas nous montrer comment il faut faire pour faire jouir ta femme.

Cyprien était soulagé. Il ne mourrait pas de la maladie mais de plaisir.

— Je vais vous montrer comment faire, dit-il.

Il se déshabilla complètement. Les miliciens qui retenaient sa femme s'écartèrent, intimidés par la nudité de l'homme qui les regardait dans les yeux et qui se penchait tranquillement vers Georgina. « Femme, mieux vaut mourir de plaisir que de torture», dit Cyprien. Lentement et surtout avec une délicatesse qu'il ne se connaissait pas, il retira sa jupe, puis son tee-shirt aux couleurs du Rwanda. À genoux entre ses cuisses, il la regarda longuement pendant que les miliciens hurlaient leur impatience. Il s'allongea sur elle et commença à l'embrasser, dans le cou, sur les oreilles, sur les yeux, les joues, aux commissures des lèvres, délicatement, seule la pointe de sa langue exprimant le désir, pendant que les miliciens huaient ce morne spectacle. Le petit barbu s'avança et lui donna un grand coup de machette dans le dos. Cyprien entendit son sang couler comme une rivière brûlante qui dévalait entre ses fesses et mouillait ses testicules. Jamais il n'avait eu une telle érection. Il se redressa et, pour la première fois de sa vie, il enfouit sa tête entre les cuisses de sa femme et suça, embrassa, mangea son sexe. Il n'avait presque plus de forces. Il pénétra Georgina et, juste avant qu'il jouisse, le gendarme tira. Le corps de Cyprien eut comme un hoquet et il tomba sur le dos à côté de sa femme. Aspergé de sperme, le gendarme se mit à hurler.

Georgina implora. «Tuez-moi, maintenant. Tuez-moi, s'il vous plaît.» Le gendarme furieux baissa son pantalon et se coucha sur elle. Il donna un premier coup de rein, et beaucoup d'autres comme s'il voulait la transpercer. Georgina n'exprima ni douleur ni plaisir. Pas un son, juste des yeux vides et morts. Le gendarme se releva, dégoûté. Ils exécutèrent la femme sans enthousiasme à grands coups de machettes comme pour terminer un travail monotone. Les deux corps ressemblaient à des déchets d'abattoir, à des carcasses mal équarries par des bouchers malhabiles. Pendant que les hommes, repus de plaisir et de violence, quittaient la barrière, après avoir éteint les feux et rangé jusqu'au lendemain les deux troncs d'arbres, des chiens errants et affamés se glissèrent silencieusement et se firent un festin de ces chairs que les humains leur offraient avec tant d'insouciance.

7

Je parle du fond de l'abîme
Je parle du fond de mon gouffre…

Nous sommes à nous deux la première nuée
Dans l'étendue absurde du bonheur cruel
Nous sommes la fraîcheur future
La première nuit du repos *

Gentille et Valcourt étaient allongés sous le grand ficus qui ombrageait à la fois la terrasse et la piscine, l'arbre magique, comme l'appelait Valcourt, sûrement taillé par des dieux car il formait une sphère parfaite. Depuis son arrivée à l'hôtel, il le contemplait, le suppliait parfois

---

* Paul Éluard, *Le dur désir de durer.*

comme on fait devant un tableau qui nous rend plus grand que ce que nous sommes ou devant une image religieuse qui nous ramène à notre petite et réelle dimension. Cet énorme ficus qui faisait quatre étages, au point que de la salle à manger on n'en voyait même pas le sommet, le fascinait, le rassurait et le dépaysait. Au Québec, on vendait de petits ficus comme plantes décoratives. Ce n'étaient pas des arbres, mais des arbrisseaux. Seul le vert sombre et lustré de leurs feuilles rappelaient la luxuriance africaine. Ici, ce géant dominait le vent, organisait le paysage. Il ne se passait pas une journée sans que Valcourt aille s'asseoir ou s'étendre quelques instants sous l'arbre. Il admirait sa beauté, sa rondeur lisse hérissée de petites pointes irrégulières, la couleur vibrante des feuilles que faisaient exploser en mille lucioles autant les rayons du soleil que les caresses de la lune. Durant les grandes pluies qui lavaient en une heure toutes les terres du pays, il s'installait sous ce gigantesque parapluie vivant. Pas une goutte ne l'atteignait. Et dans ces moments, il parvenait à croire qu'il était immortel. Cet arbre était un ami, un protecteur, un refuge. Quand il était soûl, il lui arrivait même de lui parler et d'être surpris de ne pas entendre de réponse.

Gentille lui avait dit en entrant dans la chambre : « Fais-moi encore jouir avec des mots. » Il avait pris son exemplaire des *Œuvres complètes* de Paul Éluard et l'avait menée sous le ficus. Gentille s'était allongée dans l'herbe chaude comme une femme qui attend qu'on la prenne. Valcourt ne voulait pas, même si jamais il n'avait autant désiré une femme. Il craignait encore de plonger dans la nécessité de vivre. Il se défendait une dernière fois. Valcourt préférait lire, ce qui lui était plus facile que parler. Il le faisait avec une voix grave et douce, sans emphase, avec émotion. Il ne déchiffrait pas vraiment les vers. Il les entendait sonores en même temps que son cerveau regroupait les lettres qui formaient les mots qui créaient des phrases. Valcourt parlait à Gentille et vivait plus qu'il ne récitait. La jeune femme, au début, fut davantage charmée par la voix de l'homme qu'elle aimait que par les mots. Habituée à l'école à la lecture de Lamartine, d'Hugo ou de Musset, à la rime qui donne au poème l'allure d'une berceuse ou d'une ballade, elle se sentait bousculée par la cascade d'images, les allégories complexes. Quand elle entendit « Je parle du fond de l'abîme », elle demanda à Valcourt de répéter, puis prit sa main. « C'est toi, c'est moi, ici. Nous parlons du fond de l'abîme. » Elle répéta aussi en silence, « Je n'ai pas peur, j'entre partout », car c'est ainsi qu'elle vivait depuis quelques jours. Valcourt dut aussi répéter trois fois « l'étendue absurde du bonheur cruel ». Gentille découvrait que la poésie parlait de la vie, du plus horrible et du plus magnifique. Cet homme, Paul Éluard, dont elle ne connaissait pas le nom avant aujourd'hui, devenait comme un compagnon, une sorte d'ange gardien tellement il savait dire tous les mots de l'amour et tous ceux de la mort. Et dans ces mots, elle se reconnaissait.

Un sourire disputait
Chaque étoile à la nuit montante
Un seul sourire pour nous deux

« Je veux lire tout ce qu'il a écrit, ton monsieur Éluard. »
Il s'allongea sur le dos à côté d'elle et ne ferma pas les

yeux parce que le ficus le protégeait de toute lumière et de tout reflet. « Je ne savais pas qu'on pouvait jouir d'autant de douceur et de si peu de caresses », dit Gentille. Avait-elle joui ? Valcourt l'espérait. Il lui avait fait l'amour avec délicatesse, avec timidité et retenue, comme pour ne pas froisser une étoffe précieuse. Elle avait répété cent fois « oui », ne fermant jamais les yeux, frissonnant légèrement jusqu'à ce que son dos se cabre puis retombe. « Merci d'être si doux. » Gentille s'était endormie comme les enfants, les petits poings fermés, en croyant qu'ils vont au ciel et qu'ils y flottent sur des nuages. Valcourt la regarda jusqu'à ce que les premiers aboiements des chiens montent des vallées et que les premières volutes de fumée percent les poches de brume qui, le matin, font comme des lacs ouatés qui séparent les collines encore sombres de Kigali. Durant tout ce temps, une phrase le hanta. Celle que dit Gérard Depardieu à Catherine Deneuve dans *Le Dernier Métro* de Truffaut : « Oui, je vous aime. Et vous êtes si belle que vous regarder est une douleur. » Valcourt avait peut-être dormi une heure.

Le jardinier apparut et salua sans façon en voyant le couple à demi nu étendu sous l'arbre, comme si, dans ce monde chaotique, tout était normal. Il n'avait pas tort. La cacophonie des chiens fit progressivement place à celle des humains. Les buses prirent leur envol à la recherche des déchets frais que la nuit avait produits. Quand, après un long survol de la ville, elles eurent délimité leur territoire, les choucas quittèrent les branches inférieures des eucalyptus qui entouraient le jardin de l'hôtel pour aller se contenter, race inférieure et obéissante, des morceaux de terrains que les buses avaient dédaignés. Le bruit horrible des bottes françaises d'un peloton de la garde présidentielle, qui chaque matin faisait son jogging autour de l'hôtel, enterra les croassements de tous les corbeaux de la ville. Le bruit avait réveillé Gentille.

— Tu ne sais pas ce qu'ils chantent en courant. Ils chantent qu'ils vont tous les tuer. Ils parlent de tes amis.

— Ils parlent de toi aussi, Gentille.

Ils prirent le petit-déjeuner à la terrasse, dans l'ombre protectrice du ficus. Gentille, encore dans son uniforme tout froissé de serveuse, avec le macaron doré sur lequel était inscrit son nom. Les garçons évitaient les regards et les signes de Valcourt, mais Zozo, tout heureux de leur bonheur, vint rapidement mettre fin à cette discrimination. « Vous avez bien choisi, c'est la plus belle et, sans jeu de mots, c'est la plus gentille que je connaisse, monsieur Valcourt, et tous ceux-là ne sont que des jaloux ou des peureux. » Zozo se rendit même à la cuisine pour s'assurer que les œufs sur le plat de monsieur Valcourt et de madame Gentille ne seraient pas trop cuits. Ils étaient parfaits.

Valcourt et Gentille retournèrent au marché. Il était passé sept heures, mais Cyprien n'occupait pas sa place habituelle et personne ne l'avait vu. Ils montèrent vers la colline où habitait le marchand de tabac. Un restant de feu fumait encore dans un des deux barils métalliques qui avaient éclairé la nuit des miliciens. À côté de la route, une foule d'oiseaux criards et féroces se disputaient les cadavres mutilés et désarticulés d'un homme et d'une femme qu'on avait dû jeter l'un sur l'autre. Valcourt reconnut la chemise rouge de Cyprien, puis le long visage rugueux avec sa fine moustache qu'il taillait avec tant de soin. À quelques mètres sur la droite, allongé sur un matelas poisseux, un milicien ivre mort ronflait, serrant dans sa main une machette ensanglantée.

Nous pouvons tous nous transformer en assassins, avait toujours soutenu Valcourt, même l'être le plus pacifique et le plus généreux. Il suffit de quelques circonstances, d'un déclic, d'une faillite, d'un patient conditionnement, d'une colère, d'une déception. Le prédateur préhistorique, le guerrier primitif vivent encore sous les vernis successifs que la civilisation a appliqués sur l'humain. Chacun possède dans ses gènes tout le Bien et tout le Mal de l'humanité. L'un et l'autre peuvent toujours surgir comme une tornade apparaît et détruit tout, là où quelques minutes auparavant ne soufflaient que des brises chaudes et douces.

Durant quelques secondes, des gènes d'assassin s'animèrent dans le sang de Valcourt, des protéines meurtrières envahirent et brouillèrent ses neurones. Seul un « non, Bernard » que Gentille prononça fermement empêcha que Valcourt devienne un assassin. Il lança dans le fossé la machette qu'il avait prise des mains du milicien et qu'il avait brandie au-dessus de sa tête pendant que le jeune homme, les yeux hagards, se réveillait en voyant sa mort briller. En revenant vers l'auto, Valcourt fut horrifié par la pensée que rien dans cet homme ne lui avait paru humain et que, n'eût été Gentille, il l'aurait charcuté sans état d'âme tout comme on avait dépecé Cyprien et Georgina.

Au poste de gendarmerie à quelques centaines de mètres de la barrière, le gendarme responsable des opérations et chef des miliciens raconta que Cyprien, complètement ivre, s'était écrasé sur la route au moment où passait un véhicule non identifié. Quant à sa femme, après avoir été prévenue de l'accident, elle aussi avait été renversée par un autre véhicule non identifié. Marinant dans la bière de banane qu'il avalait à grandes gorgées et rotant entre chaque phrase, le chef gendarme ajouta qu'ils avaient laissé les cadavres sur la route en attendant que des proches viennent les recueillir pour leur donner un enterrement décent et que, si personne ne se présentait aujourd'hui, il s'en chargerait personnellement parce qu'il était un bon chrétien.

— Et les enfants?

Le chef gendarme continua à mentir avec une assurance et un mépris de la vraisemblance qui rappelaient à Valcourt ses séjours dans les pays communistes. Il ne savait pas où ils étaient, peut-être chez des parents ou des amis.

Et les blessures de machette sur son crâne, et le ventre dépecé de sa femme, et son sein droit qu'on avait coupé, et le bras de Cyprien dont se régalaient quelques corbeaux, à deux ou trois mètres du tronc? Toujours les véhicules non identifiés? Des chauffards qui rentraient d'une noce, dont les véhicules roulaient sur des pneus garnis de machettes?

Le chef gendarme continuait à boire, imperturbable. Des maniaques peut-être avaient dépecé les cadavres. Il demanda à Valcourt s'il voulait porter plainte et sortit d'un tiroir un formulaire jauni.

— Vous étiez à la barrière quand nous sommes passés hier soir. Vous contrôliez les activités et c'est vous qui vérifiiez les identités.

Il se servit un autre verre de bière et prit un crayon, qu'il tailla lentement avec un couteau de chasse. Il mouilla la mine et commença, souriant béatement, presque hilare:

— Nom, adresse, profession, nationalité et état civil ?
Je vous écoute.

Valcourt se leva sans ajouter un mot.

— Au revoir, monsieur Bernard Valcourt, habitant à la chambre 313 du Mille-Collines, journaliste expatrié du Canada, protecteur de la putain tutsie Gentille Sibomana. Au revoir, j'ai bien pris note de votre plainte et je la transmettrai au procureur le plus rapidement possible.

N'en pouvant plus, le gendarme éclata d'un rire énorme. L'homme s'amusait beaucoup. Il était drôle, ce petit Blanc qui se promenait avec sa putain et parlait de justice et de droit et de toutes ces choses qui empêchaient les Hutus à qui appartenait ce pays de gouverner comme ils l'entendaient ces Tutsis, étrangers venus de la lointaine Éthiopie.

Sur la porte de la petite maison en terre séchée, on avait tracé en lettres rouges : « Mort aux cafards ». Un enfant pleurait. Sur une natte qui couvrait le sol rougeâtre, les cadavres décapités des deux garçons de Cyprien gisaient dans une immense flaque de sang dont se nourrissaient des centaines de moustiques et d'insectes. La fille avait été épargnée, pratique typique des extrémistes hutus. Quand ils ne tuaient pas les garçons, ils leur coupaient les pieds pour que, plus vieux, ils ne puissent devenir soldats. Les filles, quelques années plus tard, pourraient toujours être violées et donner du plaisir.

À l'orphelinat, qui était tenu par des sœurs belges et parrainé par la femme du président, madame Agathe, on les accueillit froidement. La mère supérieure leur expliqua qu'elle dirigeait un établissement de haute réputation sur lequel comptaient des centaines de futurs parents belges pour adopter des enfants sains de corps et d'esprit. Ces bonnes et charitables personnes investissaient beaucoup d'argent, et leurs exigences, à juste titre, étaient grandes. La petite qui dormait dans les bras de Gentille ne semblait pas posséder les qualités requises. Si ses parents avaient été tués à une barrière, c'est sans doute qu'ils ne se comportaient pas en bons citoyens. « Et quand il y a du criminel dans les parents, il y en a souvent dans les enfants. » De plus, cette enfant était peut-être sidéenne. Personne ne voudrait payer pour son adoption, et l'orphelinat ne pouvait poursuivre sa tâche charitable et essentielle sans les revenus provenant de l'adoption.

Quand il était en colère, Valcourt n'élevait jamais la voix :

— Si je comprends bien, vous vous spécialisez avec madame la présidente dans l'exportation de chair fraîche. Vous tentez de diminuer le déficit commercial du Rwanda en vendant des bébés. Comment se fait le partage des profits entre la présidente et vous ? Vous avez peut-être une liste de prix, selon que c'est un garçon ou une fille. Est-ce que les maigres Tutsis se vendent moins bien que les Hutus musclés ? Et les prix varient-ils selon l'âge, la couleur des yeux et la classe sociale des enfants ?

Ils rentrèrent à l'hôtel après avoir acheté des couches et de la nourriture pour enfants, puisqu'ils avaient décidé de garder pour le moment la petite de Cyprien et de Georgina.

Raphaël était déjà assis près de la piscine. Valcourt lui raconta ce qui venait de se passer.

— Valcourt, parfois ta candeur me renverse. Tu t'es présenté à l'orphelinat de la présidente avec une petite fille de parents tués à une barrière. Tu ne savais pas que les bonnes sœurs font plus dans le commerce international que dans la charité ?

Il en avait entendu parler, évidemment, mais, encore une fois, il avait préféré ne pas croire le pire.

— Et tous les voisins de Cyprien, tous ses amis et ses parents tremblent aujourd'hui, car ici, les tueurs parlent. Le matin, dans les bars, ils racontent leurs exploits de la veille. C'est leur manière d'installer la terreur dans les esprits. Écoute-moi, Valcourt, je te parle de gens que je connais, je te parle de mes voisins qui ont brûlé ma maison et de camarades avec qui je joue au foot tous les dimanches et qui me tueront quand le chef de secteur dira : « C'est le tour de Raphaël. » Je les connais, car d'une certaine manière, je suis comme eux.

— Tu n'as rien en commun avec ces gens.

— Au contraire. Nous sommes tous des Rwandais, prisonniers de la même histoire tordue qui a fait de nous à la fois des paranoïaques et des schizophrènes. Joli mélange. Et comme eux, je suis né rempli de haine et de préjugés. Comprends-tu ? Ce que je dis, c'est que, si les Tutsis contrôlaient l'armée comme au Burundi, nous les tuerions tous, ces Hutus. Moi le premier. Puis j'irais me confesser. Paie-moi une bière. Je suis fauché.

Valcourt commanda deux grosses Primus.

— Prends l'assassinat de Cyprien et de sa femme. Dans chacune de leurs blessures, dans le meurtre des garçons, dans la manière et les armes, il y a des messages. Chaque atrocité est exemplaire et symbolique. Elle doit servir de modèle pour l'avenir. Tu as été témoin d'une petite répétition d'un génocide. Mais partout dans le pays, aujourd'hui, à des barrières, on a tué des Cyprien. Tu fais quelque chose pour arrêter ça ?

Valcourt était sans mots, sans arguments. Tout ce que disait son ami était vrai sauf une chose. Son impuissance ne le rendait pas complice, sa présence ici ne signifiait pas son approbation ou même son indifférence. Il aurait voulu être général, il n'était qu'un témoin solitaire. Et s'il pouvait agir, c'était à sa mesure, à sa mesure d'homme seul.

En repartant, Valcourt dit au Tutsi Raphaël : « Gentille est hutue, Raphaël. Tu parles, tu dénonces, mais comme tous ceux qui veulent te tuer, tu détermines son origine et son avenir au moyen de la couleur de sa peau et de la minceur de sa taille. Tu as raison, les Blancs ont inventé ici une sorte de nazisme. Ils ont tellement bien réussi que, même toi qui t'insurges contre toutes les discriminations, juste à cause de la finesse d'un nez, tu transformes des Hutus en Tustis. Quand l'Apocalypse viendra, comme tu dis si bien, et que tu tiendras une machette seulement pour te défendre, un homme court et trapu marchera vers toi. Tu te diras : voici un Hutu. Il te dira qu'il a perdu ses papiers. Et ce sera vrai. Mais tu ne le croiras pas parce que l'homme sera court et trapu. Et pensant défendre ou venger les tiens, l'âme en paix, certain de ton patriotisme et de tes idéaux démocratiques, tu tueras un Tutsi qui malheureusement est né avec le physique d'un Hutu. Raphaël, Gentille est une Hutue. Mais le même soir où tu tuerais ce Tutsi au physique de Hutu, tu sauverais Gentille parce que son corps ressemble au tien. Toi aussi, tu raisonnes comme eux. C'est ça, la prison et aussi la mort. »

Chez le procureur général adjoint, qui ne voulut pas le recevoir, on enregistra studieusement la dénonciation de Valcourt et sa demande d'enquête. Pour bien lui montrer le mépris avec lequel on accueillait cette fausse accusation contre les forces de l'ordre d'un État souverain par un étranger qui n'était que toléré dans ce pays, on avait confié son dossier au dernier des substituts du procureur. Le jeune homme étouffait dans son costume trop étroit, et son col dur faisait saillir les veines de son cou. Il suait abondamment. À la boutonnière, il portait le macaron du parti du président. Il interrogeait Valcourt agressivement comme s'il était un criminel. Une véritable hyène. Valcourt répondait avec patience et politesse aux questions les plus absurdes, sans même penser un seul instant à souligner les contradictions, à relever les insultes déguisées, les allusions perfides. Avec ces gens-là, mieux valait plier comme un roseau.

— Vous nous avez déjà fait perdre notre temps avec cette histoire de prostituée dont le corps aurait disparu. Pourquoi devrions-nous vous prendre au sérieux cette fois-ci ?

— Monsieur, j'ai vu les cadavres, les blessures, les deux enfants tués. Cela devrait suffire pour ouvrir une enquête.

— Vous buvez beaucoup, monsieur Valcourt, ou peut-être, comme beaucoup de coopérants, fumez-vous un peu de chanvre ?

— J'aime la bière, mais je ne fume que des Marlboro.

À chaque question, il se demandait pourquoi il perdait son temps à vouloir observer les règles du jeu, tout en risquant de s'attirer des ennuis. Avant de quitter l'hôtel, il avait dit à Gentille qui admirait sa bravoure : « Je ne suis pas brave, mais pas du tout. Je suis même plutôt peureux.

Mais je ne parviens pas à agir autrement. Je n'ai même pas l'impression de faire mon devoir. J'agis par réflexe, parce que c'est ainsi qu'on doit faire dans une société civilisée. Je suis un peu comme un enfant qui respecte une sorte de catéchisme. On demande des excuses quand on bouscule quelqu'un par inadvertance, on dit merci et au revoir au marchand, on ouvre la porte aux femmes, on aide les aveugles à traverser la rue, on dit bonjour avant de commander une bière, on se lève dans le métro pour laisser sa place à une vieille dame, on vote même si aucun candidat ne nous plaît et, quand on est témoin d'un crime, on se rend chez les policiers pour que le crime soit éclairci et que, par la suite, justice soit faite. Non, ma chérie, je ne suis pas brave, j'essaie juste de marcher droit, et ici, ce n'est pas facile.»

— Vous accusez le chef gendarme de complicité dans l'assassinat de deux personnes adultes et de deux enfants, reprit le substitut du procureur. Vous êtes conscient de la gravité de ces accusations, d'autant qu'elles proviennent d'un expatrié qui travaille pour le progrès de l'État rwandais et qui est payé par la République?

Oui, bien sûr, il en était parfaitement conscient.

— Nous avons ici un rapport du même chef gendarme qui déclare qu'il a été attaqué par une bande de rebelles du FPR et que, durant l'accrochage, il a perdu deux patriotes. Un traître hutu guidait ces rebelles qui, vous le savez, ne sont pas des Rwandais, mais des Ougandais qui prétendent être des Tutsis en exil. Ce monsieur, qui vend du tabac au marché, s'appelait Cyprien. Nous parlons de la même personne? Sa femme a tenté de se porter à la défense de son mari et elle aussi a été tuée durant l'escarmouche. Voilà les faits tels qu'ils nous ont été rapportés. Vous voulez toujours porter plainte et contester la version de tous les patriotes qui tenaient la barrière ?

— Faudrait choisir, monsieur le substitut. Le gendarme m'a parlé de véhicules non identifiés et à vous il a parlé d'une attaque meurtrière du FPR. Dites-moi, monsieur le substitut, où avez-vous fait vos études de droit ?

— Au Canada, monsieur Valcourt, chez vous à Montréal, grâce à une bourse du gouvernement canadien. J'habitais près du parc Lafontaine. Je ne sais pas si vous connaissez ?

Valcourt était né au 3711, rue de Mentana à proximité du grand parc. Soudain, il ne pensa qu'à dormir. Il insista pour qu'on maintienne sa plainte. Et, oui, il irait témoigner devant le tribunal et se tenait à la disposition de la justice, « si jamais, ici, la justice existe comme dans les environs du parc Lafontaine, monsieur le substitut ».

— Vous n'avez pas peur des conséquences, monsieur Valcourt ?… Je veux dire que vos gestes pourraient être interprétés de façons diverses par les autorités ?

Il leva une main lentement, comme on fait un signe de paix, mais pour dire que c'était assez, qu'il s'en allait, que ce théâtre l'épuisait. Bien sûr, pensait-il en regardant le marché où Cyprien ne vendrait plus son tabac, bien sûr qu'il craignait les conséquences de ses dénonciations. Mais chaque pas, chaque geste, il s'en rendait bien compte, l'emprisonnait, lui interdisait de revenir en arrière. Comment se taire absolument et regarder ? Et puis, une petite fille dormait dans sa chambre avec Gentille. Il faudrait bien, un jour, pour que sa solitude ne l'étrangle pas, que quelqu'un puisse lui raconter la mort de ses parents, dire les meurtriers et la haine absurde qui les animait. Il ne voyait personne d'autre que lui et Gentille. Un article, un reportage pourrait peut-être émouvoir l'opinion publique et influencer son gouvernement, qui en parlerait à un autre, se disait-il en passant devant le Kigali Night dans lequel s'engouffraient en criant des paras français. « Quel idiot je suis ! Il faut dix mille morts africaines pour faire sourciller un Blanc, même s'il est progressiste. Dix mille, ce n'est même pas assez. Et puis ce ne sont pas de belles morts. Elles font honte à l'humanité. On ne montre pas les cadavres dépecés par les hommes et déchiquetés par les charognards et les chiens sauvages. Mais les tristes victimes de la sécheresse, les petits ventres ballonnés, les yeux plus grands que la télé, les enfants tragiques de la famine et des éléments, ceux-là émeuvent. Et les comités se forment, et les humanitaires s'agitent et se mobilisent. Les dons affluent. Les enfants riches, encouragés par leurs parents, cassent leur tirelire. Les gouvernements, sentant souffler un vent chaud de solidarité populaire, se bousculent au portillon de l'aide humanitaire. Mais quand ce sont des hommes comme nous qui tuent d'autres hommes comme nous et qu'ils le font brutalement, avec les moyens du bord, on se voile la face. Et quand ce sont des hommes inutiles, comme ceux d'ici… » Valcourt ne savait trop pourquoi, encore une fois, il irait importuner le général canadien. Il n'entretenait aucun espoir de pouvoir influencer le cours des choses, mais il insista quand même pour que le général le reçoive.

Le militaire écouta poliment, en griffonnant parfois quelques mots sur un bloc-notes jaune. Valcourt ne lui révélait rien ou presque qu'il ne sût déjà. Il avait auparavant demandé à l'ONU la permission d'intervenir et de saisir les dépôts d'armes que les extrémistes projetaient de distribuer à la population. Un autre général fonctionnaire canadien en poste à l'ONU la lui avait refusée.

Valcourt ne comprenait pas qu'il ait besoin d'une approbation et de plus de soldats pour intervenir. Son mandat spécifiait qu'il devait assurer la protection de la population civile de la capitale. Et quelques dizaines de paras belges pourraient en une nuit faire disparaître toutes les barrières de la ville. Et dans Kigali, il le savait, on tuait chaque jour et chaque nuit. Ce n'étaient plus des incidents isolés qu'on pouvait assimiler à des débordements d'extrémistes. Même des membres de la gendarmerie participaient aux exactions.

— Oui, si j'interprétais mon mandat d'une façon proactive, j'aurais des motifs suffisants pour intervenir, mais je ne suis pas le seul dépositaire de ce mandat, je suis un soldat qui dans l'incertitude en réfère à ses supérieurs. Politiquement, monsieur, les choses ne sont pas simples. Je veux bien protéger les civils, mais je ne veux pas prendre le risque de perdre des soldats, ne serait-ce qu'un seul, sans en avoir l'autorisation écrite. Je ne suis pas ici pour sauver des Rwandais, je suis ici pour faire respecter les accords d'Arusha. Quant à la gendarmerie, je travaille en parfaite collaboration avec le colonel Théoneste, qui en est le chef. C'est un homme de parole, un professionnel, et il me jure qu'il punit les débordements et les bavures.

Voilà. Pour l'ONU, le massacre de Cyprien, de sa femme et de ses enfants constituait une bavure.

— Et si le grand nettoyage des Tutsis et de leurs complices que réclament la radio et les publications extrémistes commençait, que feriez-vous ?

— Rien, monsieur, rien. Je ne dispose pas des forces nécessaires pour intervenir. On me les refuse. Nous protégerions les édifices et le personnel des Nations unies et peut-être les expatriés, si cela ne met pas la vie de nos soldats en danger. Pour le reste, c'est un problème entre Rwandais.

— Vous savez qu'il y aura des massacres.

— Il y en a déjà eu dans le Bugesera. On parle de milliers de morts.

— Et vous ne faites rien.

Le général paraissait excédé. Il avait fait son devoir. Il avait envoyé sur le terrain quelques informateurs qui avaient confirmé les rumeurs et recueilli des témoignages. Il répéta qu'il avait transmis ces informations à New York et que ses supérieurs lui avaient demandé de continuer à observer la situation et de les prévenir si jamais ces débordements pouvaient mettre en péril la vie des membres des diverses organisations de l'ONU qui travaillaient dans le pays. Il préparait un plan d'évacuation de la force multinationale ainsi que des expatriés et le remerciait d'être venu l'informer, mais ne pouvait lui consacrer plus de temps.

En rentrant à l'hôtel, Valcourt avait croisé Raphaël et lui avait dit : « Oublie les Casques bleus, ils ne bougeront pas. Vous êtes seuls. » Et il lui expliqua. Le général avait pris toutes les mesures pour justifier autant sa passivité actuelle que son impuissance future. Demander une permission dont il n'avait pas besoin et qui, il le savait, en fonctionnaire qu'il était, serait refusée par ses pareils. Rédiger des rapports pour réclamer une augmentation du contingent, sachant qu'aucun pays ne voulait envoyer plus de troupes au Rwanda, mais sachant aussi, ce qui est plus grave, qu'avec ses quelques milliers de soldats il pouvait en quelques heures neutraliser les extrémistes de la garde présidentielle et leurs principaux complices.

Valcourt, tout comme le général, avait assisté à des manœuvres et à des exercices de l'armée rwandaise, et s'était efforcé avec plus ou moins de succès de ne pas pouffer de rire pour ne pas offusquer ses hôtes de même que les entraîneurs français, qui regardaient ailleurs pendant que leurs élèves cafouillaient comme des scouts à leur première sortie en forêt. L'armée rwandaise n'était qu'une triste farce. Quelques centaines de soldats professionnels pouvaient prendre le contrôle de la capitale en quelques heures. L'ONU n'avait pas besoin de renforts, seulement d'un leader audacieux sur le terrain. Tous les experts militaires occidentaux le savaient, et le général de l'ONU en particulier.

— Raphaël, je ne peux plus rien faire. Tout cela est trop énorme. J'ai essayé, le peu que j'ai pu. Au début, tu te rappelles, je voulais donner un coup de pouce à la démocratie avec la télévision. Puis, j'ai voulu me battre contre le sida en faisant un film. La télévision n'existe toujours pas et je ne terminerai probablement pas le film. Il me reste Gentille et l'enfant. Peut-être que je peux sauver deux personnes.

Malgré la conviction de plus en plus profonde de son impuissance, Valcourt rédigea un long article sur le meurtre de ses amis, sur le génocide annoncé et sur le calme contemplatif du commandant de la force des Nations unies. Il le fit parvenir à une douzaine de publications avec lesquelles il entretenait des relations, la plupart au Canada. Seul un petit hebdomadaire catholique de Begique accepta de publier l'article. Cela ne le surprit pas beaucoup. En 1983, comme des centaines de journalistes, il avait reçu des communiqués de presse de groupes humanitaires qui travaillaient en Éthiopie. On affirmait qu'une famine sans précédent se préparait et qu'elle pourrait tuer un million de personnes. Les journaux, les télévisions, les instances de l'ONU, les ambassades avaient reçu les mêmes communiqués et les mêmes rapports détaillés décrivant la pluviométrie, les prévisions climatiques, l'état des réserves de céréales, l'indice d'humidité du sol, la pénurie de semences et leur mauvaise qualité à cause de la sécheresse qui perdurait depuis un an. Comme tous les autres, Valcourt n'avait pas fait écho à ces cris d'alarme. Ce n'est qu'après avoir vu les premiers enfants rachitiques s'écrouler sur les pistes devant les caméras de la BBC qu'il se rendit en Éthiopie, juste à temps pour filmer le triomphe de la famine.

Valcourt se sentait porté par un de ces manèges monstrueux qu'on trouve dans les grands parcs d'attractions et qui procurent presque simultanément la terreur et l'extase, la peur de mourir et la sensation de vivre intensément, sans trop savoir comment départager ces sentiments les uns des autres. Dans cette chambre, il y a quelques jours mourait Méthode. Aujourd'hui une petite fille riait en voyant les ombres chinoises que Gentille projetait avec ses doigts sur le mur. Cette nuit, à quelques centaines de mètres, d'autres petites filles perdraient leurs parents dans le sifflement des machettes et le bruit sourd des *masus*. Tout cela paraissait relié et inévitable, inscrit dans l'ordre de la vie d'ici. Les rires de la petite et la joie déjà maternelle de Gentille lui parlaient de nouveau d'espoir. Il y a une heure, en sortant du bureau du général, il voulait fuir. Maintenant, il écrivait fébrilement dans son carnet. « Le piège… penser que c'est inévitable, que cela tient à la nature de la société ou du pays ou de l'humain… ne pas voir que quelques hommes décident de toutes les violences et que, s'ils ne les planifient pas, ils créent les conditions pour qu'elles rugissent… développer l'exemple du sida, qui est une conséquence de la pauvreté… les femmes répudiées qui sont condamnées à la prostitution occasionnelle pour nourrir leurs enfants parce qu'elles n'ont plus accès à la terre ou à la propriété… il n'y a pas que le comportement sexuel africain qui soit en cause, même si c'est un facteur… écrire l'histoire de ce pays à travers l'histoire de Gentille et de sa famille… décrire la complaisance des institutions internationales devant la corruption…» Gentille lui demanda ce qu'il écrivait.

— Je recommence à faire mon métier : essayer de dire ce qui se cache derrière les épouvantails, les monstres, les caricatures, les symboles, les drapeaux, les uniformes, les grandes déclarations qui nous endorment avec leurs bonnes intentions. Essayer de nommer les vrais tueurs qui sont assis dans des bureaux du palais présidentiel ou à l'ambassade de France. Ce sont ceux qui dressent des listes et donnent les directives, ceux qui financent les opérations et qui distribuent les armes.

— On ne peut rien faire ? demanda Gentille, timidement.

— Oui, mais c'est peu de chose. Rester le plus longtemps possible, observer, dénoncer, témoigner. Conserver la mémoire de Méthode et de Cyprien, laisser des traces, des images, des mots pour ceux qui suivront.

Il écrirait pour ceux qui voudraient lire, parlerait pour ceux qui prêteraient l'oreille même la plus distraite, mais rien de plus. Il ne cognerait plus aux portes des ambassades et des légations, ne ferait plus de dénonciations auprès de la justice et des pouvoirs établis. Tout cela n'était qu'une agitation stérile qui lui avait donné bonne conscience peut-être mais qui mettait en péril le seul pays qu'il était en mesure de sauver : ses deux femmes.

On frappa à la porte au moment où Gentille lui disait en souriant :

— Et tu écriras aussi sur l'amour pour que j'apprenne...

— Sur l'amour, tu en sais autant que moi.

Ce jeune homme qui transpirait dans son costume bleu, sa chemise empesée, sa cravate en nylon d'une autre époque ne pouvait être qu'un nouveau dans le cirque de Kigali et probablement un Canadien à qui on avait oublié de dire avant de l'envoyer en mission que le Rwanda était un pays chaud. Jean Lamarre s'excusait de le déranger ainsi. Il avait tenté de téléphoner, mais c'était toujours occupé. Il avait besoin de son aide et de façon urgente. Jean Lamarre, qui portait des lunettes d'écaille noire trop lourdes pour sa petite tête — et trop impressionnantes pour son poste d'officier consulaire canadien débutant — et qui semblait déjà sur le point de demander son rappel, faisait face à un problème insoluble. Il se perdait en explications sur son arrivée avant-hier, sur ses valises qui avaient pris le chemin de Mombassa, sur l'ambassade du Canada qu'on lui avait abandonnée parce que c'était jour de tournoi de golf au Club. Il regrettait de n'être pas venu hier le saluer, lui, monsieur Valcourt, un membre aussi éminent de la communauté canadienne au Rwanda, d'autant qu'il s'occuperait des relations avec la presse et que monsieur Valcourt était un grand journaliste dont il avait vu les reportages et lu les articles. La petite, qui avait commencé à pleurnicher un peu avant l'arrivée du jeune diplomate, avait résolument adopté le mode du hurlement. Un langage simple et direct : « J'ai faim, j'ai très faim », hurlait la petite, qui n'avait pas de nom parce que Cyprien n'avait pas pris la peine de la présenter à ceux qui deviendraient ses parents.

« C'est votre fille ? » demanda Jean Lamarre, incapable de ne pas faire une allusion quelconque à la source de ces cris qui perçaient les murs et dérangeaient les fainéantes qui parcouraient la piscine d'une brasse paresseuse. « Oui, c'est ma fille… et je vous présente ma femme, Gentille. » Gentille défaillit presque en apprenant qu'elle était désormais la femme de Valcourt et qu'ils formaient une famille.

— J'ai reçu un appel de la morgue du CHK. Je ne sais pas ce que c'est, le CHK. On m'a demandé de venir identifier le cadavre d'un citoyen canadien, un certain frère François Cardinal qui aurait été assassiné, selon la police, par des voleurs. Je vous demande de venir avec moi pour procéder à l'identification. La gendarmerie, que j'ai jointe m'a dit que vous le connaissiez très bien.

Non, Valcourt ne le connaissait pas très bien, mais suffisamment pour identifier son cadavre. « En passant, le CHK, c'est le Centre hospitalier de Kigali. » Valcourt quitta à regret le seul pays qu'il s'était juré de sauver pour celui qu'il s'était résolu à abandonner à son destin. La petite (à qui il faudrait bien donner un nom, pensa Valcourt en partant) hurlait de plus belle dans les bras de Gentille qui ne savait trop quoi faire, elle qui en si peu de temps était devenue épouse et mère, n'ayant fait l'amour qu'une fois avec son mari et n'ayant rencontré le père de sa fille que durant quelques minutes. Elle offrit un de ses seins fermes et pointus dans l'espoir que quelque liquide en sortirait. Ici, on nourrissait les enfants au sein jusqu'à l'âge de deux ou trois ans. Les lèvres et les dents naissantes de la petite reconnurent instantanément le mamelon. Les hurlements cessèrent aussitôt. Mais, pour le plus grand malheur de la petite, nulle goutte de lait ne sortait de ce sein qui se durcissait et se hérissait pour le plus grand plaisir de Gentille, qui ne connaissait pas ce genre de caresse et qui en parla à Valcourt dès son retour. Et il existait sûrement d'autres secrets dans ce corps qu'elle portait sans en connaître les subtilités, mais que personne encore n'avait exploré avec autant de nécessité que la petite. L'enfant abandonna le téton stérile et se remit à crier. Gentille ouvrit un petit pot de purée pour bébé, mais l'enfant fit la moue. La petite ne connaissait encore que les seins de sa mère. Gentille descendit chez Agathe. Elle y trouverait bien parmi ses filles un sein humide, sinon un biberon. Au salon de coiffure, toutes les filles qui débordaient de lait furent volontaires. Pour ne pas faire de jalouses, Gentille proposa qu'elles nourrissent l'enfant chacune son tour, ce qui fut accepté dans un grand enthousiasme, des applaudissements et des rires triomphants. Pour les nuits, le biberon ferait bien l'affaire.

Le jeune diplomate, dont c'était le premier poste et qui aurait dû ce jour-là visiter des maisons avec sa jeune femme enceinte de sept mois, avoua que cette visite inopinée à la morgue ne l'amusait pas beaucoup.

— Voilà ce que c'est, monsieur, que d'être diplomate au Rwanda et de ne pas jouer au golf. Mettez-vous-y au plus vite. Sinon, vous serez de toutes les corvées. Après la morgue, les enterrements, la pose de la première brique de maisons qu'on aura détruites avant même qu'on ait terminé de les construire, la leçon de français dans une école dont le Canada vient de financer la rénovation et puis les palabres autour de la piscine pour que vos amis rwandais puissent découvrir quel cordon de la tirelire canadienne vous tenez.

— Vous peignez un bien noir tableau d'un pays ami du Canada.

— Quand on est un petit pays, monsieur Lamarre, on a les amis qu'on peut.

— Je reconnais là le cynisme typique des journalistes tiers-mondistes.

Ils longeaient un mur de briques rouges auquel s'adossaient divers campements dans lesquels semblaient vivre des familles entières, ainsi que quelques échopes vendant nourriture, savons et médicaments trafiqués. Ils dépassèrent trois malades que des membres de la famille transportaient péniblement sur des civières de fortune. «Non, monsieur Lamarre, il n'y a pas d'ambulances, sinon pour les militaires ou les Blancs, mais les Blancs ne viennent pas se faire soigner au CHK. Ils prennent l'avion. Un mort peut toujours attendre, surtout si son cadavre permet à quelqu'un de découvrir la vie.» Valcourt connaissait l'hôpital par cœur. Il y avait tourné à plusieurs reprises et avait rencontré presque tout le personnel médical et infirmier pour son film sur le sida. « La morgue est tout au fond. En y allant, je vous fais faire le tour du propriétaire. Petite visite au Rwanda profond. »

À gauche du portail gardé par une dizaine de soldats nonchalants, un petit bungalow aux murs de crépi jaune merdeux se décomposait lentement mais sûrement à l'ombre de quelques eucalyptus. « Bienvenue à l'urgence. » Trois lits aux draps souillés, un portrait du président au centre, des taches de sang sur le sol en béton, une bassine pleine d'urine et quelques pansements. Sur le lit du fond, un jeune homme qui avait été blessé par machette hurlait toute la douleur de la terre. Assis dans un coin, une vieille femme ratatinée comme une vieille orange et un petit garçon qui se bouchait les oreilles avec ses deux mains attendaient. Quoi ? Peut-être que le jeune homme meure pour avoir trop crié. Ils passèrent dans une salle attenante. Autour d'une table couverte de pansements, de flacons et de cendriers, infirmiers et infirmières sirotaient un café. Allez savoir pourquoi, une machine à espresso trônait sur une civière qui servait de buffet. « Café, monsieur Bernard ? On attend le médecin de garde qui avait un déjeuner important avec le sous-ministre de la Santé. Il est question qu'il soit nommé au ministère. » Lamarre chuchota, un peu dégoûté, qu'on pourrait quand même administrer des médicaments antidouleur au blessé. Valcourt le prit par le bras. « Prochaine visite : la pharmacie centrale du Centre hospitalier de Kigali. »

Côte à côte sur des chaises droites, s'adonnant patiemment à la broderie, elles étaient trois, assises en silence dans un antre mal éclairé où couraient quelques rats gros comme des castors. En apercevant Valcourt, elles quittèrent leur ouvrage. «Quelle belle visite! dit Joséphine, commis principal de la pharmacie centrale. Vous venez montrer notre malheur?» Des dizaines d'étagères aux trois quarts vides faisaient comme d'énormes grillages dans la pénombre. Depuis la dernière visite de Valcourt, rien n'avait changé. Il n'y avait toujours pas d'antibiotiques. On attendait la prochaine livraison dans un mois. On avait distribué les dernières aspirines il y a trois jours. On avait bien reçu d'un généreux pays donateur une quantité énorme d'onguent antifongique, mais ici, on ne venait pas à l'hôpital pour une maladie de la peau. Il restait un peu de morphine et beaucoup de sirop contre la toux, ainsi qu'une potion dont on ne savait trop quoi faire qui s'appelait Géritol et qui pouvait, paraît-il, soulager certains maux liés à la vieillesse. «Mais, ici, les vieux ne sont pas nombreux, vous le savez, monsieur Bernard. Ils restent à la maison.» Alors, ne sachant trop quoi faire de ce sirop, on le donnait à quiconque réclamait un médicament.

— Vous voulez prendre une photo pour vos souvenirs?

Lamarre serrait dans sa main moite un polaroïd d'un autre âge, marqué du drapeau canadien et d'un numéro d'inventaire. Il devait prendre des photos du cadavre de François Cardinal pour le dossier de l'ambassade.

— Je vous épargne la maternité, c'est trop bruyant, mais sur le chemin de la morgue nous devons passer devant les pavillons de médecine interne. Vous verrez, c'est fascinant.

Le CHK comprend une trentaine de bâtiments bas, séparés par des espaces gazonnés et des chemins bitumés. N'eussent été les longues chemises blanches qui marchaient, l'air pressé, poussant des civières qui faisaient un train d'enfer, on se serait plutôt cru dans un camp de réfugiés. Partout, sur la moindre parcelle de terre ou de gazon qui fût à l'ombre, des familles faisaient la popote, des enfants jouaient, des jeunes hommes lorgnaient des jeunes filles. Des vieux dormaient, qui sur une natte, qui sur un grand morceau de carton, la tête recouverte d'une serviette ou d'un carré de mauvais coton.

— Monsieur Lamarre, cours 101 d'ajustement structurel. L'ajustement structurel, dont vous avez certainement entendu dire qu'il avait aidé plusieurs pays pauvres à assainir leurs dépenses publiques, a inventé en quelque sorte cet hôpital plutôt surréaliste pour le Canadien que vous êtes. Un monsieur de Washington dit au gouvernement du Rwanda qu'il dépense trop dans les services publics, que la dette est trop élevée, mais qu'on l'aidera à rembourser cette dette s'il…

Lamarre l'interrompit.

— Monsieur Valcourt, j'ai fait un stage au Fonds monétaire international. Épargnez-moi votre démagogie gauchiste. On a réussi de cette façon à assainir les finances publiques de plusieurs pays africains.

— Bien sûr. Quand on en discute dans un bureau de Washington ou qu'on dessine des courbes économétriques avec un ordinateur, tout cela semble logique. Dans un hôpital, ça ne tient pas du tout. On commence par imposer des frais d'admission. La moitié des malades cessent de venir à l'hôpital et retournent chez les docteurs-feuilles — c'est ainsi qu'on appelle les sorciers ou les charlatans. Le coût des médicaments augmente, puisqu'ils sont importés et que l'ajustement structurel dévalue les monnaies locales. C'est ainsi que la pharmacie est devenue un salon de broderie. Par la suite, on réduit le personnel. On fait payer les repas, les médicaments, les pansements et tutti quanti. Voilà pourquoi tous ces gens grouillent et grenouillent autour de l'hôpital et à l'intérieur de son enceinte. Petits restaurants qui vendent de la nourriture pour les malades, marchands de médicaments surannés, de poudre de perlimpinpin, d'antibiotiques éventés et d'effets de toilette, et partout, autour de vous, ces familles, trop pauvres pour payer tout cela, qui s'installent ici pour préparer les repas du malade et le laver, le veiller, le conforter. Un hôpital ajustement-structurel, c'est un endroit où on doit payer pour sa mort... car quand ils arrivent ici, leur état est tel que la guérison tient du miracle ou de l'accident. Vous voulez peut-être que je vous parle d'une école ajustement-structurel... non? J'insiste. Lors d'un séjour en Côte-d'Ivoire, j'ai découvert que, depuis qu'on imposait des frais de scolarité pour la fréquentation du lycée, de plus en plus de jeunes filles s'adonnaient à la prostitution occasionnelle, et, comme en bons Africains qu'ils sont les Ivoiriens ont horreur de la capote, ce nouvel arrivage de sexes frais sur le marché a fait bondir le taux de propagation du sida dans les principales villes du pays. Je vous dis tout cela un peu comme un guide touristique qui veut familiariser le nouvel arrivé avec les curiosités du pays. Je ne suis pas cynique, monsieur, je connais très bien mon pays et je vous dis que les guides et les cartes que votre ministère vous a fournis sont de faux documents. Allez! maintenant le pavillon de médecine interne, royaume du lent pourrissement et de la transformation de l'humain en larve suintante et agonisante.

— Vous exagérez, monsieur Valcourt.

— J'aimerais bien que vous ayez raison, monsieur Lamarre.

Il poussa la porte battante du pavillon B. À gauche, dans un petit bureau, une infirmière remplissait un formulaire. Des bocaux pleins de ouate, des éprouvettes, des seringues, des pelures d'orange jonchaient la petite table sur laquelle elle écrivait. « Bonjour, monsieur Bernard. Si c'est pour Célestine, il est trop tard, elle est morte hier matin. » Il avait connu Célestine au Cosmos. Elle lui avait demandé de l'aider à payer ses études en secrétariat international, juste un petit prêt qu'elle lui rendrait dans quelques semaines. Elle avait insisté, posant sa main sur sa cuisse : « Même si tu fais pas le prêt, je veux aller avec toi ce soir, juste pour le plaisir. » Elle vint le relancer à l'hôtel à deux heures du matin. Il l'avait laissée dormir dans le transat sur le balcon. Il s'était réveillé en sursaut. Célestine, assise sur le bord du lit, le masturbait studieusement. Il fut incapable de jouir et lui fit le petit prêt. Elle était revenue régulièrement pour trouver une couche quand elle n'avait pas de client. Puis elle avait disparu. Il l'avait revue au pavillon B, allongée tête-bêche le long d'une vieille tuberculeuse. Elle lui avait demandé un autre petit prêt pour la nourriture. Non, il ne venait pas pour Célestine, mais pour une visite. « Bernadette, combien sommes-nous aujourd'hui ? Monsieur Lamarre, qui travaille pour le gouvernement canadien, effectue une étude sur le financement des services de santé au Rwanda. » L'infirmière déplaça quelques flacons pour dégager un grand livre à couverture bleue et doré sur tranche, comme ces anciens registres dans lesquels on tenait la comptabilité avant que l'ordinateur vide les bureaux de leurs dossiers encombrants. Elle parcourut lentement les colonnes du bout d'un Bic mâchouillé et écrivit la somme sur un mouchoir de papier qu'elle avait sorti de sa manche. Le pavillon B se maintenait dans la moyenne. Elle avait perdu deux lits cette semaine, qui s'étaient écroulés sous le poids des patients qui y reposaient. « Cela nous fait 68 lits et 153 malades. C'est un peu mieux que le mois dernier quand, avec nos 70 lits, nous avions 180 malades.» Arithmétique absurde et incompréhensible pour Lamarre qui n'avait séjourné dans un hôpital que durant cinq jours, dans une chambre privée, meublée d'un grand lit, d'une télévision, d'une table de travail et de quelques fauteuils confortables, sans mentionner la douche et le petit frigo que sa femme avait empli de pâtés, de fromages et de quelques bouteilles de vin qui rendraient son séjour plus agréable dans un endroit aussi déprimant. Marie-Ange, c'était le nom de sa femme, avait même passé une nuit avec lui. Tout émue par cette audace et cette violation de l'interdit, elle avait réprimé quelques cris qu'elle ne se connaissait pas pendant qu'il s'escrimait rapidement sur elle de peur qu'une infirmière ne les surprenne. Elle avait joui, imaginant déjà d'autres lieux interdits, aussi originaux que l'ascenseur, les toilettes de l'avion, l'automobile dans le stationnement d'un centre commercial un vendredi soir et surtout, surtout, son petit bureau du ministère des Affaires extérieures. Jean Lamarre avait refusé toutes ses propositions insistantes et de plus en plus incompréhensibles, lui suggérant plutôt d'aller consulter un psychiatre. L'enfant qui allait naître dans un peu moins de deux mois était le fruit de ce goût de l'interdit. Il avait été conçu en cinq minutes avec un inconnu dans le parking d'un restaurant chic où Marie-Ange allait manger quand son mari, employé modèle, faisait au bureau des heures supplémentaires qu'on ne lui avait pas demandées. Cette fois, elle n'avait pas réprimé ses cris. L'homme, effrayé, s'était enfui, la braguette ouverte et le sexe pendant dans l'air froid. Aujourd'hui, assise sous le grand ficus de l'hôtel, elle ne pensait qu'à la disparition prochaine de cet énorme ventre qui éloignait d'elle tous les hommes, sauf son pudique mari qui persistait à se coucher vêtu d'un pyjama qu'il ne retirait jamais, même quand il lui faisait laborieusement l'amour.

— Combien de sidéens, Bernadette?

— Une centaine environ.

Ils pénétrèrent dans un véritable capharnaüm. Sur chaque petit lit reposaient deux malades qui tenaient souvent des enfants dans leurs bras. Sous ces grabats, un autre malade allongé, parfois sur le sol de béton, parfois sur une natte. Des enfants rampaient, d'autres couraient. Certains, plus âgés, nourrissaient leur mère, trop faible pour tenir la cuillère remplie d'une bouillie grisâtre. Dans la salle du fond, quelques bénévoles, toutes séropositives, trimbalaient de lit en lit une énorme casserole d'un ragoût quelconque. Enrôlées dans un des programmes du père Louis, elles venaient chaque jour distribuer un repas gratuit aux sidéens sans accompagnateur familial ou trop pauvres pour se payer un repas. Aujourd'hui, elles avaient plus de soixante-dix malades à nourrir et craignaient de manquer de nourriture.

— Prenez des photos, monsieur Lamarre. Ne soyez pas timide. Et ça leur fera plaisir. Chaque fois qu'ils sont photographiés ou filmés naît un petit espoir d'aide prochaine. De toute manière, ils meurent avant de se rendre compte qu'aucune capitale ne se soucie d'eux.

Le jeune diplomate transpirait plus que ses vêtements ne pouvaient le prendre. Il avait une envie irrésistible de vomir, ce qu'il fit, rempli de honte, devant des gamins hilares, dès qu'il sortit du pavillon B. Sa visite à la morgue dont le système de climatisation ne fonctionnait pas ne fit rien pour calmer ses entrailles. Ce n'était pas encore l'odeur de la mort qui se dégageait de la dizaine de cadavres, mais plutôt celle de la vie qui commence à pourrir. Il demanda à Valcourt de prendre les photos pour lui et sortit pour vomir de nouveau. Le frère Cardinal reposait sur une civière, complètement nu. Une balle avait troué le front, deux autres étaient logées près du cœur. Les tueurs, qui savaient tirer, l'avaient assassiné calmement, sans gaspiller leurs munitions. L'homme ne portait aucun autre signe de violence. De petits voleurs ou des ouvriers mécontents l'auraient massacré. Il prit trois photos comme Lamarre l'avait demandé. Une pour l'ambassade, une pour la police rwandaise et une autre pour les services secrets français. C'est ce que la consule, rejointe au dixième trou du Kigali Golf Club, avait ordonné à Lamarre. L'enquête serait confiée aux Français, car on ne pouvait se fier à la police rwandaise. Et surtout, avait-elle précisé, ne rien dire à quiconque serait susceptible d'ébruiter la nouvelle.

Valcourt retrouva madame Lamarre sous le ficus pendant que son mari changeait de vêtements. Gentille se baignait avec leur nouvelle fille. La femme du diplomate paraissait particulièrement intéressée par les mœurs

144

sexuelles qu'on prêtait aux Africains. Valcourt la rassura. Elle ne courait aucun danger, surtout dans son état. Mais oui, la femme blanche exerçait un attrait certain sur l'homme noir, tout comme l'inverse, lui avait-on dit, était vrai. Si lui avait une femme noire, c'était le fruit des hasards de la vie plutôt que d'une passion pour l'autre couleur. Quant à savoir si ces Noires au cul si ferme et aux seins si pointus étaient « meilleures » (c'est le terme qu'elle avait employée) que les Blanches, il n'en savait rien. Et les prostituées ? Il expliqua qu'ici, si on tenait le moindrement à la vie, la masturbation était préférable. Et l'enfant ?

— Vous croyez en l'Immaculée Conception ?

Valcourt appela Justin, le garçon de piscine, qui portait glorieusement son anatomie de jeune Apollon et sa peau lustrée comme d'autres portent leurs vêtements. Cette jeune dame, expliqua Valcourt, dans l'état délicat où elle était, avait besoin d'attentions particulières, non seulement de compagnie, car son mari travaillait énormément, mais aussi de relaxation physique, peut-être même de quelques vigoureux massages, dont on lui avait dit qu'il possédait le secret. Justin se mettait au service de madame, qui fut parcourue d'un grand frisson. Elle haïssait cet énorme ventre qui la séparait du corps fluide et musclé qui se dandinait devant elle. Un fleuve de transpiration mouillait ses cuisses. Ses seins déjà lourds frémissaient et se hérissaient, durcissaient au point de faire mal. Valcourt s'excusa. Il avait donné rendez-vous à Lamarre dans le hall de l'hôtel. Ils devaient se rendre dans le village de François Cardinal. Justin, dont le sexe raide sortait presque de son petit maillot, savourait déjà sa vengeance. Un peu soûl de soleil et de bière, il s'était confié un jour à Valcourt. Chaque fois qu'il baisait une Blanche, et il y en avait tellement qui promenaient leur corps incertain, leurs envies dissimulées, leurs fascinations pour le nègre barbare et puissant, chaque fois, il se vengeait du fait d'être garçon de piscine et simple objet de convoitise sexuelle de la part des maîtresses. Il se vengeait aussi du fait d'être noir. Il se comportait avec les Blanches comme elles rêvaient qu'il le fasse, en brute animale, puisqu'il n'était pas vraiment un humain. Elles hurlaient comme des bêtes, enfin à son niveau, et elles en redemandaient, comme si elles souhaitaient qu'il les humilie encore davantage, qu'il les transforme en chair pure et inassouvie, vidée de tout esprit et de toute dignité. Et c'est à ce moment, quand elles réclamaient une seconde humiliation, qu'intervenait la vengeance. Il disait non. Elles avaient beau insister, se présenter dans son cabanon, le relancer dans sa chambrette, lui promettre argent ou visa pour tous les paradis de l'Occident, il refusait. Autour de sa piscine, elles restaient allongées sur leur transat de résine, frustrées, nerveuses, insatisfaites, maussades, parce qu'elles avaient connu durant quelques minutes la puissance d'une sombre force qui, sans jamais cesser de sourire, effectuait respectueusement auprès d'elles son humble travail de garçon de piscine. Si on la comparait à la violence de ce pays, Justin avait la vengeance plutôt douce, mais elle atteignait un raffinement et une cruauté psychologique qui avaient impressionné Valcourt. Il ne manquait jamais une occasion de contribuer à l'effort de guerre de Justin. Le jeune homme lui avait cependant caché la véritable mesure de sa haine. Justin était sidéen. Quand ces dames inquiètes exigeaient qu'il enfile une capote, il brandissait un faux certificat de séronégativité.

Justin la massa, bien sûr, car il était un peu masseur, après l'avoir assise sur un petit tabouret, car dans son état, il n'était pas prudent qu'elle s'allonge sur le ventre sur la table de massage. Il commença par le cou, les épaules et les omoplates sur lesquels il travailla efficacement et consciencieusement, repoussant à chaque mouvement de ses doigts de quelques centimètres les bretelles de la grande robe et de l'ample soutien-gorge qui glissèrent jusqu'à sa taille. Elle se souleva de quelques centimètres et fit tomber ses vêtements sur le sol. L'homme se colla contre son dos et, juste au-dessus de sa nuque, elle sentit un énorme sexe qui pointait dans ses cheveux. Deux grandes mains trituraient ses mamelles si vigoureusement qu'elles se mirent à pisser du lait. Elle voulait parler, mais n'y parvenait pas, sinon pour dire : « Prends-moi » dans un râle animal, qui était aussi fait des douleurs lancinantes qui provenaient de son ventre ruisselant de sueur. Justin la prit sous les aisselles, la souleva et la poussa vers le mur sur lequel elle s'appuya des deux mains et de la tête. D'un seul mouvement sec et violent, il la pénétra par-derrière. Jamais on n'avait touché, effleuré ou caressé cette partie de son corps. Des muscles explosaient, criaient. Son ventre frappait le mur. Plus la douleur ou le plaisir étaient grands, car l'une était l'autre, plus elle répétait à un rythme qui s'accélérait : « Plus loin, plus loin. » Après de longues minutes où elle crut défaillir cent fois, elle hurla comme on ne le fait que devant la mort, ce qui paralysa le jeune homme qui n'avait jamais entendu une telle déchirure. Il l'assit sur le petit tabouret. Des crampes la saisirent, des poignards percèrent son ventre, un filet de liquide visqueux se mit à couler de son sexe et les contractions commencèrent. Marie-Ange accoucha dans le cabanon, avec l'aide d'un médecin de Médecins sans frontières qui chaque jour venait faire ses cent longueurs à la piscine. Il coupa le cordon ombilical avec un canif suisse qu'une grande patronne de la Croix-Rouge avait laissé à Justin en souvenir.

Quand, vers onze heures ce soir-là, Jean Lamarre revint de Mugina avec Valcourt, il était père et cocu, les deux pour le restant de ses jours. Mais, le plus terrible, il n'était pas encore installé dans son premier poste à l'étranger qu'il craignait déjà d'être rappelé à Ottawa et confiné dans les renseignements consulaires ou dans la section Mongolie, avant même d'avoir pu jouir de sa première villa, de son premier jardinier, de sa première cuisinière, ce qui constitue aujourd'hui, à défaut de pouvoir influencer le cours de l'histoire, le principal plaisir du diplomate représentant un pays comme le Canada au Rwanda.

François Cardinal n'avait pas été assassiné par de vulgaires petits voleurs ou par des rebelles tutsis, autre version que lui proposa Lisette, la consule, quand Lamarre passa chez elle avant de rentrer à l'hôtel. Avec Valcourt, il avait tenté de la raisonner, mais elle n'était pas d'humeur à écouter qui que ce soit lui apprendre des faits désagréables. Son tournoi de golf s'était soldé par un désastre. Elle avait même été humiliée par la consule de la Tanzanie et une secrétaire de l'ambassade du Kenya. Ce n'était vraiment pas le temps d'évoquer un incident diplomatique ou, pire encore, une remise en question de la longue amitié entre le Canada et le Rwanda. De toute manière, l'enquête avait été confiée aux services spéciaux de la présidence, c'est-à-dire aux services secrets français, des gens compétents qui établiraient sûrement la vérité. Pour le moment, si on demandait au Canada qui avait tué le frère Cardinal, les autorités répondraient : des voleurs ou des rebelles. Au téléphone avec un ami de la télévision canadienne, Valcourt expliquait que c'étaient de bien curieux voleurs, puisqu'ils avaient laissé sur le manteau de la cheminée plus de cent cinquante mille francs rwandais, la paye que le frère devait distribuer le lendemain aux membres de la coopérative de producteurs d'œufs qu'il animait. Quant à l'hypothèse des rebelles tutsis, elle était complètement farfelue. Le frère recueillait des réfugiés tutsis qui fuyaient le Nord, la région du président, terrorisés par les massacres dont ils étaient victimes. Non, Cardinal avait été abattu en plein jour par des militaires, parce qu'il menaçait avec sa coopérative le quasi-monopole d'un neveu du président sur le commerce des œufs dans la capitale, ou parce qu'il recueillait des Tutsis, ou les deux. Valcourt savait pourquoi il avait été tué, mais cela ne fait pas un bulletin de nouvelles. Cardinal travaillait pour la dignité des hommes, pour le partage de la richesse du sol, pour la tolérance. Aux yeux de la loi qui gouvernait ce pays, cela constituait trois chefs d'accusation qui méritaient la peine de mort. La télévision canadienne se contenta d'annoncer le décès du religieux en parlant d'un meurtre difficile à expliquer, mais qui avait probablement été commis par des voleurs. Ainsi raconte-t-on la vie, comprimée en capsules, composées par des gens éloignés, ignorants mais sans méchanceté qui, devant leur ordinateur, ne font pas la différence entre un règlement de compte entre motards et un assassinat politique au Rwanda. Un mort est un mort.

Depuis Gentille, comme on dit pour les ères historiques, Valcourt passait en quelques instants du monde du pire à l'univers de la beauté, sans difficulté aucune comme s'il avait appris à naviguer entre tous les pays de l'homme. Il n'en tirait aucune fierté, seulement le sentiment d'avoir plus de chance que d'autres. Il nota dans son carnet : « Je sors d'une autre horreur. Ce n'est pas la mort qui est horrible, mais la dissimulation que l'on construit autour d'elle, une manière de nier officiellement Cardinal. Cet homme est un héros, son pays en fera une pauvre victime d'une barbarie anonyme. Et j'entre ici. Gentille dort avec la fille de Cyprien. Dans quelques minutes, je m'allongerai à côté d'elle. Elle se réveillera, je le sais. Et nous ferons l'amour, silencieusement pour ne pas réveiller la petite. Et après je dormirai, comme le font tous les hommes heureux. Mais dans mon sommeil je connaîtrai autant de cauchemars que d'extases. » Et pour la deuxième fois de sa vie, cette nuit-là, il fit l'amour avec Gentille.

Le lendemain matin, Lamarre promenait devant le buffet une mine défaite que soulignait une démarche hésitante. Ce n'était pas son état de cocu qui l'écrasait ainsi ; il n'en savait rien encore. Ni sa nouvelle paternité, dont il ne se souciait guère, sinon pour penser qu'elle venait à un bien mauvais moment. Il n'avait jamais voulu devenir père et ne comprenait pas comment, malgré toutes les précautions qu'ils avaient prises, Marie-Ange avait pu devenir enceinte. Une pilule oubliée, sans doute. Les femmes sont si distraites.

À trente ans, Jean Lamarre, fonctionnaire patient et méthodique, suivait un plan de carrière précis et réaliste, parce que son peu d'ambition correspondait plus ou moins aux capacités du jeune homme de gravir les échelons. Quelques années en Afrique dans un pays qui ne causait pas de problème, comme le Rwanda. Retour à Ottawa comme chef de section. Puis consul dans un petit pays asiatique (il adorait les mets chinois) et enfin conseiller culturel à Paris, ne sachant trop comment choisir entre toutes les invitations aux cocktails, aux lancements, aux vernissages et aux premières.

Mais, assis devant Valcourt qui parlait joyeusement de sa nouvelle fille en enfilant une grosse Primus et en dévorant trois œufs sur le plat avec du bacon et de la saucisse comme s'il n'avait pas mangé depuis des jours, Lamarre savait que sa carrière, qui n'existait pas encore, tenait à un fil. Lisette, habile manœuvrière, prétextant son absence et son ignorance du cas, l'avait réveillé à six heures pour lui confier une grande responsabilité, témoignage de sa confiance en lui : il rédigerait le rapport sur la mort du frère Cardinal. Le ministre, qui avait entendu des rumeurs troublantes sur l'identité des assassins et qui souhaitait qu'elles soient fausses, attendait le rapport de Lamarre.

Lamarre ne parlait pas, regardant fixement les œufs brouillés qui étaient déjà figés dans l'assiette. Il promenait dans la pâtée jaunâtre une fourchette nerveuse.

— Voilà, je dois rédiger le rapport sur la mort du frère Cardinal. Et je voudrais savoir…

— Non. Vous ne voulez pas vraiment savoir que Cardinal se battait avec ses petits moyens contre de grandes injustices, vous ne voulez pas savoir et surtout écrire que des membres de l'entourage du président ont probablement décrété sa mort, vous ne voulez pas savoir, vous désirez vous en tirer honorablement. Je vous comprends et je compatis. Mais vous n'y parviendrez pas. Les morts qu'on cache se transforment en fantômes qui viennent nous hanter. Vous êtes foutu, une autre victime de ce pays de merde. Si vous dites la vérité, votre carrière est à l'eau. Si vous appuyez la version que le ministère préfère pour la chaleureuse continuité de ses relations avec le Rwanda, je me lance à votre poursuite. Tout ce que nous savons tous les deux sera publié un jour ou l'autre dans un journal canadien ou belge ou français. Je vous le jure. Je vous poursuivrai. Je vous harcèlerai. Vous serez mon principal ennemi. Contre les assassins, je ne peux rien faire, je suis sans armes et inutile, mais les petits complices comme vous, j'ai au moins des mots pour les confondre. Monsieur Lamarre, vous êtes un ennemi à ma mesure.

Lamarre plaidait. Il ne méritait pas qu'on s'acharne sur lui. Valcourt, repu, sirotait un café très serré en hochant la tête. Il comprenait son désarroi. Même, il le plaignait. Choisir entre l'exigence de la vérité et la honte du mensonge n'était pas facile. Il regrettait de devoir le menacer, mais il ne pouvait faire autrement. Le jeune diplomate n'avait pas touché à ses œufs brouillés. Quand il se leva pour remonter à sa chambre et rédiger son rapport, il marchait lourdement, le dos voûté comme s'il avait vieilli de trente ans en deux jours.

Le fonctionnaire rédigea un rapport conforme aux conclusions préliminaires des services secrets français : le frère Cardinal avait été assassiné par des voleurs qui étaient peut-être des rebelles tutsis. L'ambassade ainsi que le ministère endossèrent cette version qui fut diffusée au Canada. Valcourt réussit à faire publier un article en Belgique. Cela n'affecta pas la carrière de Lamarre qui, trois jours après leur conversation, quittait l'hôtel pour sa villa, son boy, son cuisinier et son jardinier. Même vidée de son bébé, Marie-Ange ne l'attirait décidément plus, ce qui n'attristait pas trop la jeune femme qui tâtait maintenant du jardinier, tout en pensant à Justin. On ne revit pas le jeune couple dans les cercles diplomatiques ou les restaurants. Lamarre regardait de vieux vidéos de kung-fu et sa femme baisait le personnel en tentant d'atteindre l'extase et l'abandon où Justin l'avait conduite. Elle avait poursuivi le jeune homme, qui chaque fois, l'avait repoussée avec mépris. Trois semaines après leur arrivée, elle fut convoquée chez le médecin belge qui la suivait depuis son accouchement. Elle était séropositive. Elle se mit à hurler. Au bout de ses hurlements, après avoir griffé le médecin au visage, elle souffla : « Je vais le tuer. » Elle n'en fit rien, bien sûr. Justin continua jusqu'à sa propre mort à transférer aux Blanches la mort de son pays. Lamarre, encore soucieux de sa carrière et peut-être compatissant, organisa le retour de Marie-Ange au Canada dans les jours qui suivirent l'annonce fatale. Il garda avec lui Nadine, conçue dans un parking et expulsée dans un cabanon. Lamarre devint père par obligation, puis par plaisir. À travers l'enfant, dorénavant seul objet de son attention, il découvrit une partie de la vie qu'il s'était totalement interdite : les rires idiots et spontanés, les grimaces ridicules, les naïves berceuses, les angoisses de la première fièvre qui rend l'enfant rouge comme une braise incandescente. Pour se racheter à ses propres yeux, il rédigea un deuxième rapport plus hypothétique que le premier, dans lequel il évoquait les rumeurs qui couraient dans le village de Cardinal et qui désignaient comme assassins des militaires ou des hommes de main du président. Il le fit parvenir directement au cabinet du ministre, sans en parler à sa supérieure, qui dans un fax avait louangé le travail fouillé de ses collègues français dans cette affaire pénible et se félicitait d'une aussi rapide conclusion qui gardait intactes les bonnes relations entre les pays mis en cause. Lamarre ne voulait plus jouer à la politique ni planifier une carrière. Il se contenterait d'être un bon père, sans relief, peut-être, mais un père présent, respectueux. Mais lorsqu'il s'allongeait sur le dur gazon humide devant sa petite villa qui surplombait le Kigali Night, les yeux perdus dans les étoiles, lui qui n'était pas contemplatif, il se sentait léger comme il ne l'avait jamais été auparavant, certain d'avoir trouvé un métier à sa mesure, et il allait se coucher avec une petite estime de lui-même après avoir embrassé sa fille qui dormait.

Quand Valcourt apprit la maladie et le départ de Marie-Ange, il se rendit compte qu'il comprenait encore bien peu ce pays qu'il prétendait expliquer et la contagion qui s'y exerçait. Justin, le boy de la piscine, avait contaminé Marie-Ange. Mais c'est lui, Valcourt, qui l'avait poussée dans les bras de Justin. Autour de la piscine, le sexe n'était qu'un jeu. Comme par mimétisme, il avait mené Marie-Ange jusqu'au sexe de Justin, qui lui avoua sans honte ni regret qu'il repassait aux Blanches une maladie qu'on avait apportée aux Noirs. Valcourt ne prit même pas une seconde pour tenter de convaincre le jeune homme de son erreur et de sa folie. Il se contenta de lui dire que s'il le voyait attirer une autre femme dans son cabanon, il dévoilerait toute la vérité au directeur de l'hôtel, qui, avec toutes ses relations dans le gouvernement, réussirait certainement à le faire emprisonner.

Il raconta tout à Gentille, qui fut moins scandalisée

qu'il ne l'avait craint. Elle lui reprocha seulement, mais était-ce un reproche ? d'avoir précipité une rencontre qui serait survenue de toute manière, puisque cette femme était une « femme gratuite », selon son expression. Se sentant quand même responsable, il devait s'expliquer.

— Tu vois, chaque pays possède une couleur, une odeur et aussi une maladie contagieuse. Chez moi, la maladie, c'est la complaisance. En France, c'est la suffisance, et aux États-Unis, l'ignorance.

— Et au Rwanda ?

— Le pouvoir facile et l'impunité. Ici, c'est le désordre absolu. À celui qui a un peu d'argent ou de pouvoir, tout ce qui semble interdit ailleurs apparaît comme permis et possible. Il suffit d'oser. Celui qui, chez moi, n'est qu'un menteur peut devenir ici fraudeur, celui qui n'est que fraudeur se transforme en grand voleur. Le chaos et surtout la pauvreté lui donnent des pouvoirs qu'il ne possédait pas.

— Tu parles des Blancs qui pensent qu'ils n'ont qu'à lever le petit doigt pour que je monte dans leur chambre, même s'ils sont laids, des Rwandais riches qui me disent que je vais perdre mon emploi si je ne couche pas avec eux. Mais tu n'es pas comme ça.

— C'est ce que j'ai fait avec madame Lamarre. J'ai utilisé mon pouvoir pour jouer avec sa vie. Quand on arrive ici, on tombe malade de la maladie du pouvoir. Je suis un peu comme eux. Regarde-les, tous ces petits conseillers d'ambassade, ces parachutistes musclés ou boutonneux, ces tâcherons de la communauté internationale, ces consultants de pacotille qui ne passent pas une seule soirée sans avoir au bras, puis au sexe les plus belles femmes de la ville. En arrivant ici, nous nous transformons tous en petits chefs.

Gentille sourit. Petit chef peut-être, mais plutôt gentil et respectueux. Mais elle ne tenta pas de le rassurer sur lui-même.

— Continue de parler, même si parfois je n'aime pas ce que j'entends. Tous ces gens que tu mentionnes ne sont pas si méchants que tu le dis. Je peux difficilement t'expliquer en détail comme toi tu le fais. Mais continue à parler ; j'aime quand tu me parles, j'aime quand on me parle. À part mon grand-père et un peu mon père, personne ne m'a jamais parlé plus que quelques minutes. Dans ma vie, je n'ai entendu que des ordres, des conseils, des interdictions, des litanies, des cantiques et des sermons. Je n'ai jamais fait partie d'une conversation. J'ai aussi entendu des insultes et des rugissements d'hommes qui exprimaient de la même manière leur plaisir ou leur frustration, mais de longues phrases qui m'étaient destinées, je n'en connais pas d'autres que celles que tu as prononcées. Parle. J'ai besoin de savoir que je peux être autant une oreille qu'un…

Il existe des mots qu'une femme rwandaise ne prononce pas même si elle les met en pratique : cul, sexe, baiser, pénis et tous les autres de la même famille. Les prostituées n'emploient pas plus ces termes. Comme si le fait de dire le mot consacrait le péché ou l'humiliation.

— Tu aurais pu dire « corps », Gentille. Ce n'est pas trop difficile à dire. Ou « chose », ou « objet », murmura Valcourt. Ou encore « cul »…

Gentille baissa la tête et ferma les yeux.

— Tu l'aimes, n'est-ce pas, mon…

Elle hésita et souffla :

— … cul, et aussi mes seins et mon sexe ? Est-ce que tu les aimes autant que tu aimes me parler ?

— Oui, Gentille, autant.

— Alors, parle encore. Parle-moi de toi, de chez toi, dis-moi pourquoi tu restes ici, et je t'en supplie, ne me dis pas que c'est à cause de moi, ce serait gentil mais trop facile. Parle-moi, c'est tellement bon, tellement doux.

Il y a des gens comme Gentille à qui il ne faut surtout pas dire la vérité. Cela serait trop simple et cela ressemblerait à un mensonge, car la vie doit être compliquée. Rien ne justifiait maintenant que Valcourt demeure au Rwanda, sinon Gentille. Tout était simple pour lui, mais, il le sentait, elle voulait qu'il reste aussi pour son pays, pour ses amis, pour les collines abruptes et, avant tout, pour lui-même.

— Pourquoi tu restes ici ?

— Parce que je suis un peu paresseux et que la vie d'ici m'oblige à agir. D'ailleurs, mon pays a aussi une âme paresseuse et frileuse. Il n'agit que lorsque les catastrophes et les horreurs dépassent les limites de l'entendement. Mais, pour être honnête, je dois dire que tous les deux, mon pays et moi, une fois extirpés de notre paresse, nous nous comportons relativement bien.

— Non, parle-moi de ton pays comme moi je te parle des collines. Parle-moi de la neige.

— Je n'aime pas la neige, ni le froid ni l'hiver. Je hais l'hiver. Mais il existe un jour dans l'année, un moment magique que même le cinéma ne peut reproduire. Tu t'éveilles un matin, et dans ta maison la lumière t'aveugle. Dehors, le soleil brille deux fois plus qu'au beau milieu de l'été, et tout ce qui depuis des semaines était sale, gris, brun, feuilles mortes, boues mêlées de fleurs fanées, tout ce que l'automne enveloppait de sa morbidité, tout cela est, ce matin-là, plus blanc que ton chemisier le plus blanc. Mieux encore, cette blancheur scintille de milliards d'étoiles qui te font penser que quelqu'un a semé de la poussière de diamant dans la terre blanche. Cela dure quelques heures, parfois une journée. Puis la saleté, qui suinte des villes comme la sueur des corps, souille cette fragile pureté. Mais dans nos grands espaces, loin des villes, sur nos collines qui ne sont que de petites bosses à côté des tiennes, la blancheur de la neige se fait un lit durant des mois. Et dans ce lit s'installe le silence. Tu ne connais pas le silence. Tu ne peux imaginer comment il enveloppe et habille. Le silence dicte le rythme de ton cœur et celui de tes pas. Ici, tout parle. Tout jacasse et hurle et soupire et crie. Pas une seconde qui ne soit ponctuée d'un son, d'un bruit, d'un aboiement. Chaque arbre est un haut-parleur, chaque maison, une caisse de résonance. Donc, il y a ce mystère dans mes collines, le silence. Je sais, tu as peur du silence, tu me l'as dit. Mais ce n'est pas le vide comme tu crois. C'est lourd et oppressant, car pas un chant d'oiseau, pas un bruit de pas, pas un son d'une musique ou d'une parole ne parvient à nous détourner de nous-mêmes. Tu as raison, le silence est effrayant, car dans le silence on ne peut mentir.

Mais Gentille n'entendrait jamais le silence. Paradoxalement, il n'existe que dans la chaleur torride du désert ou dans le froid glacial du Grand Nord. Et Valcourt, malgré ses efforts, ne parvenait pas à imaginer Gentille dans le Sahara ou la toundra. Pourquoi ne pas sortir Gentille de son enfer et la transplanter dans son hiver bien plus confortable que l'été permanent et doux du pays des mille collines ? Il pourrait le faire, aujourd'hui, demain, sans aucune difficulté. Mais exilée, étrangère, démunie, sans métier autre que celui de servir et d'être admirée, elle se transformerait rapidement, sans que ni l'un ni l'autre ne le veuille, en esclave. Sa présence auprès de lui ne serait plus le résultat d'une délicieuse et permanente conquête, mais le fruit d'une dépendance, aussi tolérable et acceptée fût-elle. Ici, dans cette chambre, elle vivait peut-être dans une cage dorée et douillette, mais la porte restait ouverte. Elle connaissait les chemins et les pistes qui entouraient l'hôtel, de même que dix ou vingt refuges qui l'accueilleraient si jamais elle décidait que c'en était assez et qu'il lui fallait retourner aux plaisirs et aux ambitions de son âge. Car elle le ferait. À cela Valcourt s'était résigné depuis le premier tremblement du cœur. Il ne supportait pas la pensée qu'il puisse emprisonner une telle beauté. Interdit de voler la vie à la vie. Quand il avait tenté de lui expliquer qu'il ne l'emmènerait jamais au Canada, Gentille n'avait rien cru de son noble discours. Une autre aurait pleuré, crié, lancé des insultes, tapé du pied et du poing. Pas elle. Ce fut bien pire. Elle avait dit sur le ton propre aux juges et aux bourreaux : « Tu m'as menti ! » Et elle alla se coucher dans l'autre lit. De leur courte vie commune, quatre-vingt-dix-sept nuits, ce fut la seule où Valcourt ne connut pas l'« extase de Gentille ». Car c'est ainsi qu'il décrivait le moment où leurs deux corps s'entremêlaient.

8

Le lendemain de ce drame conjugal, le seul qu'ils connurent, Valcourt se leva très tôt, avec les brumes et les corbeaux, avant les chiens et les enfants. Assis sur le balcon qui dominait la ville, ébloui par le ficus qui luisait comme si durant la nuit un jardinier magique avait ciré chaque feuille, il écrivit d'une écriture appliquée sur du papier à lettres de l'hôtel : « Gentille, si je rentre au Canada et que tu veuilles venir, je rentrerai avec toi. Mais je ne veux pas revenir dans mon pays. Mon vrai pays est celui des gens que j'aime. Et je t'aime plus que tout au monde. Mon pays, c'est ici. Nous sommes maintenant père et mère. Mais il faut officialiser cette adoption. Ce serait plus facile si nous étions mari et femme. Il faudrait aussi trouver un nom pour notre fille. Je ne sais trop dans quel ordre nous devons faire ces choses. Voilà, je te demande en mariage. Et si jamais il fallait quitter ce pays, ce serait pour un endroit que ni toi ni moi ne connaissons. Nous serions alors aussi perdus l'un que l'autre, aussi démunis et dépendants l'un que l'autre.» Sur la pointe des pieds, il traversa la chambre et déposa la feuille pliée en trois sur la hanche de Gentille, qui ne dormait pas. «Attends.» Elle lut puis pleura doucement. Dix ans plus tôt, Valcourt jouait au touriste à Paris avec sa fille de seize ans. Au musée de l'Orangerie, ils regardaient sans trop y croire les *Nymphéas* de Monet tant ce foisonnement de beauté, de nuances et de subtilité les dépassait, les envoûtait. «Mon Dieu que c'est beau, papa», dit une petite voix étranglée. Anne-Marie pleurait tendrement devant la beauté de la vie. C'est ainsi que Gentille pleurait, comme les femmes le font aussi, au bout de leurs muscles déchirés, de leur ventre douloureux quand on dépose dans leur bras le nouveau-né rougeaud et ridé. Un instant, Valcourt voulut déchirer la feuille déjà froissée, effacer les mots, revenir en arrière, remonter le temps et recommencer et ne pas avoir succombé à la beauté de Gentille. Son bonheur le terrorisait. Il ne pouvait se mesurer à l'envie de vivre de cette jeune femme. Il ne lui promettait — il le savait, il en était maintenant convaincu — qu'un petit espace de bonheur, puis une chute dans un vide horrible puisqu'il regorgerait de souvenirs impossibles à recréer. Un vide plein du vide qu'il laisserait. Les hommes qui se sentent aimés éperdument tombent facilement dans la complaisance, oubliant la force et la patience que mettent les femmes à forger le bonheur. Valcourt en ce domaine était un homme bien ordinaire.

Et puis, il y avait autre chose. La gêne, la prudence, l'anonymat des assassins s'atténuaient de jour en jour. Ils proclamaient leurs projets d'extermination à la radio. Ils en riaient dans les bars. Leurs idéologues, comme Léon

Mugasera, enflammaient des régions entières avec leurs discours. Après chaque assemblée, les miliciens se lançaient comme des Huns dans les collines, brûlant, violant, estropiant, tuant de leurs machettes chinoises et de leurs grenades françaises. Des commissions internationales venaient constater les dégâts, déterraient les cadavres des fosses communes, recueillaient les témoignages de survivants des pogroms. Valcourt, au bar du quatrième, prenait un verre avec les éminents juristes et experts qui lui en disaient dix fois plus que ce qu'ils publieraient dans leur rapport. Et il prenait des notes, écoutait, découragé, chaque fois un peu plus terrifié par l'énormité des révélations, mais en ces moments c'était le goût de poivre et de muscade du sexe de Gentille, la fine pointe de ses mamelons, ses fesses frémissantes à la moindre caresse qui occupaient son esprit. Et cela, il ne se le pardonnait pas. Comme pour tout chrétien de gauche comme lui, même s'il ne croyait pas en Dieu, le bonheur était une sorte de péché. Comment peut-on être heureux quand la terre se désintègre sous nos yeux, que les humains se transforment en démons et qu'il n'en résulte qu'exactions et abominations innommables ? Un soir qu'il ruminait ainsi, oscillant entre la pensée des seins de Gentille et les paroles de Raphaël, terrorisé parce qu'on venait faire des menaces de mort à son travail, Gentille se présenta, tenant dans ses bras l'enfant qui dormait. Et Raphaël dit : « Mon ami, voici le bonheur qui apparaît et qui vient te chercher. Gentille, ton futur mari est un imbécile. Tu devrais le quitter. Il ne veut pas profiter de son bonheur. Il m'écoute, il me plaint, il cherche dans sa tête comment il pourrait m'aider, même s'il sait qu'il ne peut rien. Dis-lui. Non, je vais lui dire, à cet idiot de Blanc, mais pas avant que nous ayons bu un peu de champagne. Moi aussi, comme Méthode, je veux partir heureux et dans le luxe. »

Raphaël invita le maître d'hôtel à venir trinquer avec eux. Le cuisinier belge les rejoignit, en même temps qu'une deuxième bouteille, et Zozo qui passait par là pour vérifier on ne sait trop quoi. Enfin Émérita, qui venait dormir sur une banquette du bar, parce que des miliciens rôdaient près de la maison de sa sœur où elle habitait. Et une troisième bouteille arriva avec le barman. Il avait fermé sa caisse et rêvait de s'engouffrer dans la plantureuse Émérita, qui, elle, n'avait d'yeux que pour Valcourt, qui ne l'avait jamais regardée comme un homme regarde une femme, lui ayant toujours parlé comme on parle à un camarade de travail.

Raphaël parlait sans cesse, de sida, de corruption et de massacres. Il répétait ce qu'il avait dit mille fois. Valcourt n'avait pas besoin d'écouter attentivement. Il devinait chacune des phrases qui franchissait ses lèvres. Mais peut-on reprocher aux gens menacés de mort d'en parler et de se répéter ? Avec son sourire de lune, Zozo acquiesçait : « Oui, monsieur Raphaël, oui, vous avez raison. » Zozo confondait l'approbation avec l'art d'être pion. On ne savait jamais si c'était le pion ou le copain qui opinait du bonnet. Puis Raphaël dit : « Parlons de choses plus joyeuses. » Il se mit à raconter ses histoires de cul, toutes plus rocambolesques les unes que les autres (il était un peu vantard et très convaincu de son charme irrésistible). Le récit de ses aventures provoquait des rires entendus, surtout quand il parlait des Blanches. Il décrivit ensuite son emprisonnement au stade de foot, avec huit mille autres suspects, en 1990. Il n'en retenait pas les bastonnades et la faim, mais tous ces amis qu'il s'était faits et ces femmes qui se montraient douces et accueillantes pour que les hommes oublient leur malheur. Dans le bar obscur, on riait aux éclats, on se lançait des regards complices. Des sourires lumineux ornaient les visages. L'enfant dormait toujours malgré le vacarme. Gentille serrait la main de Valcourt, qui, depuis le début, réprimait ses rires, les transformant en légers sourires, et se retenait pour ne pas raconter ses propres aventures. Zozo, qu'un seul verre d'alcool transformait en pantin rieur, s'extasiait devant toutes ces vies si pleines de rebondissements car, comme dans les rencontres nocturnes de correspondants de guerre, une histoire n'attendait pas l'autre. L'exploit de l'un, embelli bien sûr, faisait place à la déconvenue de l'autre, qui était enterrée subito presto par une anecdote encore plus croustillante. On s'échangeait des épopées comme les enfants s'échangent des billes ou des cassettes de Nintendo. Des morts incroyables, des culs plus ronds et doux que la pleine lune, des yeux plus profonds que l'océan, des militaires plus barbares que les Huns et les nazis confondus se faisaient une lutte épique pour attirer l'attention des auditeurs. Ces minutes de vie intense disaient toutes la même chose, parlaient le même langage, celui du malheur et de l'horreur qui mènent droit à la vie. Valcourt se taisait, encore une fois coupable d'être heureux au milieu de la barbarie, mais plus léger, comme libéré d'une masse sombre par l'index de Gentille, aussi doux qu'un duvet, qui délicatement et patiemment suivait en caressant les sentiers que la vie avait tracés dans sa main. Et maintenant, c'est elle qui insistait : « Raconte, raconte une belle histoire, toi aussi. »

Et il raconta un matin de novembre 1984 à Bati, dans le désert du Tigré, en Éthiopie. La grande famine, qui rameuta trop tard tous les chanteurs de la planète et laissa dans la mémoire de l'Occident le souvenir de *We Are the World* plutôt que celui des centaines de milliers de victimes, s'emparait du nord du pays comme une gigantesque tempête de sable qui enterrait tout et transformait le désert en fosse commune. On lui avait parlé du petit matin, du moment où le soleil est précédé par quelques lueurs rosées et violacées qui s'allongent sur l'horizon. Un médecin français lui avait raconté, devant une pizza au Hilton d'Addis-Abeba, comment, à un certain moment dans ce tableau de rêve, des gémissements naissaient en même temps que de longues incantations mystérieuses qui devaient chasser la mort, ponctuées de petits cris stridents et des aboiements des chiens errants. Puis, lorsque le rose et le violet se transformaient en orange, que perçaient les premiers rayons du soleil et que les cadavres en sursis se réveillaient, on entendait tous les sons de la mort annoncée. Les poumons qui explosaient, les mères qui hurlaient, les bébés qui vagissaient, les gorges qui crachaient. « Une symphonie mortuaire sur fond de carte postale. » C'est ce qu'avait dit le médecin. Et Valcourt, avec Michel son caméraman rescapé du Viêt-nam, s'était installé juste à la limite du camp, près d'un petit trou dans lequel semblaient dormir trois ou quatre personnes enveloppées dans des peaux de chèvre, pour témoigner de ce lever du soleil wagnérien. Il faisait un froid de canard. Dans six heures, le sol pierreux brûlerait les pieds qui s'y poseraient. À moitié nus, vingt-cinq mille squelettes vivants, déjà cassés par la faim, les maladies et l'épuisement, subissaient chaque jour le choc du chaud et du froid. Et comme avait raconté le médecin, la grande illumination et la lugubre symphonie commencèrent, car ces gens de la chaleur et du désert découvraient leurs morts ou leurs nouvelles afflictions dans les minutes qui suivaient le froid de la nuit. Cette femme qui s'éveillait dans son trou, pendant que Valcourt récitait à la caméra son topo d'ouverture, pensa peut-être qu'il était médecin, infirmier ou prêtre. Elle déposa devant lui, qui avait mis un genou par terre, un tout petit corps enveloppé dans une peau de chèvre. L'enfant ne possédait plus assez de souffle pour faire bouger un brin d'herbe, seulement un bruissement, un râle doux et langoureux que Valcourt entendait davantage que les mots qu'il prononçait pour décrire la mort qui l'entourait. Il fut tenté de conclure en disant qu'il venait juste de voir un enfant mourir, à ses genoux, puis de le prendre et de le soulever à la hauteur de la caméra. Quel beau morceau de télévision, car Michel, en entendant ces mots, aurait lentement baissé l'objectif vers la petite tête émaciée, resserrant le cadre pour que ressortent ses yeux énormes et noirs et profonds et fixes qui accusaient l'humanité. Puis il aurait suivi le mouvement de Valcourt, en élargissant le cadre et en se déplaçant légèrement vers la droite. On aurait vu l'enfant au premier plan, Valcourt disant : « Ici Bernard Valcourt dans l'enfer de Bati. » À sa gauche, on aurait bien distingué les yeux hagards mais dignes de la mère et, à l'arrière-plan, les hauts nuages striés d'orange et de pourpre qui annonçaient le matin et le début d'une lugubre comptabilité. C'est plutôt à cet exercice que s'intéressa Valcourt, installé à la morgue, hutte ronde faite de troncs d'eucalyptus grossièrement assemblés. Il ne pourrait montrer tous les petits cadavres, bien sûr, mais six heures durant il filma chacun d'eux, en notant leur nom et leur âge pendant qu'on les lavait avant de les allonger sur un lit de branches d'eucalyptus. Ils entreraient au paradis propres et parfumés.

De retour à Montréal, plus rien ne fut comme avant. Il commença à parler autrement qu'avec les codes et l'objectivité qui étouffent et trahissent la réalité. Une petite mine pensante explosa dans son cerveau, confondant hémisphère gauche et hémisphère droit, éparpillant les neurones de la raison et ceux des sentiments, transformant un efficace ordre ancien en une sorte de magma bouillant qui mêlait tout : odeurs, souvenirs, lectures, idées, principes, désirs. Lui qui n'avait jusque-là pensé qu'au travail ne rêvait plus maintenant que d'amour, d'abandon et de colère. Crier tout ce qu'il avait vu, connu, appris, mais qu'il n'avait dit qu'à moitié parce qu'il adhérait au langage virtuel du journalisme, qui fait d'un premier ministre menteur un homme qui évolue, et d'un requin de la finance un homme d'affaires rusé. Il essaya un peu de déranger et connut de petits succès. Sans trop le savoir — et surtout sans le vouloir —, il s'installa en marge de la société qui compte et qui ne pardonne pas à ceux qui la quittent. Il le découvrit petit à petit, tristesse après tristesse, refus après refus, puis, pire, indifférence après indifférence. Et voilà qu'en cette nuit pleine de drames transformés en rire, le doigt de Gentille doux comme un duvet dessinait la vie dans la paume de sa main, que la tête de l'enfant réchauffait sa cuisse et que Raphaël dit : « C'est fascinant. Il y a une logique, une sorte de justice. Tu trouves le bonheur chez les paumés de la terre. Alors, fais-nous plaisir, nous en avons si peu. Dis que tu aimes le bonheur qui te vient d'ici. Fais-nous plaisir, dis que nous aussi, malgré les machettes, les bras coupés, les femmes violées, dis que nous pouvons donner la beauté et la douceur. Et ton bonheur, Bernard, cesse de le cacher, vis-le avec nous. Il nous rassure sur nous-mêmes. »

Valcourt, un peu soûl, mais aussi ému qu'à la naissance de sa fille, se leva, le verre à la main.

— Moi, Bernard Valcourt, expatrié toléré dans votre pays, j'ai l'honneur de vous demander la main de la plus belle femme du Rwanda !

Ils explosèrent. Raphaël monta sur le bar en inox et se mit à danser. Le maître d'hôtel l'étreignit. Gentille laissait couler quelques petites perles salées sur ses joues de satin, Zozo trébucha sur une bouteille vide abandonnée sur le sol. L'enfant hurlait, effrayé par le fracas. Émérita, membre d'une Église baptiste fondamentaliste, se jeta à genoux et entonna quelques versets de la Bible. Le barman passa la main sur ses fesses, certain qu'il recevrait sa gifle habituelle, car il en avait déjà reçu cinq. Elle interrompit sa prière : « Célestin, Dieu nous donne un grand bonheur ce soir. Il nous pardonnera sûrement tous les péchés que toi et moi ferons plus tard. » Célestin, qui attendait ce moment depuis trois ans, fut saisi d'une grande angoisse. Pourrait-il honorer la femme de ses rêves ? Il se précipita derrière le bar, cassa six œufs dans un shaker, y versa de la bière et une bouteille entière de sauce au piment et avala le tout d'un seul trait. Émérita, pour la première fois de sa vie, but de l'alcool, et l'effet du champagne lui mit dans la tête et dans les seins des fourmis capricieuses et vagabondes qui lui faisaient des frissons et des tremblements.

Ce fut son premier vrai péché après vingt-sept ans de renoncement aux plaisirs que sa mère vendait dans son bordel de Sodoma. Les mains énormes de Célestin prirent possession de ses seins. Zozo, qui ne faisait toujours qu'observer, cria : « Émérita devient femme. » Et dans un grand rire qui se communiqua à tous, il ajouta : « Espérons que Célestin est un homme. »

D'ordinaire, Célestin, totalement dépourvu du sens de l'humour, eût étranglé ce petit gnome qui osait mettre publiquement sa virilité en doute, mais Émérita riait encore plus que tous les autres en le tripotant maladroitement, ne sachant pas trop comment faire vivre et mettre en gestes ce désir d'être femme que Valcourt, sans le savoir, avait fait naître en elle. Car elle ne cesserait jamais d'être amoureuse de ce vieil ombrageux qui cachait de moins en moins ses sourires. Mais tout cela était la volonté de Dieu qui l'avait faite grosse, ronde et lourde. Valcourt aurait eu besoin de ses deux mains pour caresser un seul sein, et encore. C'étaient aussi les voies secrètes du Créateur qui faisaient en sorte qu'elle se laisserait aller au péché dans les bras d'un homme qui pourrait la soulever et l'entourer de son corps de géant. Rien n'échappe au Tout-Puissant, pensait-elle, près de l'extase, pendant qu'une main s'avançait entre ses cuisses… Elle était prête, malgré tous ces amis qui l'entouraient. Mais la grande main moite fit une pause, juste avant d'effleurer le sexe, et se retira lentement.

— Attends encore un peu. Ce sera meilleur, dit Célestin.

C'est ainsi qu'avant même de découvrir le plaisir Émérita découvrit le désir et sa torture et son impatience et son rêve enfin qui prépare l'abandon.

— Regarde, continua Célestin, ému, pour des morts vivants, nous ne sommes pas trop mal quand même. La taxiwoman jeta un long regard circulaire sur le bar en liesse. Les enfants de Dieu pouvaient être magnifiques, pensa-t-elle. Tous ses amis, menacés, angoissés, perdus, malades, tous ses amis fêtaient la vie. Dans ce tintamarre où se mêlaient autant les larmes que les rires, autant les mauvaises blagues que les mots doux, personne ne fuyait dans l'alcool. Ils étaient tous soûls, mais en même temps d'une implacable lucidité. Personne ne tentait d'exorciser par quelque sauterie joyeuse et théâtrale l'abomination qui se répandait dehors et qui collait à leur corps et à leur âme comme une seconde peau.

Valcourt cessa de regarder Gentille, qui essayait de rendormir l'enfant, et admira ses amis à son tour. Comme dans un de ces sursauts d'humanité qui s'emparent parfois des hommes quand semblent n'exister que la fuite et la mort comme issues, ils pariaient sur la vie. Et Valcourt put dire simplement, enfin, sans préambule ni circonlocutions : « Je suis heureux. » Et Émérita connut le plaisir, après que tout le monde eut quitté le bar.

9

Normalement, Émérita évitait les nids-de-poule des rues de Kigali avec une habileté qui rendait jaloux tous les chauffeurs de taxi. Mais pas ce matin, tandis qu'avec Valcourt elle se rendait chez le père Louis pour organiser le mariage et le baptême. La Honda rouillée et fragile accusait tous les coups des trous et des crevasses. Émérita sifflait, se moquait des hommes qui conduisaient comme des femmes, klaxonnait sans raison et saluait à haute voix les gens qu'elle connaissait, c'est-à-dire presque tous les adultes qui travaillaient. Émérita était déchaînée. Elle faisait des blagues d'un goût douteux pour une fidèle de l'Église évangéliste. « Valcourt, j'ai fait cette nuit mon premier vrai péché en prenant un verre de champagne et je ne te dis pas tous les autres péchés que j'ai faits avec Célestin après votre départ. J'ai rattrapé le temps perdu. Tu sais, j'ai compris pourquoi le plaisir est péché et interdit. Le plaisir, c'est dangereux, ça donne envie de recommencer, ça donne envie de vivre éternellement. Le plaisir, ça fout le bordel. Je comprends pourquoi ma mère est si riche et pourquoi les camionneurs l'aiment tant. Elle leur fournit de belles filles, des brochettes délicieusement épicées, les meilleures en ville après celles de chez Lando, de la bière froide et des lits confortables. Le plaisir, c'est la liberté. Voilà. C'est ce que j'ai senti cette nuit, quand j'ai presque étouffé Célestin de mes jambes qui serraient sa taille et que sa sueur coulait sur mes seins, l'odeur de la liberté. Et j'ai remercié Dieu de m'avoir permis de pécher. Je lui ai dit que je l'aimais encore plus qu'avant, mais que je prendrais mes distances avec ses pasteurs qui nous disent que toutes les misères que nous endurons font partie de l'ordre divin. Je lui ai dit, car je lui parlais pendant que Célestin déchirait mon petit voile et me torturait avant de me faire un plaisir comme je n'en avais jamais connu, je lui ai dit que ses églises se servaient de sa divine parole pour nous faire accepter les injustices qu'on nous fait et la mort qu'on nous prépare. Mais, Valcourt, j'ai aussi appris que je ne voulais pas mourir. Autrefois, la mort, c'était le paradis. Maintenant, c'est la fin de la vie. Et la vie, Valcourt, la vie, c'est le paradis. »

Le sourire de Valcourt était mêlé d'une tendre tristesse. En fait, il s'inquiétait du surcroît d'énergie de son amie. Depuis des semaines, Émérita accusait tous ses proches de passivité. Ils voyaient venir le grand soir noir. Ils connaissaient ceux qui le préparaient, les côtoyaient, buvaient même parfois une bière avec eux, mais ne disaient rien. Ils se prédisaient stoïquement leur mort respective, puis dans une sorte de confiance ultime en l'humanité, en la communauté internationale, en la vie, en Dieu, ils détruisaient leurs analyses impitoyables et indiscutables. Ils concluaient avant d'aller cuver la dernière bière que les extrémistes hutus, humains comme eux, ne franchiraient jamais la frontière de l'irréparable. Personne n'acceptait de croire aux signes qu'une main connue écrivait sur le mur.

Émérita lui dit qu'il fallait que l'opposition se fasse plus visible et plus active, que tous les opposants, individuellement, dans leur famille, dans leur secteur, parlent haut et fort et dénoncent chacun des assassinats. On connaissait les coupables, lui expliquait-elle, il fallait les montrer du doigt, les isoler, les expulser des quartiers, écrire leur nom dans les journaux, leur interdire d'entrer dans les églises à moins qu'ils ne confessent leurs crimes. La première nuit d'amour de la taxiwoman l'avait transformée en pasionaria. C'était beau, mais suicidaire. Valcourt savait qu'elle ferait exactement ce qu'elle disait en rentrant ce soir dans son quartier. Elle ferait la tournée des bars et des maisons amies. Elle planterait, résolue, son corps massif devant un milicien en lui ordonnant de rentrer chez lui. Elle lui ferait la leçon, citerait quelques versets de la Bible, convaincue que la parole de Dieu éclairerait les plus obtus et les transformerait, comme Paul sur le chemin de Damas. Il pensa une seconde la raisonner, lui expliquer que les feuillets de soie des Écritures protégeaient peu les corps, même saints, contre l'acier des machettes. Mais à quoi bon? Les mots ne peuvent rien contre la Parole. Valcourt choisit de se taire. Il était bien mal placé pour donner des conseils à cette femme heureuse, lui qui, dans ce pays, se mettait dans tous les pétrins un peu pour les mêmes raisons, par pure et dévorante envie de vivre plutôt que de parler de la vie qu'on pourrait avoir. Chaque moment qu'on vole à la peur est un paradis.

Le père Louis tira plus d'une fois sur sa pipe avant de réagir. Sa position n'était jamais facile. Dans ce pays, même les choses les plus ordinaires, comme un mariage ou un baptême, pouvaient se transformer sans motif apparent en drame ou en provocation. Comme directeur de Caritas, il était aussi administrateur des dons du Programme d'alimentation mondiale. Caritas possédait une pharmacie. Pour le plus grand bonheur des pauvres, celle-ci faisait concurrence aux favoris du régime qui détenaient des licences d'importation de médicaments. La boutique d'artisanat vendait cinq fois moins cher mais payait les paysannes cinq fois plus cher que les petits mafieux, amis du gouvernement. Ses assistantes sociales ne faisaient pas que donner le bon exemple et distribuer du lait en poudre. Aux femmes abandonnées, elles apprenaient l'autosuffisance. Elles distribuaient des préservatifs, organisaient des cuisines communautaires. Par mille petits gestes quotidiens, elles remettaient en question la discrimination ethnique, l'exploitation des femmes, le trafic des denrées de première nécessité. Elles tissaient de petites solidarités communautaires qu'on ne manquait pas en haut lieu de trouver louches, sinon subversives.

Dans ses rencontres avec les ministres, le père Louis ne cessait de prêcher la tolérance, la modération et l'égalité. Il le faisait avec discrétion et politesse, convaincu que, peu importe le désastre qui pourrait se produire, peu importe le vainqueur, il lui fallait rester là, non pas pour sauver des âmes (les âmes se sauvent elles-mêmes), mais pour aider.

Le père Louis n'était pas dupe de son raisonnement. Depuis près de quarante ans, il avait choisi de composer avec des bandits et des meurtriers, dont plusieurs avaient l'audace de venir se confesser à lui. Il se balançait, solitaire, sur un fil fragile, protégeant comme il le pouvait les révoltés et fréquentant, puisqu'il le fallait, ceux qui les traquaient. Chaque camp voulait se l'approprier et ne cessait de lui faire comprendre qu'il fallait choisir. Il avait choisi depuis longtemps, mais il ne pouvait poursuivre son travail, qu'il considérait comme essentiel, que s'il se privait du luxe ou de l'orgueil de dire tout haut le sentiment d'horreur qui n'avait jamais cessé de croître en lui depuis son arrivée au Rwanda. Dieu le savait; cela suffisait. Parfois, incapable de dormir, il faisait des calculs. En se taisant, il sauvait tant de vies. Il ne savait pas combien, mais il en sauvait. S'il avait parlé, en aurait-il sauvé davantage? Un jour, il s'était confié à Valcourt, qui écrivait un article sur des rumeurs de massacres dans le Sud. Tous les deux avaient bu toute la nuit et le vieux curé, emporté par les bulles du champagne, fit d'horribles révélations. Oui, il pouvait prouver qu'en quelques jours dix mille Tutsis avaient été massacrés dans le Bugesera. Une sorte de répétition générale du génocide dont les extrémistes hutus rêvaient. À six heures du matin, il avait cogné à la porte de Valcourt, qui accepta de ne pas publier ses propos.

Il déposa sa vieille pipe de bruyère, une pipe de quarante ans, dans le cendrier et baissa la tête en soupirant.

— Monsieur Valcourt, vous savez l'amitié que je vous porte et aussi l'estime que j'ai pour Gentille. Je ne peux pas nier votre amour, la rumeur de Kigali est en train de vous transformer en Roméo et Juliette. Avez-vous songé cependant à la différence d'âge, au fossé culturel ? Pour être franc, je ne souhaite pas que ce mariage se fasse. Et même, si j'en avais le pouvoir, je vous forcerais à partir, pour votre bien et pour celui de Gentille.

Il reprit sa pipe et en tira une longue bouffée.

— J'ai un petit côté vieux jeu, Valcourt, vous le savez. Les phrases de curé me viennent facilement, les clichés dont l'Église et les bien-pensants se nourrissent parce qu'ils vivent dans les Écritures plutôt que dans la vie. Ce que je vous ai dit plus tôt, vous l'admettrez, c'est le langage de la raison. Un piège pervers dans lequel je me débats depuis des années. Que dit la raison raisonnable ? Que les jeunes ne vont pas avec les vieux. Que le malheur fait partie de la vie. Que quand il y a des hommes, il y a de l'hommerie. Elle dit aussi qu'il faut obéir. Aux parents, aux patrons, aux gouvernements. Elle ajoute que la révolte est chose de l'adolescence et que l'acceptation de l'ordre marque le passage à l'âge adulte. Elle nous explique aussi que la guerre est inévitable et que les massacres font partie de la nature des choses. La raison nous dit d'accepter le monde qui nous entoure. Je n'ai jamais été raisonnable. Je croyais me battre contre ce monde qui m'entoure. Comment ? En sauvant un enfant affamé, en lavant un sidéen, en distribuant des médicaments, en prêchant ce qu'on appelle la Bonne Parole, en disant la messe qui est le sacrifice totalement déraisonnable du Fils de Dieu. Oui, j'y crois. Ne froncez pas vos sourcils d'athée. Mais je regarde ce qu'ont accompli tous ces gens raisonnables. Ils nous ont précipités dans deux guerres mondiales. Ils ont organisé l'Holocauste, comme on planifie le développement économique d'une région ou l'expansion d'une multinationale. Ils ont aussi fait le Viêt-nam, le Nicaragua, l'apartheid en Afrique du Sud et les cent guerres ou plus qui ont ravagé ce continent depuis le départ des colonisateurs. Ces meurtriers ne sont pas des fous. Il y a bien eu quelques névrosés, comme Hitler, mais sans les gens raisonnables, sans des centaines de milliers de croyants, de bons chrétiens raisonnables, aucune de ces plaies de l'humanité n'aurait sévi. Les gens qui charcutent l'humanité à grands coups de baïonnettes sont tous des gens bien et respectables. Et quand les circonstances ne les portent pas à la guerre, ils tournent le dos à l'injustice. Ou plutôt, ils organisent l'injustice. Et quand ils ne l'organisent pas, ils la tolèrent, ils l'encouragent, ils s'en font les complices et les financiers. Valcourt, je ne me sens plus chrétien depuis que je vous ai demandé de ne pas rapporter mes propos sur les massacres de l'année dernière. J'en ai assez d'être raisonnable. Oubliez ce que j'ai dit au sujet de votre mariage. J'ignore si ce n'est qu'un vieux réflexe de curé ou une tentative pour rire un peu de moi. Bien sûr que je vais vous marier et j'oublie que vous m'avez déjà confié que vous étiez divorcé. Vous ne savez pas quel bonheur ce sera pour moi de bénir l'union de deux personnes qui s'aiment, même si Gentille est beaucoup trop jeune pour vous. Cela, je le crois et le maintiens. Nous célébrerons ce mariage, dimanche de la semaine prochaine, le 10 avril, et le baptême aussi.

Valcourt allait se lever quand le vieux prêtre lui prit la main en la serrant et lui demanda de rester. Il ralluma sa pipe, puis ouvrit un petit buffet dont il extirpa une bouteille et deux minuscules verres finement ciselés. « De la fine qui vient de chez moi, en Champagne. » Il fit cul sec et se servit une autre rasade. « Les verres sont trop petits. »

— Je n'en peux plus de me taire. Nous sommes des milliers de religieux en Afrique qui avons choisi le parti du silence, pariant sur la présence et la durée. Nous soutenons que Dieu se situe au-delà des combats des hommes. Dans ces affrontements, nous choisissons presque toujours la pérennité de l'Église. Nous ne sommes pas seuls. Vos organisations humanitaires préfèrent collaborer avec le dictateur plutôt que de le dénoncer. Nous aussi. Nous le faisons essentiellement pour les mêmes raisons. Si nous parlons, car c'est de cela qu'il s'agit, nous devrons partir, et la situation des démunis empirera. C'est souvent vrai. Il ne faut pas jeter tous les curés de ce continent, les religieux et les humanitaires, dans la même poubelle du silence complice. Mais nous avons, nous de l'Église du Christ, moins d'excuses que les autres. Précisément parce que notre enseignement et notre foi parlent de la dignité de l'homme, de respect, de justice et de charité. Magnifique parole vide de sens et de réalité, parce que depuis des décennies nous cautionnons au nom d'un avenir improbable et d'une éternité abstraite les pires crimes qu'on puisse imaginer. Si je pouvais témoigner devant un tribunal, je ferais emprisonner tous les membres du gouvernement et la moitié au moins des experts internationaux du Fonds monétaire international ou de la Banque mondiale, qui nourrissent sans scrupule aucun l'appétit insatiable de tous les dictateurs de l'Afrique. Je vais commettre le plus horrible des sacrilèges, Valcourt.

Le vieux prêtre baissa lentement la tête jusqu'à ce qu'elle repose presque sur ses genoux. Puis d'un mouvement brusque, il se redressa.

— Depuis près de trente ans, le colonel Théoneste,

vous le connaissez, vient se confesser une fois par semaine. C'est un bon père de famille et un bon chrétien. Il est venu hier et ses premières paroles ont été : « Mon père, je m'accuse de préparer un grand massacre, le massacre final. » Ce n'est pas au représentant de Dieu qu'il parlait, c'était à un homme qu'il confiait un secret. Non, pas un secret, des informations, des tonnes d'informations. Voilà, Valcourt, ce n'était pas une confession, mais plutôt une délation. Je ne lui ai pas donné l'absolution. Prenez des notes.

Valcourt sortit son carnet.

« Élimination du président qui a décidé d'accepter des élections libres… Liste de mille cinq cents noms… tous les leaders du Parti libéral et du PSD… priorités : Landau, Faustin, la première ministre Agathe… les fonctionnaires et professionnels hutus modérés… tous les Tutsis détenant des postes importants. Travail exécuté par la garde présidentielle… puis mobilisation des milices dans chaque quartier de la capitale, établissement des barrages… contrôles d'identité… élimination par les milices, appuyées par des éléments de la gendarmerie, de tous les Tutsis identifiés aux postes de contrôle… Quadrillage de la ville par les militaires et les miliciens, rue par rue… chaque responsable de secteur leur remettra une liste des personnes à éliminer et des maisons à détruire… n'épargner ni les femmes, ni les enfants mâles… une fois Kigali nettoyée, la garde présidentielle se dirigera vers Gitarama, puis Butare pour organiser le nettoyage… aucun Tutsi ne doit survivre. »

Studieusement, méthodiquement, froidement, quelques centaines d'hommes planifiaient l'élimination d'un pan de l'humanité. Dans un premier temps, il était relativement facile de supprimer les ennemis politiques, les personnalités, mais après ? Comment pouvaient-ils croire, eux qui étaient si peu nombreux, tout comme les leaders nazis, que la majorité de la population les suivrait, participerait ou accepterait non seulement de signaler les maisons suspectes, mais aussi de rameuter les chiens pour qu'ils exécutent leurs voisins ou leurs camarades de travail ? Comment pouvaient-ils croire sérieusement que, par milliers, ils consentiraient à se transformer en assassins ? Comment surtout pouvaient-ils en être si sûrs ?

— Dis-moi, Gentille, que c'est impossible.

— Non, tu sais maintenant que tout est possible ici.

Ils étaient allongés sous le grand ficus. Un vent doux et chaud bruissait dans l'arbre, transportant avec lui les aboiements des chiens errants et le son de la musique que dégorgeait la discothèque du rond-point de la République. Quelques chauffards, faisant crisser leurs pneus et jouant du klaxon, fuyaient le couvre-feu. Gentille, stoïque, berçait l'enfant en chantonnant une mélopée de sa colline. Valcourt se sentait défait. La main de Gentille qui le caressait sans appuyer sur son bras lui procurait plus de douleur que de plaisir. Elle avait raison. Il le savait depuis longtemps mais refusait de se l'avouer. Et maintenant, il devait vivre avec cette certitude et les révélations de Théoneste. Même la présence de Gentille sous cet arbre trop parfait, son existence, sa beauté inutile devant l'horreur creusaient un trou dans sa poitrine. Il ne pouvait rien, sinon embrasser sa femme pour se raccrocher à la vie.

Mais les vieux réflexes disparaissent rarement. Le lendemain matin, à la première heure, il se présenta au quartier général de l'ONU avec ses notes, des listes de noms et de lieux où les extrémistes cachaient des armes, avec le plan d'un génocide. Le major général refusa de le recevoir et fit dire que, s'il détenait des informations importantes, il pouvait les confier à son agent de liaison, un extrémiste notoire. Valcourt se précipita sur la route qui menait à Kazenze, là où habitait Émérita. Il voulait la prévenir, mais aussi lui demander conseil.

À une centaine de mètres du carrefour, des gendarmes qui avaient établi un barrage interdisaient tout passage. Il franchit le barrage à pied, brandissant sa carte de presse. Quelques dizaines de personnes entouraient la maison de la taxiwoman. Une vraie pagaille. Des gens hurlaient, pleuraient. D'autres brandissaient des machettes et des gourdins. Sur le sol rouge gisait l'énorme et flasque corps de la mère tenancière d'Émérita. Joséphine, la sœur, le prit par la main. « Venez voir ce qu'ils ont fait à ma petite sœur. » Valcourt refusa. « Vous n'avez pas le droit. Elle vous aimait beaucoup. »

Un filet d'eau coulait encore dans la douche, traçant des sentiers rouges sinuant comme des serpents patients. Sur les murs et par terre, des souvenirs, des évocations de ce qui avait été des bras, un visage, des seins. Dans ce réduit, la grenade qu'on avait glissée par la fenêtre avait pulvérisé le corps en cent petits tas de chair. Valcourt se mit à vomir. Il voulait pleurer. Mais, prostré, il ne pouvait que hoqueter au rythme épileptique de son estomac qui se vidait.

Juste en bas de la maison, là où se rejoignaient la route de Kazenze et le boulevard qui menait au centre-ville, des *interhamwes* faisaient la fête. On les entendait hurler la chanson qui appelait à l'élimination des cafards. Ils s'agitaient devant un petit bar qui leur servait de quartier général et d'où ils harcelaient tous les Tutsis qui passaient. Après avoir laissé Valcourt chez Caritas, c'est là qu'Émérita s'était rendue, accompagnée de quelques amis et d'un sergent de la gendarmerie qui surveillait le carrefour. Joséphine avait tenté de la retenir. « Plus nous baissons la tête entre les épaules, plus nous marchons rapidement en faisant semblant que nous ne les voyons pas, plus ils sont sûrs de pouvoir nous exterminer. Notre silence et notre passivité leur donnent du courage et des forces », avait répondu Émérita. Elle avait décrit les menaces, les jeunes filles entraînées de force derrière la bicoque, quand la nuit tombait, les cadavres qu'on retrouvait chaque matin le long de la route et les maisons incendiées. On savait que c'étaient eux. De nombreux témoins les avaient vus. Il fallait les arrêter. Le gendarme, embarrassé, avait expliqué qu'il ne pouvait sur des preuves si minces demander une enquête officielle et que la plaignante ainsi que ses témoins devraient se présenter devant le parquet pour déposer une plainte « en bonne et due forme ». Pour faire bonne mesure, il avait demandé sans trop insister que les miliciens se dispersent et remisent leurs armes. Ils s'étaient éloignés d'une centaine de mètres, en riant grassement et en proférant des injures. Émérita triomphait. Elle leur avait fait un bras d'honneur. Ils reviendraient, bien sûr, mais elles et ses amis recommenceraient. En marchant vers la petite maison, elle avait raconté à sa sœur et aux quelques amis qui l'entouraient comment, avec des arcs et des flèches, des gourdins et des pierres, des villages du Bugesera s'étaient défendus contre les soldats et avaient échappé aux massacres de l'année précédente. « Bien sûr qu'ils se sentent tout-puissants. Nous ne levons jamais le petit doigt, nous marchons comme des agneaux et acceptons de mourir en bêlant.» Ils avaient acquiescé avec plus de politesse que d'enthousiasme, certains déjà convaincus qu'elle venait de signer leur arrêt de mort. La jeune femme les avait quittés pour aller prendre une douche. Elle aurait préféré ne pas effacer ce parfum d'amour à la fois âcre et doux qui se dégageait de son corps et qu'elle n'avait cessé de renifler avec volupté depuis qu'elle avait quitté l'hôtel, mais les affaires sont les affaires, et une businesswoman, comme c'était inscrit sur sa carte, se devait d'être d'une propreté irréprochable. Elle chantait, ou plutôt hurlait : «Parlez-moi d'amour» quand, par la petite fenêtre, on avait laissé tomber une grenade française ayant transité par Le Caire puis par le Zaïre avant d'atterrir dans la douche d'Émérita. Joséphine, qui épluchait des pommes de terre au moment de l'explosion, raconta tout à Valcourt. Elle lui dit aussi de ne plus jamais venir la visiter et de ne pas se présenter aux funérailles. Non, ce n'est pas qu'elle entretînt quelque rancœur à son égard. Elle ne pensait qu'à sa sécurité. «Rentrez au Canada, c'est mieux pour vous.» Et elle le serra dans ses bras, non pas de loin comme font les Rwandais, du bout des mains, en maintenant une distance entre les corps, mais comme on embrasse un ami très cher.

Quand il retourna vers son taxi qui l'attendait près du barrage routier, un gendarme l'interpella.

— Vous connaissez cette terroriste Émérita ? Avait-elle des amis que vous pouvez identifier ?

— Oui, moi.

10

Une grande Primus, deux grandes Primus, un plongeon dans la piscine, un peu de soleil brûlant, une troisième grande Primus, un autre plongeon, puis dormir jusqu'à demain, sans parler à personne, même pas à Gentille, jusqu'au bruyant décollage des corbeaux et des buses vers les dépotoirs comblés pendant la nuit d'ordures fraîches, vers le bord des routes et des rues jonchées de quelques nouveaux cadavres que personne n'osait ramasser. Voilà ce que désirait Valcourt quand il pénétra dans le hall de l'hôtel, accueilli par Zozo toujours plus gentil qu'il n'était nécessaire. « Beaucoup de messages pour vous, monsieur Valcourt, et beaucoup de Canadiens à l'hôtel. »

On aurait dit un dimanche à la piscine à Kigali. Toute la colonie canadienne du Rwanda s'égayait. Il y avait bien quelques coopérants timides ou réservés et quelques religieuses qui se demandaient pourquoi on les avait convoquées, mais la majorité d'entre eux vivaient ici une grande aventure meublée d'un prestige, d'un pouvoir et d'une liberté qu'ils n'avaient jamais connus. Leurs subordonnés les appelaient « chef », et ils se comportaient ainsi. Tous les professeurs de l'Université de Butare avaient été convoqués, ainsi que les cadres du gouvernement du Québec prêtés aux ministères dans lesquels ils tentaient d'installer un minimum de rigueur auprès d'homologues mal payés, pendant que leurs patrons vidaient la caisse sans se cacher. Il y avait même cet ingénieur forestier chargé de protéger la grande forêt naturelle de Nyungwe dans laquelle poussaient, comme dans une grande ferme bien organisée, des milliers de plants de marijuana. Son salaire de même que celui de plusieurs forestiers et le coût des études sur les essences étaient assumés par le gouvernement canadien. Il connaissait le trafic, ce petit homme chauve et obséquieux, si laid que les prostituées de l'hôtel acceptaient avec un dégoût qu'elles ne dissimulaient pas ses avances maladroites. Chacune de ces bonnes personnes regroupées autour de la piscine avait vu un collègue rwandais disparaître mystérieusement ou des fonds s'évanouir comme par magie. Ils en parlaient entre eux, presque toujours sur le ton de la blague, comme dans une taverne on raconte une histoire de pêche ou une aventure sexuelle. De toute manière, expliquaient-ils quand ils acceptaient avec mauvaise grâce d'aborder le sujet, ils étaient totalement impuissants. S'ils parlaient, ils ne seraient pas crus. Pire, si jamais on les croyait, le programme serait annulé et ils redeviendraient des fonctionnaires anonymes.

Sous le grand auvent, le personnel de l'ambassade distribuait des walkies-talkies et un plan d'évacuation de tous les Canadiens. Le terrorisme tutsi croissait, expliquait la consule, on parlait d'une percée de l'armée du FPR vers la capitale à partir de la région de Byumba. Tout cela n'était que précautions, l'application de mesures administratives, pour rassurer Ottawa que la rumeur médiatique inquiétait. Il ne fallait pas paniquer cependant : l'armée rwandaise, bien appuyée par ses conseillers français qui étaient très actifs, contrôlait la situation.

Valcourt demanda des nouvelles de l'enquête sur l'assassinat du frère Cardinal. Le rapport de la police rwandaise était formel. Le petit frère qui organisait des coopératives et recueillait des personnes déplacées avait été tué par ceux qu'il protégeait, des Tutsis déplacés ou des ouvriers déguisés en militaires. Le motif était le vol. Lisette avait prononcé ces phrases sur un ton péremptoire d'institutrice qui s'adresse à un élève souffrant de difficultés d'apprentissage.

— Vous voulez rire de moi, dit-il à la diplomate, qui se demandait si au moins elle aurait le temps d'aller jouer un neuf trous avant que le soleil tombe.

— Monsieur Valcourt, les intellectuels comme vous ne comprendront jamais rien. De petits drames individuels ne doivent en aucun cas remettre en question les relations entre des États. Vous êtes trop sentimental pour vivre dans ce pays.

Élise aussi s'était présentée, obéissant aux ordres de sa patronne surnommée la Comtesse, qui faisait carrière dans la coopération comme d'autres font carrière dans la diplomatie ou dans la fraude, ce qui dans ce pays en faisait une véritable professionnelle. Apparemment, Élise s'amusait beaucoup de ce soudain branle-bas. Elle s'amusait trop, ridiculisant les étudiants stagiaires, inquiets au même titre que les vétérans. Ses commentaires étaient trop caustiques, son humour, trop ironique. La Comtesse lui en fit la remarque, lui rappelant que tout le programme de dépistage du sida était financé par ce gouvernement qu'elle ridiculisait. Élise répondit en hurlant que tous les assassins de ce pays adoraient le Canada, pays si digne par son silence, par sa neutralité. Et parce qu'elle ne pouvait séparer ses émotions de ses mouvements, ses pensées de ses cris, elle poussa la Comtesse dans la piscine qui puait le chlore. On entendit quelques éclats de rire, mais surtout le silence scandalisé, plein de reproches et de mépris pour ce geste de colère qui était si peu canadien. Les communautés d'expatriés entretenaient une unanimité de surface. Elles s'entre-déchiraient férocement au téléphone ou dans des réunions derrière des portes closes. Mais, en public, la solidarité était de mise, et si on la remettait en question, on devenait vite persona non grata, les projets trouvaient difficilement du financement et les contrats s'évanouissaient.

Élise refusait de se conformer à ces règles. Elle se promenait dans la vie en franc-tireur. Cette infirmière de combat n'avait pas fait la bataille de l'avortement au Québec dans les années 1970 pour devenir au Rwanda une fonctionnaire de l'enregistrement des cas de sida. Elle n'avait pas vécu et travaillé avec la rébellion salvadorienne pour s'étioler, silencieuse, dans ce merdier puant. Elle regarda en souriant la Comtesse, dégoulinante et honteuse, qui s'extirpait maladroitement de la piscine dans laquelle elle avait laissé un soulier à talon et une grande partie de sa dignité. Élise alla rejoindre Valcourt. « La prochaine fois, je la bats. »

Un grand vol de choucas fit mille petites ombres sur la piscine. Au loin, très haut dans le ciel, les buses surveillaient, traçant de larges cercles. L'ordre régnait autour de la piscine. Les Tutsis de la Banque populaire s'installaient. Léo, qui préparait un film sur la grande démocratie rwandaise, financé conjointement par le Canada et par le parti du président, se promenait de table en table, distribuant sourires et mensonges comme un Maurice Chevalier nègre dans une mauvaise comédie musicale. Les Canadiens de Kigali étaient partis avec leur walkie-talkie et leur plan d'évacuation. Le reste des coopérants qui passaient la nuit à l'hôtel étaient déjà soûls et rivalisaient de bruyance avec les Belges. Dans un coin du bar, les filles de madame Agathe gloussaient en sirotant leur Pepsi. La soirée s'annonçait rentable. Elles espéraient seulement que les Belges décamperaient. Ils étaient brutaux et grossiers. Les Canadiens, eux, un peu nigauds. Ils leur faisaient la cour au bar comme si elles n'étaient pas des putes. Ils leur racontaient des histoires, leur tenaient la main, prononçaient des mots doux, offraient du vin et du whisky avant d'oser presque du bout des lèvres une invitation à la chambre, sans jamais demander le prix de la prestation. Et quand ils l'apprenaient, même si la fille avait doublé le prix normal, ils s'apitoyaient sur le sort qui lui était réservé. Grands humanistes, ils allongeaient en plus un gros pourboire. Les Français, disaient les filles, violent et possèdent. Ils ne parlent pas et paient en jetant les billets sur le lit avec un air méprisant. Les Belges prennent leur pied tout en nous insultant, ils nous expliquent que nous ne méritons pas mieux, que nous sommes toutes des traînées et, après avoir remis leur pantalon, ils discutent sur le prix. Les Canadiens sont gentils. Ils nous font un peu la morale. Ils semblent s'inquiéter de notre avenir en nous triturant les seins. Ils insistent pour nous embrasser longuement avant de nous prendre. Quand ils paient, ils sont toujours gênés. Ils essaient de déguiser une baise en histoire d'amour. Probablement parce qu'ils ont autant peur de se perdre dans la baise que dans l'amour. Les Canadiens sont bien, disaient les filles, même soûls, ils sont raisonnables. Bernadette, qui racontait tout cela à Gentille, souhaitait que tous les clients disparaissent. Elle ne voulait plus travailler, mais que faire d'autre ? Au début, même quand elle était épuisée, elle n'avait jamais refusé un client. Pas pour l'argent, seulement pour le plaisir et le rêve. Le plaisir de caresses et de baisers surprenants. Une langue qui jouait dans l'oreille, pendant qu'un doigt léger faisait frissonner un mamelon. Bon, les clients étaient tous pressés et ils la prenaient plus rapidement qu'elle ne l'aurait souhaité, escamotaient généralement les démonstrations amoureuses et écourtaient leur tendresse. Mais elle y prenait plus de plaisir que lorsqu'elle travaillait à Sodoma, puis à l'hôtel des Diplomates. Et le rêve ! Cent, deux cents clients l'avaient entretenue. Certains, des réguliers, qui voulaient payer moins, ou encore l'entraîner dans des aventures sexuelles que la tradition rwandaise condamnait, offraient comme marques d'affection de petits cadeaux qu'elle savait bien anodins et peu coûteux. De petites bouteilles d'alcool, des trousses de toilette qu'on donne dans les avions, de vieux magazines (elle ne savait pas lire, ou si peu). Les plus généreux y allaient de quelques bijoux de pacotille achetés à la boutique hors taxe de l'aéroport de Nairobi. Mais ses prouesses sexuelles, sa beauté, sa totale disponibilité ou sa vigueur (elle insistait pour dire qu'elle était une bonne baiseuse), tout cela ne leur suffisait pas. Ils ne se contentaient pas de son corps qu'elle donnait sans réserve, sinon celle de la tradition, et de toutes ses caresses qu'elle avait appris à raffiner et à adapter aux goûts variés des Blancs, non, il fallait en plus, pour le même prix, qu'elle les admire et les aime, qu'elle les transforme de clients en héros, en surhommes, et surtout en hommes amoureusement désirés. Ils lui expliquaient qu'une fille intelligente comme elle (tiens! ils ne disaient jamais «femme», même si elle avait près de trente ans), qu'une fille aussi belle pourrait refaire sa vie avec un peu d'aide. Bernadette, qui était stérile, rêvait de posséder une boutique de vêtements pour enfants et avait demandé à l'un de ses premiers clients riches de lui prêter une petite somme. L'Allemand rubicond et bedonnant s'était presque étouffé dans son rire lourd et gras. Il ne parlait pas de ce genre d'aide que, de toute manière, elle dilapiderait, elle qui ne connaissait rien aux affaires, mais plutôt de recommandation, de parrainage ou d'emplois à sa mesure, comme femme de ménage à l'ambassade ou bonne dans une famille de coopérants, et peut-être, plus tard, une recommandation pour un visa. D'autres, encore plus impatients de lui arracher son amour comme un trophée, poussaient plus loin le viol de l'âme. Après les colifichets, une petite robe de coton qui valait moins que le prix de la baise, à quelques occasions seulement des fleurs, deux fois moins chères que la robe mais qui témoignaient d'un grand sentiment et peut-être même d'un engagement. Elle en trouverait bien un, même laid et chauve, adipeux et trempant dans sa sueur de cadavre, qui la sortirait de là et l'emmènerait en Belgique ou en Australie, au Canada ou en Italie. N'importe où.

À ce comptable français gentil et timide, qui en quelques jours seulement était passé des bas nylon au bouquet d'iris, du discours sur son intelligence à la vie qu'elle saurait se refaire avec son aide, s'il le pouvait, et enfin à la joie qu'il aurait de passer beaucoup de temps avec elle, à ce gentil monsieur qui mettait le réveil pour rentrer à sa chambre avant quatre heures du matin elle avait proposé d'aller passer le week-end dans le parc de la Kagera pour admirer les girafes, les lions et les zèbres en liberté. Les petits membres maigres de l'homme avaient raidi, son sourire béat de mâle ayant tout juste éjaculé devint sourire de diplomate ou de comptable maintenu aux commissures par des trombones. « Je ne pourrais jamais expliquer mon absence à l'ambassade. » Le plus affamé d'amour, poursuivit-elle, fut un homme d'affaires libanais qui contrôlait quelques commerces dans la région de Ruhengeri et qui venait chaque lundi pour ses affaires à Kigali. Il passa, en quatre lundis, directement des caresses aux déclarations d'amour intempestives. Pas un cadeau, pas une fleur, rien. Mais il ne pouvait, se rendait-il compte, vivre sans elle. Il n'avait pas fait l'amour à sa femme depuis qu'il la connaissait. Et Bernadette l'aimait bien, en tout cas assez pour se marier deux fois. Il la faisait rire constamment, la caressait comme elle imaginait qu'on le faisait en Europe où se situait le Liban. Il passait la nuit avec elle, l'entourant de ses bras, la noyant sous son énorme torse poilu et, ô suprême consécration, le mardi matin, prenait le petit-déjeuner avec elle en public sur la grande terrasse, poussant l'audace et la franchise jusqu'à lui effleurer la main entre deux bouchées de bacon. Voilà un véritable amoureux. Le cinquième mardi matin, elle quitta Kigali avec lui. Pour commencer, elle serait bonne et s'occuperait des enfants, elle aurait sa propre chambre dans la maison principale. Il ne fallait pas précipiter les choses. Sa femme était officiellement propriétaire d'une partie importante de ses compagnies, mais dans quelques mois, avec ses avocats, il réussirait à modifier la situation. Elle comprenait, lui serrait la main. Il lui souriait. Quand ils arrivèrent au carrefour de Base, les trois grands volcans dominés par le Muhabura apparurent à l'horizon, arborant chacun sa couronne de nuages laiteux que le soleil rosissait. Elle pourrait enfin visiter le parc national des Volcans, voir, toucher presque ces célèbres gorilles qu'elle n'avait vus qu'en photos. La Mercedes du Libanais filait comme sur un tapis sur la route que les Chinois avaient financée pour que le président puisse rentrer en tout confort dans sa région natale. Bernadette souriait. Ce devait être ça, le bonheur.

Un cousin du Liban, malheureusement, occupait sa chambre. Elle dormit dans une ancienne porcherie transformée en dortoir pour les domestiques. La femme de son amoureux, femme énorme et flétrie dont le rimmel et le khôl coulaient perpétuellement sur sa peau huileuse, la terrorisait sans arrêt. Sélim, après une semaine, avait oublié les paroles douces. Il ne la caressait plus, la prenait en quelques minutes, là où il la croisait dans la maison ou dans le jardin, sans même un baiser ou une caresse pour ses seins. Il lui avait demandé de ne jamais porter de slip, pour que tout se passe plus rapidement au cas où sa femme ne serait pas loin. Quand Mourad, le fils de vingt ans, la réveilla pour lui dire que son père voulait lui parler, elle se leva sans mot dire. Dans le chemin boueux qui menait au jardin, le jeune garçon qui marchait derrière elle la poussa dans l'argile rouge. «Mon père ne veut plus de toi. Il te donne à moi. » Il s'était couché sur elle et la tenait fermement par les poignets. «Si tu résistes, je te tue. On trouve tellement de cadavres le long des routes au petit matin que personne ne posera de questions, sale putain! » Il avait raison et elle ne voulait pas souffrir. Lentement, elle écarta les jambes et voulut se tourner sur le dos. Ce ne serait pas son premier viol. Une main enfonça sa tête dans la boue qui emplit sa bouche lorsqu'elle l'ouvrit toute grande pour hurler de douleur. Un sexe dur la transperçait dans ce lieu sale et secret qui était interdit. Ce fut comme si d'un seul coup de couteau on avait sectionné ses muscles. Ce sexe violait la dernière partie de son corps qui lui appartînt encore. Sale, peut-être, impure, interdite, comme disait la tradition, mais intacte. Un jour, un homme qu'elle aimerait lui demanderait peut-être de lui livrer ce lieu secret, et elle le ferait avec joie. Maintenant, elle ne pouvait plus rien offrir de pur. Bernadette s'endormit enfin au bout de ses larmes, dans un fossé le long de la route chinoise. Au matin, elle marcha quelques centaines de mètres, mais la douleur la paralysait. Elle s'assit sur une grosse pierre et, pensa-t-elle, attendit la mort. Car elle ne bougerait pas de cette pierre, à moins qu'on ne vienne la prendre. Un camion s'arrêta et un jeune homme lui fit signe de monter. Il portait la casquette des milices et dansait sur son siège en écoutant une cassette de Michael Jackson. «Tu rentres au bon moment à Kigali. À temps pour le grand jour. J'ai un camion plein d'outils pour faire le travail, la corvée. Dans quelques semaines, les Batustis ne nous empêcheront plus de vivre. » La main du camionneur se posa sur sa cuisse. Encore une fois, elle savait qu'elle était piégée, qu'il ne servait à rien de résister. Si elle disait non, il la battrait ou, pire encore, la laisserait le long de la route, et un autre camionneur viendrait, ou un militaire.

«Tu me veux par-devant ou par-derrière?» Il freina avec tellement de violence que le camion dérapa sur plusieurs mètres avant de s'arrêter presque à flanc de montagne. «T'es une pute de Blanc, toi, pour parler comme ça. Tu vas pas me passer dans ton cul des maladies de Blancs, comme le sida et toutes les autres. Je suis un Rwandais, moi, un vrai. On fait pas des choses comme ça.» Puis, il s'installa sur elle, son mégot aux lèvres. Cela ne dura que quelques petites minutes. Bernadette ferma les yeux, soulagée de ne pas avoir souffert davantage, et dormit jusqu'à Kigali.

Depuis son retour à l'hôtel, toutes les filles la jalousaient. Bien sûr, elle était belle, avec ses gros seins fermes et ses cuisses solides et rondes comme des colonnes. Le premier soir, un Italien de la Banque mondiale, découragé par les effets des politiques de son organisme, dansait la tarentelle au bar du quatrième. Il chantait horriblement faux, une bouteille de whisky à la main. Il avait trébuché et s'était écrasé en riant aux pieds de Bernadette qui reniflait encore sa peine. «Vous faites quoi dans la vie?» lança l'Italien hilare. Elle répondit en passant sa main dans ses cheveux qu'elle faisait tout ce que les hommes voulaient. Et elle insista : «Tout ce que les autres filles d'ici ne veulent pas faire.» C'était vrai. Très rapidement, une bonne partie de la ville blanche le sut et Bernadette n'eut plus que de vrais clients. Ils venaient seuls ou par deux. D'autres emmenaient leur femme. Ces clients-là la respectaient. Ils payaient sans rechigner, ne lui proposaient pas de changer de vie, au contraire. Ils louangeaient sa compétence et sa générosité. Maintenant qu'elle ne s'appartenait plus, elle pouvait bien se donner à tous et à toutes. Elle ne rêvait même plus de partir et accumulait de l'argent sans trop savoir ce qu'elle en ferait. Et quand par malheur un client lui parlait d'amour, elle disait : « Pour ça, il faut que tu paies le double. »

Élise, qui avait l'habitude d'interrompre les conversations, avait écouté Bernadette en silence. Elle tenait dans sa main une enveloppe sur laquelle étaient inscrits le nom de Bernadette et un numéro de cinq chiffres. Bernadette ne s'était pas présentée à son rendez-vous au centre de dépistage, et Élise l'avait cherchée partout depuis qu'elle était partie à Ruhengeri. Élise tendit l'enveloppe dont elle ne connaissait pas le contenu. Bernadette se figea. Elle demanda ce que signifiait le numéro. Rien, il ne signifiait rien. Et non, Élise ne connaissait pas le résultat de son test. Bernadette regarda longuement l'enveloppe.

— Disons que j'ai le sida. Je dois insister pour que mes clients mettent une capote, n'est-ce pas ? Disons qu'ils mettent tous une capote, je deviens quand même malade rapidement, n'est-ce pas ? Et je commence à maigrir, comme tu m'as raconté. J'ai la diarrhée et la fièvre, et puis peut-être une tuberculose et des champignons dans la bouche. Bon, la tuberculose, je peux la soigner, les médicaments sont gratuits. Les champignons aussi, avec du Nizoral qui me coûte quinze clients. Mais là, je ne guéris toujours pas. Les champignons vont revenir et la fièvre, et mes seins vont commencer à pendre comme des feuilles flétries. N'est-ce pas, Élise? Et il y a des médicaments que les gens riches peuvent se payer chez vous pour contrôler la maladie. Tu m'en as parlé. Alors, je me fais deux ou trois mille clients par année pour me procurer tes médicaments. Tu imagines deux à trois mille maladies pour guérir d'une seule? Pas pour guérir, juste pour mourir plus longtemps, pour mourir dignement, comme tu dis. Mais mourir, c'est mourir. Vous êtes tous là comme des anges immortels à nous tenir la main jusqu'au cercueil. Je n'ai pas besoin de vous pour mourir. J'ai passé le test parce que j'étais amoureuse, Élise. Un rêve. Un homme et des enfants. Dans ce rêve, la femme ne pouvait pas avoir la maladie. Un rêve, Élise, partir, juste partir. Pour n'importe où, ton froid glacial, tes neiges qui bloquent les rues, pour le quartier pauvre de Bruxelles ou le trottoir à Paris. N'importe où sauf ici. Élise, Valcourt, vous êtes gentils mais inutiles. Je ne veux pas savoir ce que dit l'enveloppe. Séropositive, je meurs. Séronégative, je meurs. Vous nous regardez, vous prenez des notes, vous faites des rapports, écrivez des articles. Pendant que nous mourons sous votre regard attentif, vous vivez, vous vous épanouissez. Je vous aime bien, mais vous n'avez pas l'impression, des fois, que vous vivez de notre mort?

Bernadette déchira l'enveloppe en infimes morceaux qu'elle lança au vent, puis elle cracha par terre. Elle alla prendre son poste à la grande table au fond du bar de la piscine. La nuit tomba comme toujours ici, par surprise, une enveloppante vague d'obscurité qui fond sur les terres rouges. Et, dans un parfait synchronisme, les buses et les corbeaux firent silence, les clients commencèrent à chuchoter, les filles se préparèrent. En haut, au quatrième, la salle à manger se remplissait d'experts et de consultants sages, greffiers méticuleux et exemplaires de toutes les misères et de toutes les pénuries. Zozo avait installé une table sous le ficus avec une nappe blanche en coton empesé provenant de la salle à manger. «Émérita aurait aimé ça», avait-il dit en laissant une grosse larme rouler sur son visage de pleine lune. Salade de tomates, filets de tilapia au beurre citronné, camembert trop fait, Côtes-du-Rhône trop cher et un peu piqué. Émérita aurait préféré une entrecôte avec des frites pour entretenir sa corpulence, pensa Valcourt, ou encore quelques cuisses de poulet. Élise, véritable moulin à paroles d'ordinaire, n'avait toujours pas prononcé un mot. Valcourt et Gentille discutaient sans enthousiasme des préparatifs de leur mariage.

— Bernadette a raison, dit Élise en piquant son filet de tilapia d'une fourchette nerveuse. Nous en sauvons un mais en regardons dix mourir. Quand je suis arrivée, il y trois ans, dix pour cent des tests étaient positifs. Mais même si Bernadette a raison, même si nous ne sommes peut-être que des voyeurs impuissants, même si nous vivons un peu de leur mort, comme elle dit, elle ne m'a pas convaincue de partir. Je reste, je continue. Avec mes petits sermons et mes capotes, je n'en convaincs peut-être qu'un sur cent, mais lui, il ne meurt pas. Ça me suffit. Et puis l'espoir, bordel, l'espoir. Ça compte, christ! Tiens, la Québécoise qui renaît. À Émérita qui croyait en l'espoir! Mais sérieusement, Valcourt, tu devrais partir avec Gentille et la petite. Pour le moment, ce n'est pas un pays d'amoureux, c'est un pays de fous et de combattants. Allez, partez. Dessinez un joli pays à cette petite fille. Un pays normal.

Gentille demanda doucement à Valcourt s'il souhaitait partir. Elle, rien ne la retenait ici.

— Et la brume le matin, Gentille, dans toutes les vallées de Kigali, et le soleil qui soulève ces champignons de ouate et le concert des enfants qui dévalent les collines vers les écoles. Et le temps lent du dimanche matin quand, dans ta robe bleue, tu marches presque solennellement vers l'église de la Sainte-Famille. Et les chants et les danses de la messe, qui sont des mélopées langoureuses plus que des cantiques, des chansons d'amour plus que des hymnes d'adoration. Puis les brochettes de chèvre de chez Lando et le tilapia frais du lac Kivu. Le poulet maigre et sec qui court les collines. L'étal de tomates du marché de Kigali, derrière lequel discutent et gloussent trente femmes qui cachent leur misère derrière un sourire de carte postale. La route de Ruhengeri et l'apparition des volcans comme sur un écran de cinémascope. Les flancs abrupts des collines que tes ancêtres ont domptés, transformés en milliers de petites terrasses fertiles et que cultivaient encore des millions de fourmis efficaces et silencieuses. Les orages de midi durant la saison des pluies que le soleil annule en quelques minutes. La fraîcheur du vent dans les collines quand Dieu se repose, car, comme dit le proverbe, c'est au Rwanda qu'il vient dormir. Tu voudrais quitter tout cela?

Depuis plus de vingt ans, Valcourt avait fait son pain quotidien des guerres, des massacres et des famines. Pendant tout ce temps, il avait possédé une maison, mais pas de pays. Aujourd'hui, il possédait un pays à défendre, celui de Gentille, de Méthode, de Cyprien, de Zozo. Il était parvenu au bout d'un long chemin et pouvait dire enfin : « C'est ici que je veux vivre. » C'est ce qu'il expliquait à Gentille, en évitant ses yeux, en pesant chaque mot, en regardant fixement son assiette vide, pour ne pas que son regard le trouble encore plus, pour que chaque phrase décrive le plus précisément possible l'énorme découverte qu'il avait faite, celle d'une femme avec qui il voulait mourir et d'un pays. Qu'est-ce qu'un pays pour celui qui n'est ni militaire ni patriote exacerbé ? Un lieu de correspondances subtiles, un accord implicite entre le paysage et le pied qui le foule. Une familiarité, une entente, une complicité avec les couleurs et les odeurs. L'impression que le vent nous accompagne et que parfois il nous porte. Un renoncement qui n'est pas une acceptation devant la bêtise et l'inhumanité que le pays nourrit.

La fuite, même temporaire, ne l'attirait aucunement. Il savait bien maintenant qu'une fois qu'on avait trouvé le pays de l'âme, on ne pouvait le quitter qu'en cessant de vivre, zombie, corps vidé arpentant l'espace désert d'une quelconque diaspora. Il avait tant marché et tourné, titubé et reculé avant de trouver sa propre colline.

— Si tu me demandais de partir, je le ferais avec regret, en sachant qu'un matin gris d'automne le souffle doux et chaud des eucalyptus nous manquerait tellement que nous nous reprocherions mutuellement d'avoir choisi l'exil. Gentille, nous ne partirons d'ici que si tu le veux vraiment ou que si on nous expulse.

Élise, qui avait elle aussi décidé depuis longtemps de rester malgré ses récriminations, ses colères et ses menaces, lança en se levant : « Valcourt, tu es encore plus fou que je pensais. » Gentille avait envie d'embrasser Valcourt. Elle se contenta sous le secret de la table de poser le bout de son pied sur celui de son futur mari.

Élise les embrassa et les serra plus fort que de coutume,

et partit en emportant le reste du Côtes-du-Rhône, « pour la route ».

Cette nuit-là, Valcourt se réveilla en sursaut, couvert de sueur. Gentille n'était plus là. L'enfant dormait dans l'autre lit. Il alluma la lampe de chevet, puis vit la jeune femme allongée sur le balcon, sa nudité soulignée par le double reflet d'une bougie et de la lune. Lueur ocre sur l'épaule délicate, touche blanchâtre sur sa hanche pointue. Elle lisait. Elle se retourna en entendant ses pas.

— Je me suis inquiété en ne te voyant pas.

— Alors, la prochaine fois que je voudrai lire, j'allumerai même si ça te réveille, dit-elle sur un ton moqueur.

Elle lisait Éluard.

— Tu ne sais pas, Bernard, tout ce que je découvre en lisant ce livre. Toi, tu parles bien, comme si tu étais né avec la parole. Tu mets des mots sur toutes tes émotions et on te comprend. Moi, on m'a appris à ne pas dire tout ce qui se bouscule en moi. Je n'ai ni l'habitude ni les mots. Alors, parfois, la nuit, quand tu dors profondément, car je ne peux m'endormir avant, je viens ici et j'apprends à mettre des mots sur mon amour et sur ma vie. Même si ce sont les mots d'un autre, ce sont aussi les miens. Écoute : « Nous sommes à nous deux la première nuée / Dans l'étendue absurde du bonheur cruel * ». C'est bien comme nous, tu ne penses pas ?

Ils ne dormirent pas. Ils restèrent étendus sur le dos, impassibles, l'un et l'autre dans le rythme calme et régulier

---

* Paul Éluard, *Le dur désir de durer.*

de leur respiration, dans la paix et la sérénité qui les habitaient.

Quand la première lueur rose teinta le pied effilé de Gentille, il chuchota : « Comment allons-nous appeler l'enfant ? »

Elle murmura : « Émérita. »

11

On avait débroussaillé un terrain pierreux sur les hauteurs de Nyamirambo pour ouvrir un nouveau cimetière. Miliciens, policiers et gendarmes étaient aussi nombreux que les membres de la famille et les amis d'Émérita. Lando n'était pas venu. Depuis quelques jours, il restait enfermé chez lui et passait la soirée à son restaurant, entouré d'une dizaine d'hommes armés. Monsieur Faustin, un peu nerveux, fit un court discours de circonstance. Quand il prononça le mot « démocratie », il baissa tellement la voix que seuls ses voisins immédiats l'entendirent. Puis ce fut la mère d'Émérita. Avant de parler, elle marcha lentement autour du trou, poussant rageusement des cailloux du bout du pied, puis elle se tourna vers toute la flicaille qui se tenait à une dizaine de mètres. « Regardez-moi, petits meurtriers de mes fesses, pourriture des collines. J'ai le front large et le nez écrasé, les yeux petits et rentrés, les hanches larges et les fesses pesantes. On ne peut pas se tromper, je suis une vraie Hutue. Pas un Tutsi qui soit venu dans ma famille pour nous amincir ou nous pâlir. Émérita avait mon nez, mon front et mes fesses. Une vraie Hutue, elle aussi. Plus vraie que vous tous. Je vous dis que quand le Hutu découpe sa sœur en petits morceaux qui ne remplissent même pas un cercueil, je vous dis que le Hutu est malade. Vous l'avez tuée parce qu'elle était l'amie des Tutsis. Vous n'avez rien compris. Elle voulait juste être une Rwandaise, libre d'avoir des amis sur toutes les collines. Et toi, Gaspard, toi qui joues de la machette et qui fais le fier, tu devrais comprendre, toi qui deux fois par semaine viens dans mon bordel pour Jasmine qui est plus tutsie que je suis hutue, Jasmine de Butare, que tu arroses de bière et de fleurs et que tu demandes en mariage chaque fois et qui te refuse chaque fois parce que tu ne lui donnes pas de plaisir. Émérita ne perd rien en vous perdant. Elle est avec les anges. »

Gaspard s'enfuit. Mais il savait qu'on le retrouverait et qu'on le tuerait pour avoir aimé et courtisé une prostituée tutsie. La mère d'Émérita aussi, qui revint vers la tombe et y jeta un petit bouquet de roses. « J'en ai tué un, ma chérie. J'en tuerai d'autres. »

Gentille et Bernard s'excusèrent, car ils devaient partir pour aller annoncer leur mariage aux principaux membres de la famille de Gentille, en particulier à Jean-Damascène, son père, qui vivait à Butare. Ils se dirent en riant que c'était leur voyage de noces, cent soixante-quinze kilomètres de route paisible et de paysages contrastés, de montées abruptes et de descentes parfois vertigineuses. Ils s'arrêteraient à Rundo, juste à la sortie de Kigali, pour visiter Marie et, une trentaine de kilomètres plus loin, à Mugina, où habitait maintenant Stratton, le cousin de Gentille.

Ils passèrent sans problème le barrage habituel, juste avant la fabrique moderne de briques qui ne fonctionnait pas parce que le ministre avait vendu les machines allemandes à un collègue du Zimbabwe. Après avoir franchi la tranquille rivière Nyabarongo, la route se mettait à serpenter et à monter abruptement jusqu'à Rundo. Gentille voulait présenter à Valcourt Marie, qui lui avait déjà enseigné. Marie avait trente-cinq ans et neuf enfants. Enseignante à l'école primaire de Rundo, elle avait épousé l'adjoint du bourgmestre. Grâce à ces deux salaires, le couple pouvait s'offrir la famille que ses convictions religieuses lui dictaient. Mais Marie n'avait pas été payée depuis six mois, et Charles, son mari, avait perdu son emploi quelques semaines auparavant parce qu'il avait refusé de compiler une liste de toutes les familles tutsies de la commune. Depuis, il se cachait chez des amis hutus. Charles ne savait plus s'il était tutsi, même s'il en avait le physique et la carte d'identité et, oui, même si son grand-père avait été un dignitaire à la cour du mwami. Charles n'était pas là. Marie s'en excusa, la tête baissée, les yeux presque fermés, comme si l'absence de l'homme constituait un affront pour ses hôtes. Il était midi et les enfants criaient leur faim. Marie les repoussait et les tançait. Elle avait des invités qu'elle n'avait pas vus depuis longtemps. Les enfants mangeraient plus tard. Mais, ici, quand des amis surviennent à l'heure du midi, on les mène directement à la table, et quand ce sont de grands amis, on tue la chèvre qu'une corde retient à un pieu dans la cour. Gentille avait fait le tour de la maison, mine de rien, en s'amusant avec les enfants. Pas de chèvre dans la cour, ni dans la cuisine, pas de poulet non plus, seulement un sac de riz et quelques haricots secs. Même pas une tomate flétrie ou quelques bananes talées. Elle appela Valcourt, qui offrit aux enfants de faire une promenade. Ils s'entassèrent joyeusement dans la grosse Land Rover, les plus vieux se tenant debout sur le pare-chocs arrière. Ils revinrent trente minutes plus tard avec une vingtaine de brochettes, deux gros poulets rôtis et quelques kilos de tomates. Entre-temps, Marie avait tout raconté à Gentille, qui était sans doute au courant. Elle se demandait si elle ne devrait pas partir avec les enfants pour Butare. Les plus étranges rumeurs couraient depuis quelques jours. Un groupe de miliciens du Nord campaient au carrefour. D'autres vivaient dans un entrepôt qui appartenait à la commune. Elle ne se résoudrait pas à abandonner Charles à qui elle rendait visite, la nuit venue, ni ses quarante élèves qui faisaient tellement de progrès en français. Valcourt ouvrit une des bouteilles de Côtes-du-Rhône qu'il avait apportées pour faire la fête avec la belle-famille de Butare. Marie but les deux premiers verres d'alcool de sa vie et, quand elle fut totalement ivre, Gentille lui annonça son mariage, nouvelle qu'elle accueillit en applaudissant frénétiquement et en remerciant Dieu pour sa libération. C'est le mot qu'elle avait employé avant de lui demander si elle ne craignait pas le froid du Canada. Marie ne comprit jamais pourquoi ces deux amoureux qui pouvaient partir quand ils le désiraient avaient décidé de rester dans ce pays, mais elle en fut bouleversée et, timidement, elle posa sur le front de Valcourt un court baiser qui lui fit l'effet d'un souffle tiède ou du passage d'une hirondelle.

La Land Rover avait presque atteint le carrefour et s'apprêtait à tourner à droite vers Gitarama. Marie saluait toujours des deux mains qui battaient l'air comme un moulin. Le véhicule disparut derrière la masse sombre de la station-service privée de gazoline depuis trois mois. Les mains de Marie restèrent suspendues dans le ciel comme de petits fanions de chair vivante. Marie non plus ne partirait pas. Elle resterait sur la colline de Charles et des enfants. Ces falaises abruptes, après tout, valaient peut-être la peine qu'on s'y accroche et qu'on les défende contre les fossoyeurs.

Avant d'arriver à la piste menant à Mugina, ils durent franchir deux barrages contrôlés par des miliciens qui faisaient descendre de nombreux passagers de leur véhicule et les renvoyaient à pied et sans bagage d'où ils venaient. Parfois une auto ou une fourgonnette devait rebrousser chemin. Les miliciens étaient jeunes et, de toute évidence, intoxiqués. Aucun gendarme, aucun militaire. À une dizaine de mètres du deuxième barrage, Valcourt vit le corps d'une femme allongé dans l'herbe longue qui bordait la piste rouge. Il s'arrêta. Son fichu orange, son pull rouge vif et sa jupe verte, couleurs du drapeau rwandais, auraient pu composer un joli tableau primitif si elle n'avait fait que dormir, épuisée par une longue journée occupée à biner. Ses longues jambes étaient écartées, les genoux couverts par sa culotte blanche tachée de sang. La jupe verte était remontée jusqu'aux hanches et une large trace de sang coagulée partait du sexe. Une machette précise avait tranchée la gorge dans laquelle des centaines de fourmis rouges se faisaient déjà un nid. Dans l'herbe foulée, un bout de carton fripé orné du sceau de la république et d'une mauvaise photo. Alice Byumiraga, vingt-sept ans, commune de Mugina, Tutsie.

Dans cette région, les collines se voisinent et s'observent. Les vallées s'allongent et serpentent, si profondes et escarpées que, pour les franchir, soit une distance d'un kilomètre, on doit pâtir durant vingt-cinq kilomètres de pistes mal entretenues. Stratton était le cousin préféré de Gentille. Sur un long cou frêle, il portait comme un jouet une petite tête de souris savante et des yeux qui pétillaient, surtout quand il lui racontait les légendes du pays et aussi, ce qui la faisait bien rire quand elle était enfant, des histoires abracadabrantes qu'il apprenait en regardant la télévision européenne. De la maison de son père chez qui Stratton habitait depuis qu'il avait fui le Bugesera deux ans plus tôt, il pointait un long doigt légèrement crochu vers chaque chaumine accrochée aux flancs des collines. Des collines si proches qu'on pouvait penser les toucher en allongeant le bras, mais si loin en même temps que chacune formait comme un petit pays, indépendant et jaloux de ses voisins.

— Ma petite Gentille, la moitié de ta famille vit devant toi. Dans la grosse maison en face, juste à côté de la bananeraie, vit Georges, un de tes oncles. Tu ne le connais pas et c'est mieux ainsi. Il a acheté une carte d'identité hutue il y a une vingtaine d'années et mange du cochon et des spaghettis tous les jours pour ne pas être maigre comme un Tutsi. Il a réussi et il est devenu le chef des *interhamwes* de la commune. C'est lui qui contrôle le nouveau barrage qu'ils ont installé juste avant la piste. Plus bas, les cinq petites maisons, ce sont celles de ses fils. À gauche, juste un peu plus haut, la maison de Simone, sa sœur qui refuse de devenir hutue. Simone a cinq filles toutes plus belles les unes que les autres, mais elle n'a réussi à en marier qu'une seule, avec un de mes cousins de Butare. En bas de la maison de Simone, tu vois, près du bosquet d'eucalyptus, le grand bungalow, c'est celui d'un autre cousin. C'est un ami de Lando, que vous connaissez peut-être, le ministre tutsi. Mais il a mis sa maison en vente et veut aller vivre en Belgique. Et il y a tous les autres que je ne te nomme pas, les familles sont si grandes. Mais, de notre ancêtre commun qui un jour a voulu nous transformer tous en Tutsis pour nous sauver la vie et nous ouvrir les portes de l'école des Belges, nous sommes ici, sur les trois collines, plus de six cents descendants. Un peu plus de la moitié sont maintenant officiellement des Tutsis, et quelques-uns comme toi en possèdent l'apparence physique. Ceux que le savant plan de l'ancêtre n'a pas réussi à changer, ceux qu'il a ratés, s'apprêtent à nous tuer dès qu'ils entendront le mot d'ordre.

Valcourt déposa le carton jaune sur la table pleine de Primus vides. Stratton regarda la photo.

— C'est une des filles de Simone, la plus belle fille de Simone. Georges a tué sa nièce.

Comme dans tous les chefs-lieux ou les sous-chefslieux, une église imposante dominait le centre de l'agglomération. Celle de Mugina était une de ces horreurs faussement modernes au toit pentu flanquée d'un clocher vaguement inspiré de Le Corbusier. Sur le grand terrain vague qui l'entourait, quelques milliers de personnes campaient. Stratton guidait Gentille et Valcourt à travers la foule, s'arrêtant parfois pour parler avec un homme qui, invariablement, acquiesçait en penchant respectueusement la tête et après lançait des ordres. Le long de la piste, on creusait une large tranchée et, avec la terre qu'on en sortait, on érigeait un talus qu'on piquait de bouts de bois. Des enfants apportaient des pierres dont ils faisaient des tas à intervalles réguliers. L'intérieur de l'église avait été transformé en atelier et en garderie. Des dizaines d'enfants couraient dans les allées, des femmes dormaient sur les durs bancs de bois blond, des groupes d'hommes tenaient un peu partout des conciliabules, d'autres arrivaient, portant de gros bouts de bois qu'ils entassaient dans un coin. Au jubé, une trentaine de jeunes hommes fabriquaient des arcs et des flèches. Sur l'autel dépouillé de tout symbole religieux, quelques fusils de chasse et une centaine de cartouches.

Ces quelques milliers de personnes avaient fui Sake, Gashora et Kazenze qu'on pouvait voir à l'est. Ce n'était pas une fuite collective, ni le fruit d'un mot d'ordre. Devant les assassinats de Tutsis qui se multipliaient, des familles, des individus fuyaient en direction de Butare, puis peut-être du Burundi. Le jour, ils dormaient dans les marais et les fossés. La nuit tombée, ils avançaient lentement, en évitant les routes, les pistes et les agglomérations. Mugina comptait une forte population tutsie et de nombreux fuyards y avaient des parents proches ou éloignés. Stratton et quelques autres avaient convaincu les premiers arrivants de s'y installer et de se regrouper. Ils avaient réquisitionné l'église, ce qui avait fait fuir le curé belge qui ne voulait pas se mêler de politique et son vicaire hutu qui s'était installé au barrage où Simone avait été tuée. Étant donné que la rumeur des tueries s'amplifiait et que les réfugiés se faisaient de plus en plus nombreux, encouragés par quelques sages locaux et par Stratton, ils décidèrent, à la suite de palabres, de transformer le plateau de Mugina en forteresse tutsie. Seul, on meurt sans dignité, expliqua Stratton, qui remercia Valcourt et Gentille de leur visite. Mais il fallait partir pendant qu'il faisait encore jour, parce qu'une fois la nuit tombée des miliciens contrôlaient la piste qui menait à la route principale.

— Ma petite, tu es le plus beau succès de ton arrière-grand-père. On devrait t'installer dans un musée et inviter la population à t'admirer et à découvrir qu'une femme hutue peut être plus belle que la plus splendide des Tutsies…

Le rire du petit homme se figea.

— Il y a quelques années, je ne savais plus trop bien ce que j'étais et je ne m'en portais pas si mal, continua-t-il. Ni tutsi, ni hutu, juste rwandais, cela me convenait, car c'est bien ce que j'étais : un mélange né du hasard des accouplements et du grand plan de l'arrière-grand-père. Mais aujourd'hui, ils ne me laissent pas le choix. Ils me forcent à redevenir tutsi, même si je n'en ai pas envie. Tu comprends, je ne veux pas mourir par erreur.

Gentille l'embrassa comme font les Blancs, en le serrant dans ses bras, et elle lui pinça le nez comme quand elle était petite. En revenant vers la route qui mène à Butare, ils croisèrent des dizaines de jeunes hommes armés de machettes et de *masus*. Quelques-uns d'entre eux portaient sur l'épaule une caisse de Primus. Ils durent franchir deux autres barrages sous le regard lourd des miliciens qui, après avoir jeté un coup d'œil sur les papiers de Valcourt, s'agglutinaient du côté de Gentille, qui refusa chaque fois de traduire ce qu'ils disaient.

Butare vivait comme dans une bulle. Ancienne capitale du Rwanda quand elle s'appelait Astrida, du nom d'une reine belge, elle conservait son air de ville coloniale paisible et paresseuse. À l'hôtel Ibis, depuis la grande table ronde dans le coin toujours ombragé de la terrasse, monsieur Robert, un Belge, propriétaire de l'hôtel depuis quarante ans, observait comme chaque jour le va-et-vient. Sa femme, son fils et lui y passaient bien huit heures par jour, rejoints périodiquement par tout ce que la ville universitaire comptait d'expatriés perclus et de professeurs rwandais rêvant d'enseigner dans une université canadienne. Le reste des tables était peuplé par une marée sans cesse renouvelée de coopérants étrangers et d'homologues rwandais. En apparence, ne sévissait ici aucun des démons, aucune des folies qui depuis longtemps déchiraient les autres régions du pays. Il faut dire qu'à Butare les Tutsis étaient très nombreux et que les Hutus du Sud étaient plutôt modérés. Quelques miliciens s'étaient bien présentés au bourgmestre, munis depuis peu de papiers signés par un colonel de l'état-major, mais le magistrat les avait fait reconduire jusqu'aux limites de la commune sans même les recevoir. Quand monsieur Robert vit Gentille et Valcourt, qui tenait une valise, se diriger vers la grande table ronde, il fut déçu. Si Gentille, la plus belle femme de Butare, arrivait ainsi avec Valcourt en lui tenant la main, c'était très sérieux. Il ne s'était jamais fait d'illusions, mais rien n'interdit à un Belge ventripotent de rêver, surtout s'il est riche et s'il vit en Afrique. Valcourt, lui, tremblait un peu en saluant tous ces gens qu'il connaissait au moins de vue. Gentille transgressait une à une toutes les lois qui régissaient le comportement rwandais entre homme et femme.

Elle proclamait, elle affirmait. Depuis quelques jours, elle le précédait lorsqu'ils entraient dans un commerce ou dans un restaurant. Quand Valcourt parlait d'elle, de leur relation ou de leurs projets, elle ne baissait pas la tête pour poser humblement son regard sur le sol, elle se faisait encore plus droite, comme une statue provocante, les reins cambrés, le regard éclatant. Il l'avait connue la démarche hésitante, les épaules voûtées, le regard fuyant, dissimulé par les paupières mi-closes. Sa voix n'était qu'un murmure et son rire, un mince et timide sourire qu'elle couvrait d'une main gênée. Aujourd'hui, se disait Valcourt, elle n'hésiterait pas à l'embrasser en public si tel était son désir.

On ajouta deux chaises et autant de Primus. Ce fut Gentille qui annonça leur mariage, nouvelle qui fut accueillie avec quelques sourires mais sans émotion réelle. Ces vieux routiers de la colonisation et de la coopération en avaient vu des mariages entre expatrié et nymphette rêveuse ou ambitieuse. Leur volonté de vivre au Rwanda ne les étonnait pas davantage. Au début, c'est toujours ce qu'on dit. Mais ils leur souhaitaient beaucoup de bonheur. Valcourt évoqua la situation qui se détériorait à Kigali et dans les environs de la capitale. Un rouquin belge, qui enseignait la philosophie depuis la fondation de l'université en 1963, lança en riant : « Régulièrement, il faut qu'ils s'entretuent. C'est comme le cycle menstruel, de grandes coulées de sang, puis tout revient à la normale. » Gentille se leva et posa la main sur l'épaule de Valcourt.

— Finalement, nous ne dormirons pas ici cette nuit, Bernard. Nous irons chez papa.

En arrivant devant la grande maison de brique entourée de son impénétrable haie de rugo, Gentille demanda à Valcourt d'attendre à l'extérieur pendant qu'elle annoncerait la nouvelle à son père. Il s'assit sur un rocher à quelques mètres de la maison. Au loin scintillaient les lumières de l'ancienne capitale qui s'endormait dans l'insouciance, puis, entre cette toile de chandelles vacillantes et lui, un immense trou aussi noir que silencieux. Mais, après quelques secondes, son regard qui s'habituait à l'obscurité décela à gauche un filet de fumée. Puis deux, dix, cent et mille. Mille, dix mille petits trous de lumière perçaient le couvercle de la nuit et laissaient fuir autant de petits rubans blanchâtres. Et de ce couvercle percé de dix mille étoiles, comme un ciel inversé, dix mille respirations douces, hoquets, aboiements étouffés, pleurs timides, rires retenus, s'élevaient pour composer une sourde et chaude rumeur. Le silence bruissait d'un langage qui était celui des collines. Et selon qu'il pensait aux hommes accrochés aux flancs de la colline ou à la paix qui l'envahissait, Valcourt pouvait choisir d'écouter soit le murmure de l'homme, soit l'envoûtement du silence.

Il n'avait pas entendu Jean-Damascène s'approcher de lui.

— Monsieur, je suis honoré de l'honneur que vous faites à notre famille et à notre colline.

La lune découpait un visage tout en arêtes. La voix grave évoquait un professeur sévère, et les yeux, les yeux, c'étaient ceux de Gentille, sombres et soyeux, brûlants et enivrants. L'homme parlait comme un maître d'une autre époque, ce qu'il était. Il allongeait les phrases comme s'il les regardait se déployer en même temps qu'il les formulait. Le père de Gentille, pensa Valcourt, avait sûrement décidé un jour qu'il parlerait mieux le français que ceux qui le lui avaient appris.

— Je vais vous appeler «fils», même si je crois, pardonnez-moi, que vous êtes plus vieux que moi. Ce sera curieux, mais c'est une expression que j'aime. J'appelle ainsi tous mes gendres... et «fille», mes brus.

Il fit signe à Valcourt de le suivre. Le père de Gentille emprunta le sentier qu'ils avaient pris après avoir laissé la jeep au bout de la piste. Son long squelette voûté se découpait contre le ciel éclaté par cent mille étoiles. Valcourt suivait un spectre, un mort vivant qui chantonnait une lente mélopée. Jean-Damascène s'arrêta près d'un arbre que les vents avaient tordu et qui en avaient poussé les branches vers l'abîme de la vallée, formant une sorte de parasol allongé dont l'extrémité ne protégeait que le vide.

— C'est sous ce ficus que Kawa, mon arrière-grand-père, est mort. Nous sommes en quelque sorte assis sur sa tombe, car nul cimetière ne voulait de lui. Gentille m'a dit que vous connaissiez le secret de notre famille, le pacte que Kawa fit avec le diable pour que nous cessions d'être ce que nous étions, pour transformer ses descendants en membres d'une race supérieure. Monsieur Valcourt, mon fils, il est encore temps de ne pas entrer dans cette famille et de ne pas appartenir à cette colline. Personne ne vous en voudrait, surtout pas Gentille, de vous voir fuir un destin maudit qui ne peut mener qu'à la mort. Kawa a réussi au-delà de tous ses rêves. Une moitié de ses descendants sont officiellement des Tutsis, les autres en possèdent à des degrés divers les caractéristiques physiques même si leur carte d'identité indique qu'ils sont hutus. On pourrait dire que Kawa a fondé le Rwanda d'aujourd'hui et que sa famille en constitue l'horrible résumé. Un homme seul sur une colline qui manipule les ingrédients de la vie condamne ses créatures à toutes les maladies et à tous les dangers. Jusqu'en 1959, ce pacte avec le diable ne nous apporta que jouissances et prospérité. Les Belges, un peu perdus dans l'Afrique qui s'émancipait hors du moule de la politique coloniale et probablement un peu fatigués de ce pays qui leur rapportait bien peu, découvrirent comme par magie les vertus de la démocratie et de la loi de la majorité. Du jour au lendemain, le paresseux Hutu se transforma en incarnation du progrès moderne, la masse informe de paysans ignorants, en légitime majorité démocratique. Même Dieu s'inclinait, dont l'Évangile devint parole de justice et d'égalité. Les curés, qui n'avaient que des enfants de chœur et des séminaristes tutsis, se mirent à chanter en chaire l'alléluia de la majorité. Les pasteurs firent le rappel du troupeau oublié et prièrent ses membres de s'installer dans les bancs les plus rapprochées de l'autel. Kawa dut mourir une seconde fois. L'âme possède la mystérieuse capacité de prendre parfois les plis de la peau dont on la revêt. De tous les coins de la colline, des Hutus, fils et filles de Kawa, jusque-là tristes de n'avoir de tutsi que la taille ou le nez, proclamèrent plus haut que tous les autres leur appartenance à la nouvelle race que la démocratie rendait supérieure et dominante. Bien peu de Hutus trapus et foncés crurent ces travestis, ces mutants de l'Histoire. Mais certains furent si convaincants en devenant les pires ennemis de leurs frères et de leurs cousins que les nouveaux maîtres du pays leur firent confiance et les accueillirent dans leurs cercles, leurs commerces et leurs familles. Cette colline est celle de la famille de Kawa, encore aujourd'hui. Regardez comme elle est paisible et figée dans le temps. Mensonge du paysage qui semble dire que toute férocité de la nature, toute pente abrupte a été conquise par le travail patient de l'homme, conquête exemplaire de l'humain sur l'indomptable. Quelle illusion ! Pendant que nous défrichions chaque centimètre carré de ces pentes vertigineuses, plantant des haricots là où ne poussaient que des cailloux et des ronces, et des bananes à la place des chardons, caché derrière une haie de rugo, un cousin attendait son cousin pour le tuer et ainsi prouver son identité hutue. Notre grande et belle famille, ni hutue ni tutsie, commença à se déchirer comme une meute de chiens affamés et fous. Une partie de la colline s'éparpilla, quelques-uns au Burundi, où les Tutsis dominent, certains au Zaïre, la majorité en Ouganda. Mon fils, aujourd'hui, nous avons bouclé le cercle de l'histoire et de l'absurde. Le chef des *interhamwes*, qui ont juré d'égorger tous les Tutsis et de les renvoyer par le fleuve Kagera jusqu'en Égypte, est un Tutsi. C'est un oncle de Gentille. Le numéro deux du FPR, l'armée tutsie qui de l'Ouganda prépare la vengeance, est un Hutu, lui aussi un oncle de Gentille. Tous les deux — ils ne le savent pas, mais l'un ou l'autre le fera —, ils veulent tuer Gentille, qui n'appartient ni à l'un ni à l'autre. Gentille est comme le fruit de la terre rouge de cette colline, un mystérieux mélange qui réunit toutes les semences et toutes les sueurs de ce pays. Fils, vous allez épouser le pays qu'on veut tuer, le pays qui ne serait que rwandais, le pays des mille collines que tous, sans nom et sans origine, nous avons façonné comme des imbéciles patients et endurcis. Fils, il faut fuir la folie qui invente des peuples et des tribus. Elle ne respecte ni ses fils ni ses filles. Elle crée des démons et des sortilèges, des mensonges qui deviennent vérités et des rumeurs qu'on transforme en événements historiques. Mais si vous êtes assez fou pour embrasser cette colline, sa dévorante folie et sa plus belle fille, je vous aimerai plus que mes fils.

— Monsieur, je vous demande la main de votre fille Gentille et l'hospitalité de cette colline, car c'est ici que je veux vivre.

Jean-Damascène se mit à genoux, gratta le sol de ses longs doigts et déposa dans les mains de Valcourt quelques cailloux, un peu de terre rouge et grasse, des brins d'herbe et une branche tombée du ficus.

— Je vous donne ma fille et la colline de Kawa.

Après que son père fut rentré à la maison, Gentille vint rejoindre Valcourt. Du bout des lèvres, elle effleura son front, son nez, ne posa qu'un souffle sur sa bouche, puis d'un doigt léger suivit tous les chemins de son visage ridé. «Apprends-moi le désir», avait-elle dit, une nuit. Il avait répondu qu'il ne savait pas comment, mais qu'à deux ils en trouveraient bien le secret. Elle ne savait du plaisir que la furieuse bousculade du sexe et des mains qui prennent. De son propre corps qu'elle découvrait sous les caresses de Valcourt, de son propre corps qu'elle trouvait aussi beau maintenant que le plaisir qu'il lui procurait, elle partit à la découverte du corps de l'homme. Patiemment, elle explora le territoire, avec la respiration de l'homme et la contraction de ses muscles pour seuls guides. Elle résistait à l'urgence d'être elle-même caressée, à l'envie trop pressante d'être prise. Elle avait appris à calmer l'homme qui s'apprêtait à mourir d'extase pour qu'il devienne, et elle en même temps, un amas de chair si sensible que chaque caresse nouvelle devenait une torture insoutenable dont seul un suicide commun pouvait les libérer. Et chaque fois qu'ils mouraient ensemble, comme ce soir sur la tombe de Kawa, ils se disaient, sans le dire à l'autre, que c'était leur dernière mort.

Ni le premier coq, ni le premier chien, ni le soleil, ni Jean-Damascène, qui laissa une grande cafetière, un peu de pain, des œufs durs et des tomates à côté de leurs corps nus, ne les éveillèrent. En ouvrant les yeux, Gentille vit son père qui les observait de loin, assis devant la maison. Elle se couvrit pudiquement, mais fut surprise de ne ressentir ni honte ni gêne. Elle fit un geste joyeux de la main dans sa direction, l'invitant à s'approcher. Il esquissa un sourire et fit non de la tête. Il aurait voulu marcher vers eux avec Jeanne, sa femme, mais il l'avait renvoyée chez ses parents quand il avait appris qu'il avait le sida. « Tu as le droit de vivre », lui avait-il dit. Elle aussi se serait réjouie d'être témoin de l'envol de ces oiseaux. « Viens, papa. Viens manger. » Jean-Damascène les rejoignit, le cœur enfin léger. Il n'y avait qu'une seule tasse pour le café, et ils se la passaient comme un vase précieux, en riant pour un rien. Ils se marieraient dans quatre jours, le 9 avril. Après, ils reviendraient sur la colline, vivre avec Jean-Damascène. « Mais je serai mort, ma fille. » Non, il y avait des médicaments qu'on pouvait se procurer en Europe. Valcourt trouverait bien un travail à l'université ou au sein d'une des organisations humanitaires qui pullulaient dans le coin. Oui, se disaient-ils en voulant y croire, on pouvait rêver encore un peu. Ce n'était pas interdit. Valcourt travaillerait aussi avec son « père », qui avait fondé avec l'aide de sœur Franca la première association de séropositifs du Rwanda. Ils n'étaient qu'une douzaine, mais ils entretenaient de grands projets, dont le premier était de briser le silence et de combattre la honte. Pour le lecteur occidental, tout cela paraît bien simple et ordinaire. Pour un petit-bourgeois rwandais, il s'agit d'un exploit. Mais Jean-Damascène n'était pas homme à enjoliver la situation pour protéger le bonheur. Autant Kawa, son arrière-grand-père, avait construit sa descendance sur le mensonge et la dissimulation, autant il avait élevé la sienne dans la droiture et la vérité, quitte à assombrir les rêves de ceux qu'il aimait. Cette colline si paisible en apparence n'était qu'un champ de mines. C'est à Valcourt qu'il expliquait cela, car Gentille le savait depuis son enfance. Sa colline, comme toutes les autres, ne pourrait connaître la paix que si les mines explosaient, dévoilant dans l'horreur des chairs tordues et des familles écartelées la folie de ceux qui les avaient posées. Mais il fallait que tout explose pour que les aveugles et les sourds voient et entendent enfin le feu et les hurlements de l'enfer qu'ils avaient créé.

Ils restèrent assis sous le ficus. Quelques parents et amis arrivèrent, certains apportant des fleurs, d'autres de la bière. Ils restaient quelques minutes, après s'être inclinés presque solennellement devant Valcourt dont ils serraient la main du bout des doigts, puis repartaient vers leur parcelle de terre ou retournaient derrière leur haie de rugo pour regarder le temps passer. Si leur politesse surannée et leur distance ravissaient Valcourt, Gentille était déçue, car elle avait souhaité contre toute attente qu'on souligne et salue son bonheur par quelques débordements de joie ou par quelques transgressions de l'étiquette froide des collines. Elle tentait d'encourager la conversation, racontait une anecdote au sujet d'un voisin, qui baissait timidement la tête, tentait quelques blagues, qui ne recueillaient qu'un sourire poli. Valcourt lui souffla à l'oreille qu'il préférait de loin le silence de la colline à la bruyance de l'hôtel. Les gens possèdent un peu l'âme de leur paysage et de leur climat. Ceux de la mer sont comme les courants et les marées. Ils vont et viennent, découvrent de multiples rivages. Leurs paroles et leurs amours imitent l'eau qui glisse entre les doigts et ne se fixe jamais. Les gens de la montagne se sont battus contre elle pour s'y installer. Une fois qu'ils l'ont conquise, ils la protègent, et celui qu'ils voient venir de loin dans la vallée risque bien d'être l'ennemi. Les gens de la colline s'observent longuement avant de se saluer. Ils s'étudient, puis s'apprivoisent lentement, mais une fois la garde baissée ou la parole donnée, ils demeurent solides comme leur montagne dans leur engagement. Gentille comprit enfin que Valcourt ne voulait pas rester ici uniquement pour lui faire plaisir. Il s'y sentait bien.

12

À Kigali, en cette matinée du 6 avril 1994, une douzaine d'hommes discutaient dans un bureau de la caserne de la garde présidentielle, en face de l'édifice des Nations unies, boulevard de la Révolution. On avait terminé les listes et chaque nom avait été approuvé. Mille cinq cents noms, politiciens de l'opposition, hutus et tutsis, hommes d'affaires modérés qui souhaitaient le partage du pouvoir entre les deux ethnies ainsi que la démocratie, curés activistes, membres des associations des droits de l'homme, journalistes. La garde présidentielle, les réseaux Zéro et certains militaires et gendarmes mis dans la confidence devaient les éliminer dès que le président serait assassiné. Puis la gendarmerie, les chefs de secteur et les milices installeraient les barrières. Le colonel Théoneste se chargeait d'endormir et de neutraliser les forces de l'ONU. Chaque maison tutsie de Kigali avait été identifiée. Personne ne devait sortir de la capitale, ni même du secteur. Chaque groupe d'*interhamwes* serait accompagné d'un gendarme ou d'un militaire.

« Et ne vous fiez pas aux papiers d'identité, usez de votre intelligence, lança le colonel Atanase. S'ils sont grands, s'ils sont minces, s'ils sont pâles, ce sont des Tutsis, des cafards qu'il faut faire disparaître de la face de la terre. »

Valcourt et Gentille avaient décidé de partir au coucher du soleil, de telle sorte qu'ils seraient à Kigali vers vingt-deux heures, compte tenu des barrages militaires qui se multipliaient depuis quelque temps. Pendant que Jean-Damascène attisait le feu, le défilé des voisins et des parents se poursuivait. Ils avaient tous été invités à Kigali pour le mariage, mais seul le père de Gentille avait accepté de s'y rendre.

Les cadeaux s'accumulaient devant Gentille, qui remerciait humblement, Valcourt dissimulant sa surprise devant tant de générosité. Quelques poulets, des chèvres, des sacs de riz, quelques paniers de tomates, une arme traditionnelle — une lance —, car les Blancs aiment bien les vieilles choses, plusieurs paniers et plateaux tressés, décorés d'énigmatiques motifs géométriques, et une grande urne en terre cuite.

Comme les visiteurs semblaient vouloir rester, il fallut bien tuer les chèvres qu'on avait offertes aux futurs mariés. Quand la parenté vit que deux chèvres cuisaient sur le grand feu, ainsi que quelques poulets, elle dépêcha de petits messagers, qui revinrent les mains pleines de tomates, de salades, d'oignons, d'œufs et de fromage, histoire de compléter le festin. Personne ne s'esclaffait ou ne parlait à haute voix, mais on ne murmurait plus. Les femmes avaient formé un grand cercle autour de Gentille, dont elles éloignaient les enfants. Gentille, rieuse, parlait sans arrêt, relancée par un regard, un rire, un soupir. Les hommes se tenaient debout par petits groupes, souvent sans parler, observant la vallée et la colline d'en face. Parfois, l'un d'entre eux allait chercher Jean-Damascène pour qu'il serve d'interprète, étant donné que tous ne parlaient que le kinyarwanda et que Valcourt ne savait dire que *yégo*, *oya* et *inzoga*, soit « oui », « non » et « bière ». Devant Valcourt, l'homme, car c'était toujours un homme, un cousin ou un ami, inclinait légèrement la tête et attendait que le père répète en français ce qu'on lui avait confié. C'étaient des paroles de bienvenue et des louanges sur la beauté de la future mariée qui, même si elle était maigre, dit l'un, porterait de beaux enfants mais ne pourrait pas travailler aux champs. Tous, aussi, par la bouche de Jean-Damascène, dirent à Valcourt d'emmener Gentille dans un autre pays. Puis, chacun faisait un pas en arrière après que le silence eut indiqué que la traduction était terminée et, presque en se retournant, tendait la main comme si ces deux peaux qui allaient se toucher traduisaient une impudeur coupable. Le dernier des hommes, un pur Tutsi auraient dit les anthropologues, effilé, anguleux et doux à la fois, les yeux brillants, les pommettes saillantes, ne lui tendit pas la main lorsque le silence vint. Il regarda Valcourt dans les yeux et cracha par terre, puis posa son pied sur le liquide blanchâtre qu'il écrasa comme s'il voulait que sa salive macule la terre. « Il dit qu'il vous respecte mais que, si vous êtes un vrai homme, vous n'avez pas le droit de garder Gentille sur une terre pourrie. » Du cercle des femmes

227

provenaient des rires et des gloussements de plus en plus bruyants. Le cercle s'était resserré, et Gentille, tout en demeurant le centre d'attention, n'était plus qu'un prétexte à mille confidences. Les rires explosaient, mais on chuchotait les paroles qui les provoquaient. Et chaque femme qui exprimait son plaisir le faisait en baissant la tête. Les hommes, imperturbables, tournaient autour du feu, piquant chèvre ou poulet, réprimandant l'enfant qui s'approchait trop de la falaise. Les hommes ne s'intéressaient pas au plaisir des femmes qui ressemblait trop à celui des enfants. Les femmes sont des enfants.

Ils roulaient en silence depuis trente minutes. Quelque part dans l'immense bordel du Zaïre voisin, le soleil était disparu comme une pièce dorée dans la main d'un magicien. Ils avaient passé sans anicroche le barrage militaire à la sortie de Butare.

— Vous avez beaucoup ri.

Et Gentille s'esclaffa comme si elle faisait encore partie du cercle des femmes. Oui, elles avaient beaucoup ri parce qu'elles parlaient des hommes, mais plus précisément des hommes au lit.

— Quand nous étions adolescentes, nous nous réunissions dans une maison ronde, cinq ou six filles avec une femme plus âgée, une femme qui connaissait les hommes. Nous étions assises sur une natte et nous allongions les jambes. Nous mettions une main dans notre culotte. La femme nous disait de frotter et de caresser le sexe pour qu'il devienne humide, puis de l'ouvrir et de chercher une petite chose qui nous ferait trembler dès qu'on la toucherait, comme une toute petite langue qui se cachait entre les lèvres. Je sais maintenant que ça s'appelle des lèvres et un clitoris. La femme qui nous a initiées parlait de « la cachette de la femme ». Puis nous nous caressions. C'était aussi une sorte de jeu, de concours pour trouver laquelle aurait le plus de plaisir, le plus tard possible. Cet après-midi, mes copines m'ont demandé si nos découvertes d'adolescentes me servaient aujourd'hui et si le Blanc en profitait. Je leur ai raconté toutes tes caresses et toutes les miennes. Et puis elles se sont échangé tous leurs secrets et toutes leurs envies, surtout leurs désirs, parce qu'elles possèdent bien peu de secrets.

— Et tous ces rires de petites filles ?

— La gêne, la timidité, la pudeur. Elles entretiennent encore des rêves d'adolescentes et ne l'avouent qu'en riant de leurs envies et de leur pensées secrètes.

Un nombre inhabituel de véhicules se dirigeaient vers Butare. Dans la descente vers Nyabisindu, comme dans un tableau de Goya, des éclairs déchiraient la nuit. Des ombres fugaces se profilaient, entre les véhicules qui semblaient tourner ou reculer sans raison. Une pagaille funèbre. Sur le côté de la route, un minibus déversait ses passagers. En klaxonnant sans arrêt, Valcourt se frayait un chemin dans ce fouillis. Une dizaine de militaires tenaient à cent mètres un barrage éclairé par quelques torches que brandissaient des miliciens. Les minibus et les taxis de Kigali pouvaient continuer, mais sans leurs passagers, qui repartaient vers Butare, valise sur la tête. Les véhicules privés devaient rebrousser chemin. Le soldat à qui Valcourt montra ses papiers ne savait pas lire. Un gradé quelconque apparut, revolver à la main, en hurlant et en bavant. Il n'examina le laissez-passer qu'une fraction de seconde.

« Les Tutsis attaquent Kigali et un collaborateur du gouvernement se promène avec une fille de cancrelat. » Valcourt lui tendit la carte d'identité de Gentille. Le militaire n'en devint que plus furieux. « Faux papiers, faux papiers ! Des putes, juste des putes qui séduisent même nos amis. Allez, passez, mais elle, nous l'aurons quand vous ne serez plus là pour la protéger. » Valcourt alluma la radio. À Radio-Rwanda, un commentateur énumérait les succès économiques de l'année 1993. Radio Mille-Collines, la radio des extrémistes hutus, diffusait de la musique classique, programmation surprenante pour cette station qui attirait les jeunes avec de la musique pop américaine qu'elle entrelardait d'appels à la violence et de discours enflammés sur les traîtres hutus qui pactisaient avec les *inkotanyis*. Depuis des mois, les journalistes de Radio Mille-Collines nommaient les traîtres, les ennemis, les comploteurs. Et quand l'un d'entre eux était mystérieusement assassiné, un commentateur venait expliquer que cet homme avait couru après sa mort, qu'il était un déchet de la terre et que, même s'il n'approuvait pas le meurtre, il comprenait que les Hutus menacés dans leur existence même puissent penser que seule la disparition des Tutsis et de leurs alliés garantirait leur survie. À Ruhango, un autre barrage fermait la route. Pendant que Valcourt montrait ses papiers et ceux de Gentille, la musique, le *Requiem* de Mozart, s'interrompit. « Le président de la République du Rwanda, Juvénal Habyarimana, est mort lorsque son avion a explosé au-dessus de la base de Kanombé. L'avion, qui s'apprêtait à atterrir, a été touché par un missile lancé par les rebelles tutsis. Le gouvernement a décrété le couvre-feu et demande à toute la population fidèle à la république de prendre les armes pour faire face à l'invasion des cafards. Vos voisins sont peut-être des assassins. Soyez vigilants. »

Il était neuf heures trente, le jeudi 6 avril 1994, et Gentille rentrait à Kigali pour se marier le dimanche suivant. Valcourt avait évoqué avec elle les confidences de Cyprien, la confession du colonel Théoneste au père Louis et ses rencontres infructueuses avec le général des Nations unies. Quand Raphaël tenait son grand discours sur le nazisme rwandais et qu'il comparait les Tutsis aux Juifs, quand Raphaël évoquait la « solution finale » en présence de Gentille, Valcourt tentait toujours d'apporter des nuances. Il invoquait sans y croire la présence des Nations unies et surtout le fait que jamais plus la communauté internationale ne tolérerait qu'on élimine un peuple de la surface de la terre. Il croyait qu'on assisterait à des massacres horribles. Il parvenait à imaginer des dizaines de milliers de morts, car cela s'était déjà produit. Cela lui paraissait logique, dans l'ordre des choses, ou du moins explicable. Après avoir passé le barrage de Gitarama, il avait perdu ses dernières illusions. Le sergent, dans un excellent français, lui avait dit : « Vous rentrez à Kigali juste à temps pour assister au triomphe du peuple hutu. »

Gentille semblait dormir, recroquevillée sur son siège comme une petite fille épuisée par un long voyage. Dans la montée qui menait à Rundo, Valcourt s'engagea sur une piste qui menait vers une petite vallée d'où l'on pouvait voir à la fois la colline de Stratton et les premières lumières de la banlieue de Kigali. Le silence le rassura, l'odeur des eucalyptus aussi, celle de Gentille encore plus et surtout sa respiration tranquille. Tout cela réuni faisait comme un discret murmure, une imperceptible pulsation qui donnait à la vie un rythme et un sens. Quelques semaines auparavant, Václav Havel, président de la République tchèque, avait prononcé un discours devant l'Assemblée générale des Nations unies dans lequel il avait invoqué « l'ordre de la vie », qui pour l'athée devait remplacer le sacré. Ce que Valcourt ressentait, c'était le souffle enveloppant de l'ordre de la vie. Malgré tous les signes qui s'accumulaient, malgré l'affirmation du sergent qui confirmait ses pires hypothèses, il ne parvenait pas à désespérer totalement. Nulle mort, nul massacre ne l'avait jamais désespéré de l'homme. Du napalm au Vietnam, il était sorti brûlé, de l'holocauste cambodgien, muet, et de la famine éthiopienne, cassé, épuisé, le dos voûté. Mais au nom de quelque chose qu'il ne parvenait pas à définir et qu'il pourrait bien appeler lui aussi l'ordre de la vie, il fallait continuer. Et continuer, c'était regarder devant soi, puis marcher, marcher.

— Gentille, tu dors?

— Non, je pense à toi. Je sais exactement pourquoi je t'aime. Tu vis comme un animal guidé par l'instinct. Comme si tu avais les yeux fermés et les oreilles bouchées mais qu'une boussole secrète te dirigeait toujours vers les petits, les oubliés ou les amours impossibles, comme le nôtre. Tu sais que tu n'y peux rien, que ta présence ne changera rien, mais tu y vas quand même. Bernard, il est toujours temps de retourner à Butare.

— Mais non, il faut rentrer à Kigali, nous nous marions dimanche. Demain, tu dois choisir ta robe.

La radio officielle diffusait un bulletin de nouvelles internationales en français. Une correspondance de Québec annonçait que le gouvernement du Parti québécois tiendrait probablement un référendum sur la souveraineté d'ici un an. Le nettoyage ethnique se poursuivait en ex-Yougoslavie, et de plus en plus de pays songeaient à une intervention militaire de l'OTAN. À Radio Mille-Collines, une voix hurlante énumérait la liste des complices des Tutsis qui menaçaient de prendre le pouvoir : la première ministre du gouvernement de transition, Agathe Uwilingiyamana, qui crachait sur ses parents, Landouald, qui se faisait appeler Lando, vice-président du Parti libéral, Faustin, président du PSD, un traître hutu attiré par les putains tutsies. « Le travail ne fait que commencer. Cette fois, il ne faut pas s'arrêter avant qu'il ne soit terminé. Nous leur avons pardonné tellement souvent. En 1963, ils n'ont pas compris malgré les avertissements qui leur coûtèrent beaucoup. Dix ans plus tard, nous leur avons montré encore une fois notre puissance et notre droit sur notre pays, mais comme lorsqu'on coupe des vers de terre, les machettes n'ont fait que les multiplier et leur donner encore plus d'audace et de perversion. Aujourd'hui, ils ont tué notre président et s'apprêtent à vous tuer tous. Vous êtes en état de légitime défense. Il faut éradiquer l'ennemi. Un peu de musique et nous vous reviendrons avec les dernières nouvelles. Ici la radiotélévision libre des mille collines, la voix de la liberté et de la démocratie. Voici *Imagine* de John Lennon. »

Une agitation anormale régnait au carrefour de Rundo. Des dizaines d'ombres couraient de toute part. On avait allumé plusieurs feux. Petite image d'apocalypse, songea Valcourt, qui embrassa Gentille tendrement sur le front. Ils ne dirent rien, mais tous deux pensaient à Marie qui habitait à cent mètres sur la gauche, et c'est dans cette direction qu'ils tournèrent quand ils arrivèrent au barrage. La jeep fut soudain encerclée par une dizaine de miliciens armés de machettes et de *masus*. Un gendarme leur ordonna de poursuivre leur route vers Kigali ou de retourner en direction de Butare. Interdit de rentrer dans Rundo. « C'est pour votre sécurité. Les rebelles s'infiltrent dans les collines. »

Les militaires qui tenaient le dernier barrage avant Kigali ne semblaient guère inquiets devant la prétendue invasion de rebelles tutsis venus de l'Ouganda. Ils étaient plus nombreux que d'habitude et plus volubiles. Le lieutenant, que Valcourt connaissait de vue, lui faisait de grands signes de bienvenue en marchant vers la jeep. « Bonsoir, le monsieur de la télévision, vous arrivez juste à temps pour faire de belles images. Nous avons commencé à nettoyer la capitale. » Dès qu'ils entrèrent dans la ville, ils entendirent le bruit sec et glacé des coups de feu qui provenait de partout. Valcourt connaissait la guerre, et les bruits qu'il entendait n'étaient pas ceux d'affrontements entre soldats. Les rebelles n'avaient pas envahi la ville, mais des centaines d'assassins s'y promenaient en exécutant leur bruyant travail.

Il était onze heures quand ils arrivèrent à l'hôtel. À l'entrée, là où se tenaient habituellement les vendeurs de cigarettes de contrebande et de fausses sculptures anciennes, une dizaine de membres de la garde présidentielle inspectaient chaque véhicule qui passait. Quelque peu en retrait, des membres de la force des Nations unies faisaient le pied de grue. Une centaine de personnes avaient envahi le hall. Les hommes se pressaient à la réception ou discutaient. Les femmes, assises sur le sol de mosaïque, tentaient de calmer ou d'endormir les enfants. Personne n'avait de bagages et quelques femmes se promenaient en robe de chambre. Monsieur Georges, le directeur adjoint, évoluait dignement au milieu de ce brouhaha, assurant à chacun une chambre dès qu'un de ses clients partirait. Pour l'instant, l'hôtel acceptait de les accueillir, mais il serait préférable qu'ils s'installent dehors, autour de la piscine. Les filles de madame Agathe, qui avaient abandonné le bar de la piscine et celui du quatrième, proposaient comme lieux de rendez-vous la cabine des douches près de la piscine, le salon de coiffure ou les toilettes des femmes au sous-sol. Autour de la piscine, assis sur leur transat en résine, les consultants et les expatriés de passage, grands aventuriers de la coopération qui en avaient vu d'autres, affichaient une belle indifférence qui dissimulait une peur qui les collait à leur siège. Le murmure remplaçait la bruyance. De table en table, ils se regroupaient, laissant leurs homologues locaux à leurs angoisses et à leurs rumeurs, formant de petits cercles de Blancs terrorisés mais calmes en apparence. Professionnels de l'Afrique, ils craignaient quelques débordements durant les premières heures, ce qui les effrayait, mais ils savaient aussi que les paras belges, français ou américains intervenaient rapidement pour extirper leurs précieux compatriotes des enfers que les grandes puissances avaient contribué à créer.

Valcourt et Gentille, la main dans la main, errèrent quelques minutes dans ce capharnaüm. Ils entrèrent dans leur chambre et trouvèrent profondément endormie l'enfant qu'on allait baptiser Émérita. Alice, petite musulmane de Nyamirambo, regardait sans comprendre CNN qui diffusait une émission sur les nouvelles tendances de la mode en Europe. Elle n'avait pas envie d'aller travailler et encore moins de prendre le risque de rentrer chez elle. Gentille l'installa sur le balcon avec quelques oreillers et une lourde couverture de laine, pendant que Valcourt montait au bar pour faire des provisions. Il revint avec une caisse de mauvais Côtes-du-Rhône, quelques fromages, du pain et trois cartons de lait. « Le barman m'a conseillé d'être prévoyant, surtout avec le vin. Avec tous ces nouveaux arrivés, les réserves vont s'épuiser rapidement. » Il ouvrit une bouteille et versa trois verres, mais Alice refusa, à cause de sa religion. Elle accepta un bout de pain qu'elle tartina de fromage comme si c'était du beurre. Le camembert n'était pas mauvais, le vin était moins piqué que d'habitude. Valcourt et Gentille se faisaient face, assis à califourchon dans le lit comme deux enfants qui, le soir tombé, inventent des histoires magiques pendant que les parents pensent qu'ils dorment. Mais ils ne parlaient pas. Ils se regardaient, leurs yeux ne bougeant qu'au son des coups de feu. Ils mangeaient avec grand appétit et buvaient rapidement, comme s'ils engouffraient des morceaux de vie.

— Gentille, sais-tu depuis quand je t'aime ?

— Depuis le soir où tu es venu me reconduire chez moi.

— Non, depuis le premier matin. Il était six heures et tu commençais ton stage. J'ai demandé des œufs tournés, mais ils ne l'étaient pas. Avec du bacon, mais j'ai eu du jambon. Mais moi, je ne voyais que tes seins qui perçaient presque ta blouse empesée et tes fesses qui semblaient sculptées par un artiste de génie, et je ne voulais pas

236

déplaire à une telle beauté en lui faisant des reproches. Quand je me suis levé, tu as murmuré, effrayée comme une gazelle qui sent le lion : « Monsieur, c'est mon premier jour de stage. J'espère que vous allez me pardonner. J'ai relu mes bons de commande. Vous vouliez du bacon et des œufs tournés. Pourquoi vous n'avez rien dit ? Je vous remercie.» Tu parlais en regardant par terre. Tu étais si désolée et si gênée, si gênée. Je n'ai rien dit. Ta beauté me paralysait et ta franchise m'enchantait. Depuis ce moment, je t'ai surveillée. Je connaissais tes horaires de travail. Tu me servais une Primus et c'est moi qui tremblais en disant merci.

— Et moi, depuis quand je t'aime ?

— Depuis l'incident du faux Parisien qui t'a demandé une tisane.

— Non, depuis le premier jour de mon stage. Quand j'ai compris que j'étais plus importante pour quelqu'un que mes erreurs.

— Pourquoi alors avons-nous attendu si longtemps ?

— Je ne sais pas, mais je ne le regrette pas.

Ils s'allongèrent et, malgré les cris, les conversations bruyantes et les pleurs des enfants qui provenaient de la piscine, vers minuit ils plongèrent dans un sommeil profond et paisible.

C'est l'heure à laquelle, d'après les témoignages recueillis auprès des voisins, survint l'assassinat de leur ami, Landouald, d'Hélène, sa femme québécoise, et de leurs deux enfants par des membres de la garde présidentielle. Le corps de Raphaël fut retrouvé à une dizaine de mètres de la maison d'Élise, chez qui il tentait de se réfugier. Six mois après le génocide, Valcourt était présent quand on exhuma quelques milliers de corps pourris d'une fosse commune qui longeait le mur de l'hôpital, à deux pas du Centre de dépistage où travaillait André, le doux musicien qui gagnait sa vie en distribuant des capotes. Valcourt reconnut son étui à guitare, mais on ne put identifier le corps. La famille décida de faire une sépulture à la guitare. L'époux de Marie réussit à cacher six de ses neuf enfants ainsi que sa femme dans le faux plafond de la maison d'un ami hutu. Ils y passèrent près de deux mois. Il fut tué alors qu'il tentait de sauver les trois derniers. Les trois garçons tombèrent aussi sous les coups de machettes et de gourdins. Avec quinze mille réfugiés, Stratton résista aux attaques des militaires et des miliciens durant une semaine. Ils furent presque tous massacrés. Des trois cent vingt membres de la famille de Stratton, dix-sept survécurent. De nuit, il parcourut à travers champs et marais une centaine de kilomètres jusque chez le père de Gentille, qui s'éteignait au rythme de la tuberculose qui lui rongeait les poumons.

Le lendemain matin, au petit-déjeuner, Valcourt et Gentille apprirent par bribes que leur monde s'écroulait. Ils étaient quelques centaines maintenant à camper autour de la piscine, dans le parking et dans tous les corridors de l'hôtel. L'approvisionnement en eau avait été coupé ainsi que les lignes téléphoniques. Victor, le restaurateur, grand chrétien et ennemi de la politique, fut accueilli en héros quand il se présenta avec une centaine de pains, des bouteilles d'eau et tous les œufs que contenait son réfrigérateur. Il avait déjà effectué dix voyages entre son restaurant de l'avenue de la Justice et l'hôtel. Une centaine de personnes s'étaient réfugiées dans son sous-sol. Quatre par quatre, dans sa reluisante Peugeot beige, en brandissant des liasses de billets sous les yeux des miliciens et des gendarmes, il les menait au Mille-Collines. La rumeur avait vite couru : la présence des coopérants et des experts blancs, ainsi que celle de quelques soldats de l'ONU, faisait de l'hôtel, propriété de la Sabena, un sanctuaire encore plus sûr que les églises. Victor demanda à Valcourt de l'accompagner dans ses allées et venues. Sa présence serait peut-être utile.

Valcourt monta avec Victor, qui d'une main tenait le volant et de l'autre égrenait un chapelet. La présence du Blanc et ses papiers du ministère de l'Information ne pouvaient que lui faciliter la tâche. Dès la première barrière, Valcourt blêmit et pensa s'évanouir. Un long serpent de corps longeait l'avenue de la Justice. Devant eux, des miliciens et des gendarmes ordonnaient à des passagers de sortir de leur véhicule. Souvent, un seul coup de machette suffisait, et des adolescents traînaient le corps encore frémissant vers le côté de la chaussée. Les cadavres des hommes faisaient des taches noir et blanc, ceux des femmes s'étalaient, les jambes ouvertes, les seins dénudés, la culotte rose ou rouge encerclant les genoux. Plusieurs d'entre elles vivaient encore. Valcourt les voyait trembler, les entendait râler et gémir. On tuait les hommes, d'un coup de feu ou d'un coup de machette, savant et précis. Mais les femmes n'avaient pas droit à une mort claire et nette. On les mutilait, on les torturait, on les violait, mais on ne les achevait pas, comme on l'aurait fait avec des animaux blessés. On les laissait aller au bout de leur sang, sentir venir la mort râle par râle, crachat par crachat, pour les punir d'avoir mis au monde tant de Tutsis, mais aussi pour les punir de leur arrogance car, à tous ces jeunes qui tuaient, on avait raconté que la femme tutsie se croyait trop belle pour eux.

Ils suivaient une fourgonnette rouge. Debout à l'arrière, trois membres de la garde présidentielle et un caméraman qui filmait calmement le long ruban multicolore. Ils s'arrêtèrent près d'une femme toute vêtue de rose, allongée sur le dos. À côté d'elle, deux enfants agenouillés pleuraient. Un des militaires retourna du pied le corps léger de la femme, qui allongea un bras fin vers l'homme comme pour demander de l'aide. Le caméraman continua à filmer, tournant autour de la femme pour multiplier les plans et les angles, puis il posa sa caméra sur le sol, défit sa braguette et pénétra la femme. Quand il releva la tête, probablement après avoir éjaculé, Valcourt le reconnut. C'était Dieudonné, son meilleur élève. Victor marmonnait : « Je vous salue Marie, pleine de grâces, le Seigneur est avec vous… » Les corbeaux et les buses volaient bas, tournoyaient au-dessus du banquet qu'on leur offrait. Valcourt vomissait ses entrailles. Ils dépassèrent la prison et le siège de la police, d'où des groupes de miliciens armés sortaient sans arrêt, accompagnés d'un policier, et montaient dans des véhicules qui partaient en direction de Nyamirambo, de Gikondo ou de Muhima. Victor emprunta la rue de l'Hôpital, puis le boulevard de la Révolution. Les vendeurs de médicaments périmés et les marchandes d'aliments qui entouraient d'ordinaire l'entrée du Centre hospitalier de Kigali avaient disparu. Aucun médecin ne faisait le tri des blessés qui se présentaient pour recevoir des soins. Des militaires les regardaient rapidement. La méthode de sélection témoignait d'une logique à toute épreuve. Une personne blessée par machette ne pouvait être qu'un rebelle, et on l'achevait. On jetait son corps sur les piles de cadavres que camions, autobus et automobiles venaient déverser. Des miliciens fouillaient les vêtements et brandissaient leurs trouvailles précieuses en criant joyeusement.

Victor avait offert au responsable de la barrière située près de son restaurant de nourrir ses subalternes. Il voulait faire sa part pour la république. Quelques miliciens, déjà ivres morts, dormaient devant le restaurant. À l'intérieur, deux gendarmes gardaient une dizaine de jeunes femmes terrorisées. « Des cafards, des cafards tutsis pour qui on va trouver de bons Hutus. » Valcourt reconnut une employée de la télévision à qui il n'avait jamais parlé et dont il ne connaissait même pas le nom. D'instinct, il se dirigea vers elle. La jeune fille posa un doigt sur ses lèvres en signe de silence et fit non fébrilement des yeux. Puis elle lui tourna le dos. Victor, qui avait vu le manège, saisit Valcourt par la manche tout en continuant à égrener son chapelet.

Victor était un homme industrieux. Il était bien sûr le propriétaire de ce restaurant très populaire et de quelques camions qui faisaient le transport du poisson provenant du lac Kivu. Il prélevait toujours une bonne part du chargement pour récupérer ses faux frais, ce qui lui permettait de servir les tilapias frits les meilleurs et les moins chers en ville. Dans le sous-sol du restaurant, il avait installé un atelier de mécanique et les bureaux d'une compagnie d'importation, qui ne faisait affaire qu'avec l'Afrique du Sud. Victor vénérait deux prophètes, Jésus et Nelson Mandela. Jésus tenait dans ses mains l'avenir du monde, et Mandela tenait dans les siennes l'avenir de l'Afrique. Si l'ancien prisonnier de Robbin Island avait réussi à enlever sans grandes tueries un pays qui appartenait aux Blancs pour le donner aux Noirs, tout en permettant aux Blancs d'exister, il pourrait bien sauver le Rwanda où la majorité était aussi noire que la minorité. Tous les commerçants ne lorgnaient que l'Europe et les États-Unis en se moquant de cet homme pieux et sans éducation, qui voulait faire des affaires avec des Africains. À tel point que, pour importer ses petits moteurs électriques de technologie israélienne et sa machinerie agricole légère, il ne dut verser aucun pot-de-vin, que ce soit à un membre de l'Akusa ou à un fonctionnaire des douanes. Bien sûr, seul son atelier possédait les pièces et l'expertise nécessaires pour réparer ce que Victor vendait. Il était riche, mais cela ne l'intéressait pas. Il voulait vivre en paix avec sa femme et ses six enfants et, surtout, gagner son ciel.

Deux miliciens ouvrirent les grandes portes de métal noir qui permettaient l'accès à l'atelier de mécanique. Victor arrêta la Peugeot pour demander qu'on les referme derrière lui. Devant eux, une allée rouge s'étendait sur plus de cent mètres pour rejoindre une rue qui menait à l'église de la Sainte-Famille, d'où l'on pouvait rejoindre l'hôtel sans passer par la barrière du rond-point de la Révolution.

— Victor, je connaissais une des prisonnières.

— Je les connaissais presque toutes.

Victor fit monter trois femmes qui se cachaient dans l'atelier. Au bas de la côte, il s'arrêta devant sa maison et revint avec une liasse de billets et un revolver qu'il glissa dans sa ceinture. Les militaires qui gardaient l'entrée de l'hôtel reconnurent sa voiture et lui firent signe de passer, mais il s'arrêta devant le lieutenant et lui donna dix mille francs pour qu'il puisse acheter de la bière et des cigarettes à ses soldats. Durant les jours qui suivirent, le restaurateur conduisit ainsi une centaine de personnes à l'hôtel. Une quarantaine d'enfants passèrent deux mois dans son atelier et furent tous sauvés. Un jour, tandis qu'il rapportait des vivres à l'hôtel, un gendarme refusa les billets qu'il lui tendait et lui demanda de descendre de sa voiture. Victor ferma les yeux et accéléra. La Peugeot percuta un baril de pétrole sur lequel était assis un milicien, qui s'écrasa sur le pare-brise et roula par terre. Il réussit à rentrer à l'hôtel où il se terra jusqu'à la défaite des extrémistes.

Ce n'était pas seulement Kigali qui sombrait dans la folie. Les nouveaux réfugiés arrivant à l'hôtel apportaient des nouvelles terrifiantes. Des opérations identiques se déroulaient à Rumagana, à Zaza, à Kazenze, à Nyamata, à Rundo, à Mugina. Le général canadien vint pour rassurer les expatriés et les quelques notables réfugiés à l'hôtel. Il parla comme un communiqué de presse. La communauté internationale ne resterait pas indifférente, mais pour le moment les forces de l'ONU ne pouvaient intervenir que pacifiquement, en espérant que leur seule présence ferait revenir à la raison ceux qui étaient responsables de ces excès. Un dirigeant du Parti libéral, le parti de Lando et de la majorité des Tutsis, s'avança vers lui, le regarda dans les yeux, qu'il détourna, et cracha sur ses bottines brillantes : « Taisez-vous. Vous êtes pitoyable. On tue dix de vos soldats* et vous n'avez même pas réagi. Si vous ne pouvez même pas défendre vos propres soldats, vous ne voulez quand même pas nous faire croire que vous allez nous protéger.» Le général baissa la tête et quitta l'hôtel avec la démarche voûtée et pesante d'un condamné à mort.

À la demande de monsieur Georges, Gentille avait accepté de reprendre du service. Après deux jours de massacres, près de mille personnes occupaient l'hôtel, dont une centaine d'enfants. Avec quelques employées de madame Agathe, elle avait installé derrière le ficus et la volière, dans une partie reculée du jardin, un petit territoire pour enfants. Elles organisaient des jeux et les emmenaient en groupe à la piscine. Monsieur Georges avait aussi mis sur pied une sorte de comité de réfugiés, dont Victor et Valcourt faisaient partie. Ils discutaient durant des heures, imaginant les meilleurs et les pires scénarios, évaluant les réserves de vivres, tentant de trouver des méthodes de rationnement équitables, tout en tenant compte du fait que l'hôtel abritait aussi des clients «normaux». Gentille et Valcourt partageaient une curieuse impression, celle d'être les seuls à vivre normalement. La jeune femme surveillait les enfants, consolait les mères inquiètes, préparait les biberons, semblant dotée d'une telle sérénité et d'une telle légè-

---

* Dans la matinée du 7 avril, dix Casques bleus belges furent faits prisonniers par des membres de la garde présidentielle, puis battus et assassinés. Les forces de l'ONU ne firent rien pour tenter de les libérer. Le contingent belge fut rappelé par son gouvernement. Avant leur départ, plusieurs soldats belges déchirèrent leur écusson des Nations unies et crachèrent sur le drapeau bleu.

reté qu'elle paraissait flotter au-dessus d'un monde dont elle ne faisait désormais plus partie. Avec Victor, Valcourt, qui avait la colère facile, parvenait à échafauder cent raisonnements patients pour calmer les querelles et les affrontements anodins mais cruels que la promiscuité et la peur font naître, même chez les êtres les plus raisonnables.

Le vendredi 8 avril, le père Louis arriva à l'heure de l'apéro en portant une grande valise. Un messager payé par Victor l'avait prié de venir. Quelques heures auparavant, un envoyé de l'ambassade de France lui avait demandé de se préparer à quitter le pays. Des troupes françaises et belges arrivaient à l'instant à l'aéroport de Kigali pour évacuer les ressortissants blancs et leurs familles*. « Ne vous trompez pas, avait ajouté le prêtre en acceptant le whisky que versait Victor dans un verre en plastique, ils ne viennent pas pour rester et sauver le pays. Ils se donnent trois jour, et ils repartent. Le conseiller de l'ambassade me l'a assuré pour me convaincre de partir. Mais je ne peux pas. Ne serait-ce que parce que j'ai un mariage et un baptême à célébrer dimanche, que je lui ai dit. Il n'a pas semblé comprendre. »

Puis, en souriant d'un air malin comme le font les enfants, il demanda à Gentille de fermer les yeux, car il avait une surprise pour elle. Il ouvrit la grande valise en

---

* Le premier avion français repartit de Kigali avec la veuve du président, Agathe Habyarimana, et une trentaine de membres de sa famille, dont quelques-uns des principaux organisateurs du génocide. On remit à la veuve une somme de deux cent mille francs pour subvenir à ses petites dépenses une fois arrivée à Paris. Tous ces assassins vivent librement en France au moment où ces lignes sont écrites.

carton et en sortit une robe de mariée. Valcourt la trouva horrible, mais elle ressemblait en tous points à celles qui faisaient le bonheur ou l'envie de toutes les jeunes Rwandaises. « Vous ne saviez pas que je faisais aussi dans le commerce des robes de mariée. » Les robes étaient confectionnées par d'anciennes prostituées atteintes du sida. Une boutique de Caritas louait ces robes, pour lesquelles les familles des mariées payaient parfois jusqu'à trois ans de salaire. La robe était bleu et rose, avec des épaulettes, des dentelles et des falbalas ornés de paillettes. Vilain costume de princesse de bal masqué, lourde imitation d'un luxe bourgeois suranné, Valcourt y voyait toutes les perversions subtiles de la colonisation qui impose aux colonisés jusqu'aux défroques de la métropole. Gentille se marierait déguisée en bourgeoise provinciale de l'année 1900, pendant que le monde s'écroulait en 1994. Gentille, qui n'aimait pas plus la robe que Valcourt, pleurait de joie. Quand elle rêvait de mariage, elle voyait sa peau sombre illuminée par une robe d'une telle blancheur, d'une telle pureté diaphane qu'elle faisait d'elle un papillon noir et blanc prêt à s'envoler. On ne lui offrait pas les ailes qu'elle avait imaginées, mais elle volait déjà. Et comme le bonheur des gens qu'on aime, même quand on ne le comprend pas, nous transforme, Valcourt regarda le baroque amas de tissus que Gentille étalait en sautillant autour de la table et ne vit que son sourire qui dessinait les formes de l'extase.

Ils étaient bien près d'un millier à se masser autour de la piscine pour assister à la messe que récitait sur un ton monocorde le père Louis. Presque tous les Blancs avaient déjà été évacués. On était entre Rwandais, et leurs prières n'étaient pas feintes, ni timides. Le chœur de leurs voix emplissait l'air. Leurs cantiques s'élevaient comme de grands vols d'oiseaux au-delà de la ceinture d'eucalyptus qui entouraient l'hôtel et planaient au-dessus des collines environnantes. Gentille, dans sa robe trop grande, priait et chantait les yeux fermés. Valcourt enviait les gens de foi pour qui la mort ouvre la porte du ciel et de toutes les récompenses. Mais, en fait, lui aussi à sa manière il priait. Il s'abandonnait à la foulée des hommes, acceptait leur pas, et il suivrait le chemin tortueux qu'ils lui indiqueraient. Le père Louis leva l'hostie au-dessus de sa tête. Valcourt, comme lorsqu'il servait la messe à l'église Sainte-Bernadette dans le nord de Montréal, inclina respectueusement la tête. Dieu n'existait pas, mais il méritait qu'on se prosterne devant sa Parole.

Non seulement Victor avait déniché une cassette de la *Marche nuptiale,* mais il avait aussi trouvé deux très beaux anneaux en or que les mariés échangèrent. Il avait également fait entrer à l'hôtel assez de bière pour que quelques centaines de personnes aient l'impression de participer à une vraie fête. Après avoir baptisé la fille de Cyprien, qui fut nommée Marie-Ange Émérita, le père Louis replia son autel portatif et partit sans leur dire qu'il serait évacué sur Bangui dans quelques heures, avec tous les employés de l'ambassade de France*. Madame Agathe offrit un chimpanzé en peluche à l'enfant, et à Gentille un carré de soie

---

* Les employés français, bien sûr. Comme dans la plupart des ambassades occidentales, la majorité des employés locaux étaient des Tutsis. Tous ceux qui travaillaient pour les Français et qui s'étaient

aux couleurs de la Sabena, cadeaux qu'elle avait achetés à la Belge acariâtre qui tenait la boutique de souvenirs dans le hall de l'hôtel. Monsieur Georges avait dressé une table sous le ficus, là où le père Louis avait installé son autel. Une entrée d'asperges, un poulet rôti avec de fins haricots au beurre, une belle salade, un brie presque coulant. Les nouveaux mariés partagèrent ce repas somptueux avec Victor et Élise, venue faire ses adieux. Elle partait avec les Français. Un beau dimanche à la piscine à Kigali, pensait Valcourt, qui dégustait comme il l'aurait fait pour un grand vin la dernière bouteille de Côtes-du-Rhône de l'hôtel. Un peu gris, plus de fatigue et d'émotion que de vin, Gentille et lui montèrent dans leur chambre. Du balcon du troisième, ils observèrent en silence quelques employés qui faisaient la chaîne, se passant des casseroles remplies d'eau de la piscine. L'hôtel commençait à boire sa piscine. CNN, dans son grand bulletin international, évoqua durant vingt secondes la reprise des problèmes ethniques au Rwanda, tout en assurant que les ressortissants étrangers étaient en sécurité. Même la perspicace BBC n'en dit pas beaucoup plus. Radio-France internationale parlait d'affrontements récurrents, de tribalismes ancestraux, se demandant si jamais les Africains pourraient se libérer de leurs anciens démons qui provoquaient les pires atrocités.

Suite de la note de la page 247

réfugiés dans les locaux de l'ambassade furent abandonnés et massacrés sur place dans les heures qui suivirent l'évacuation des diplomates et de leurs familles.

Gentille ouvrit Éluard et lut :

Jour la maison et nuit la rue
Les musiciens de la rue
Jouent tous à perte de silence
Sous le ciel noir nous voyons clair *

Et elle lut lentement d'une voix à la fois ferme et émue, parce que les mots collaient trop à la réalité, jusqu'à ce que la nuit tombe en quelques secondes, comme si Dieu posait un couvercle sur une marmite. De très loin parvenait parfois un hurlement strident ; on aurait dit que tous les hommes de la terre s'acharnaient sur un seul animal qu'ils étripaient. Demain, ils reprendraient leur fréquentation de la douleur et de l'absurde. Valcourt ferma la porte du balcon et tira les rideaux. Gentille chanta une troublante mélopée qui endormit Émérita. Ils se déshabillèrent, décidés à célébrer leur nuit de noces comme si le monde entier les accompagnait dans leur bonheur.

Gentille et Valcourt s'aimèrent longtemps et paisiblement, sans étreinte bruyante et passionnée, comme deux cours d'eau se rencontrent et se fondent, perdant au rythme du courant leur couleur originale. Ils n'appartenaient plus au temps, ni au pays des mille collines. Durant quelques heures, ils vécurent ailleurs. Et le sommeil dans lequel ils glissèrent au rythme de la respiration de leur fille n'était qu'un autre lieu où ils rayonnaient.

----

* Paul Éluard, *Le dur désir de durer.*

C'est Georges, le directeur adjoint, qui les réveilla avec une grande cafetière et un sourire triomphant qui les déconcerta.

— Préparez-vous pour votre voyage de noces. J'ai tout arrangé. Vous partez dans deux heures. Destination Nairobi avec équipage anglais. Vous reviendrez quand la mauvaise saison sera terminée. Vous n'avez plus rien à faire ici pour le moment. Le pays n'a pas besoin de réfugiés, il a besoin de soldats pour tuer les fous.

— Et nos amis? fit Valcourt.

— Ici, vous ne pouvez rien pour eux.

Partir, ce n'était pas trahir leurs amis, pas plus que leur pays. Ils reviendraient. Ils n'eurent pas le temps de faire leurs bagages, car Victor vint les prévenir que les militaires de l'ONU attendaient et qu'ils quittaient l'hôtel dans quinze minutes. Valcourt prit son ordinateur, son walkman et quelques cassettes, Gentille, le chimpanzé, sa robe de mariée et Éluard. Ils montèrent dans un camion de la MINUAR* dans lequel une dizaine de Blancs, l'air hagard, s'entassaient déjà avec leurs valises. Quatre soldats sénégalais montaient la garde, l'arme au poing. Un véhicule blindé les précédait. Au bas de l'avenue de la République, ils virent une centaine de cadavres empilés devant le Centre culturel français. Ils s'engagèrent à droite sur le boulevard de l'Organisation de l'unité africaine. Gentille ne réussit à regarder que durant quelques minutes. Valcourt ne lui avait rien dit du ruban multicolore qui s'étirait le long des rues de Kigali. Elle baissa

---

* La Mission des Nations-Unies pour l'assistance au Rwanda.

la tête et demanda à la petite de s'asseoir à ses pieds. Aux carrefours importants, le ruban s'interrompait et devenait une tache énorme de chairs entassées comme de vieux vêtements. Juste après Gikondo, à cinq minutes de l'aéroport, le petit convoi s'arrêta devant une barrière tenue par une dizaine de militaires rwandais qui entourèrent le camion. On fit descendre les passagers pour vérifier leurs papiers. Les soldats n'avaient d'intérêt que pour Gentille, la seule Rwandaise du groupe, qui expliqua qu'elle était la femme de Valcourt. Cinq soldats l'entouraient, se passant ses papiers d'identité de main en main. Plus elle protestait, plus ils riaient. Faux papiers. Son visage, ses jambes disaient qu'elle était tutsie. Faux mariage. Personne n'avait d'acte de mariage. Émérita, qu'elle tenait par la main, hurlait. Eh oui, c'était leur fille, mais une fille adoptive. Les soldats riaient encore plus fort. Le sergent sénégalais responsable du petit convoi tenta de s'interposer. Une rafale le faucha. Valcourt se précipita en direction de Gentille. Un coup de crosse de fusil l'assomma.

Dans l'avion, on lui raconta que le sergent qui commandait le détachement de la garde présidentielle avait empêché qu'on s'en prenne à la jeune femme et à l'enfant. Il les avait, semble-t-il, pris sous sa protection.

13

À Nairobi, Valcourt apprit l'ampleur des massacres. Il avait redouté cent mille morts, et on lui parlait maintenant d'un demi-million. Tout le pays, sauf la région de Butare, était à feu et à sang. L'armée du FPR avait quitté son refuge ougandais et fonçait rapidement sur Kigali, rencontrant peu de résistance. Tandis que les forces rwandaises n'avaient d'une véritable armée que le nom et les uniformes, les troupes tutsies étaient formées de soldats professionnels et disciplinés. Les cadres étaient issus d'écoles militaires anglaises ou américaines. Depuis déjà deux jours, le FPR avait libéré la petite ville de Byumba où se réfugiaient ceux qui avaient réussi à fuir les pogroms.

Une semaine plus tard, Valcourt arpentait le plateau boueux de Byumba, où s'entassaient déjà cent mille réfugiés. Avec Raïka, une Somalienne qui travaillait pour African Rights, il recueillait le témoignage des rescapés pour qu'on puisse écrire la véritable histoire du génocide qui se poursuivait toujours à cent kilomètres au sud. Il évoluait dans un curieux univers, composé exclusivement de femmes, de vieillards et d'enfants. Leur regard n'était pas vide, mais affreusement absent, tourné vers l'intérieur ou tout simplement mort. Comme des voyants qui refuseraient de voir. Seules quelques femmes acceptaient de parler, à voix basse, les yeux plantés dans le sol et qui y restaient longtemps après qu'elles avaient terminé la description, presque clinique (car elles ne possédaient que des mots concrets), de l'assassinat de leur mari, de leurs fils. Les viols, ces femmes tellement prudes et timides, elles les décrivaient avec un luxe de détails qui donnaient le frisson, comme si elles rédigeaient le rapport de leur propre autopsie. Elles évoquaient les pires mutilations et les plus perverses agressions avec un calme, une distance qui les rendaient encore plus atroces. Et Valcourt, bien sûr, dans chaque histoire qu'il consignait, croyait deviner celle de Gentille. S'il était revenu avec un mince espoir de la revoir, les quatre semaines qu'il avait passées à Byumba le firent disparaître. Il avait interviewé une centaine de personnes qui avaient réussi à fuir Kigali, dont quatre qui avaient séjourné au Mille-Collines. Nulle trace de Gentille. Il irait à Kigali pour connaître l'histoire de la mort de Gentille et de sa fille. Puis… puis, il… il ne put terminer la phrase qu'il demandait à ses neurones de former. Le silence s'installa dans sa tête comme l'absence avait fait son nid éternel dans le regard des femmes.

Pour se rendre de Byumba jusque dans la grande région de Kigali, ils mirent une semaine en suivant un bataillon de soldats du FPR. Une sorte de descente aux enfers. Curieux parcours, un peu comme celui du chrétien qui, le Vendredi saint, effectue son chemin de la Croix, chacune des quatorze stations ouvrant plus grandes les plaies et le rapprochant inéluctablement de la mort. Plutôt que d'éviter, de fuir l'horreur, ils la pourchassaient, la traquaient dans les moindres recoins du paysage, comme des pathologistes qui notent minutieusement la nature des blessures, évaluant la longueur de l'agonie. Ils emportaient dans leur lit de fortune des images que nul peintre fou n'avait osé esquisser. Raïka se bourrait d'Ativan. Valcourt s'endormait comme une brute ivre. Des formes grotesques le réveillaient, des corps hideux et purulents, des caricatures d'humains, les bras en forme de machettes. Gentille apparaissait au loin dans un halo. Plus elle s'approchait, car elle courait vers lui, plus elle se transformait en une pitoyable évocation de ce qu'elle avait été. Elle prenait la couleur grise des cendres, et de son ventre coulait une rivière de lave incandescente. Et quand sa bouche tordue, ses lèvres mangées par la pourriture se posaient sur les siennes, il s'éveillait dans un grand cri et une odeur lourde de transpiration. La nuit noire brillait de mille étoiles. Souvent, il n'avait dormi qu'une heure et il restait assis, sans penser, à capter au gré du vent les effluves de mort qui se dégageaient du moindre bosquet. Même l'eucalyptus envahissant, capable de sucer toute l'eau du pays, ne parvenait pas à imposer son odeur fraîche. Le parfum âcre de la mort des hommes tuait celui des arbres. Toutes les nuits, Valcourt voyait une mort différente de Gentille, et plus ils avançaient vers Kigali, plus la mort de sa femme devenait atroce. Dans les cauchemars qui peuplaient chaque seconde de son sommeil, Gentille devenait l'objet de toutes les tortures et de toutes les ignominies que des femmes, le regard enterré dans le sol rouge de sang, lui confiaient honteusement, comme on avoue à un prêtre silencieux la plus abjecte obscénité.

Sur les collines, dans les petits villages, dans les lieux-dits, aux carrefours où s'organisent les marchés et les rencontres, les histoires se répétaient. Des voisins, des amis, parfois des parents étaient venus et ils avaient tué. Dans le désordre peut-être, mais efficacement. On les connaissait, on les nommait. Chaque cadavre possédait un assassin connu. Dans les petites villes et les chefs-lieux, le génocide avait été plus systématique. On avait organisé des réunions, lancé des mots d'ordre, donné des directives, tracé des plans. Si les méthodes paraissaient aussi inhumaines, si les assassins tuaient avec une telle sauvagerie, ce n'est pas qu'ils agissaient dans l'improvisation et le délire, c'est tout simplement qu'ils étaient trop pauvres pour construire des chambres à gaz.

C'est à Nyamata, bourgade paresseuse qui allonge ses maisons basses dans une large rue sablonneuse, qu'ils comprirent vraiment. Ils arpentaient les sentiers d'un deuxième Holocauste. On les mena à la « paroisse », qui au Rwanda rassemble plusieurs bâtiments : école, clinique de soins de santé, institut de formation, pensionnat, une véritable forteresse de briques rouges autour de l'église. Les soldats qui montaient la garde leur déconseillèrent d'aller plus loin. De la dizaine de bâtiments provenait une puanteur plus insupportable que celle du purin de porc fraîchement épandu un jour de canicule. Ce n'était pas l'odeur de la mort, mais celle de toutes les morts et de toutes les pourritures. Au début des massacres, presque tous les Tutsis avaient eu le même réflexe. Les miliciens n'oseraient pas s'attaquer à la maison de Dieu. Par dizaines de milliers, de toutes les collines et de tous les hameaux, ils avaient couru, marché dans la nuit, rampé, et avec un grand souffle de soulagement s'étaient accroupis dans le chœur d'une église, dans l'entrée d'un presbytère ou dans une classe sur laquelle le crucifix veillait. Dieu, le dernier rempart contre l'inhumanité. En ce doux printemps, Dieu et surtout la plupart de ses pieux vicaires avaient abandonné leurs brebis. Les églises devinrent les chambres à gaz du Rwanda. Dans chaque édifice de la paroisse de Nyamata, des centaines et des centaines de corps s'empilaient. Trois mille personnes s'étaient entassées dans l'église ronde, sous le scintillant toit de tôle. Elles avaient refermé derrière elles les deux lourdes portes de fer forgé. Les assassins, frustrés de ne pouvoir entrer, achevèrent le travail à la grenade. Quelques dizaines de grenades firent l'affaire et percèrent mille petits trous dans le toit, qui en ce jour ensoleillé formaient mille diamants de lumière sur le sol de l'église. Entre trois diamants, Valcourt crut reconnaître le cou de Gentille.

Ils ne tenaient plus la chronique des survivants, ou si peu. Leurs guides, efficaces et déterminés, les menaient de fosse commune en fosse commune, d'église en église.

Ils étaient presque rendus à Kigali, mais ils durent faire une halte à Ntarama, où des soldats du FPR les menèrent encore une fois à l'église. Le même tapis informe de corps, le même souffle de putréfaction qui n'entre pas par le nez mais par la bouche et qui envahit les tripes, comme si l'odeur de la mort des autres voulait sortir tout ce qui était vivant du corps de Valcourt. Son ventre s'était vidé depuis des jours, seul un filet de bile perlait aux commissures des lèvres. À un tournant de la route, il vit la première colline de Kigali. Il retrouvait le lieu de Gentille, là où il se sentait comme dans sa propre maison.

La ville était calme et vide. Seuls quelques véhicules militaires roulaient sagement sur le long boulevard de l'OUA. Aux principaux carrefours, quelques soldats disciplinés et polis faisaient le guet. L'interminable ruban de cadavres avait disparu. Là où auparavant s'exhibait la mort la plus impudique, on avait creusé de longues tranchées qui faisaient un ourlet ocre au bitume. Parfois, on distinguait une tache de couleur, une chemise, une robe, un fichu rouge que la chaux ne recouvrait pas complètement. Valcourt s'arrêtait devant chaque fosse, espérant ne reconnaître personne. Il marchait lentement, examinant les vêtements, scrutant la forme des corps, tentant de deviner les visages. La peur avait remplacé l'horreur. Mais c'était une peur contradictoire, ambiguë, qu'il ne parvenait pas à cerner. Tout ce qui lui restait de logique, de capacité d'analyse, tous les témoignages qu'il avait entendus, tout, absolument tout disait que Gentille était morte. Valcourt craignait en fait de ne pas connaître la mort de Gentille, car alors sa disparition se confondrait avec cent mille autres morts, comme une goutte d'eau dans une mer de drames sans noms et sans visages. Gentille méritait d'exister jusque dans sa mort, et Valcourt savait qu'il ne pourrait vivre s'il ne parvenait pas à écrire la mort de Gentille. Les assassins ne l'intéressaient pas, leurs noms importaient peu. Figurants obéissants, marionnettes ridicules, pauvres bougres floués par tout le monde. On ne pouvait faire leur procès, ni réclamer de punition, car devant les tribunaux de chez lui on les déclarerait incapables pour cause d'empoisonnement collectif de la pensée.

De l'hôtel il ne restait que le ficus, qui déployait sa luxuriante beauté tel un repoussoir pour la bêtise des hommes. Il avait croisé quelques soldats qui campaient dans le hall couvert de détritus. La piscine était vide. Les réfugiés de l'hôtel l'avaient bue. Ils avaient aussi mangé les quelques oiseaux de la volière, dont la porte battante grinçait au gré du vent. Il manquait quelques eucalyptus autour de la piscine, qu'on avait coupés pour faire bouillir l'eau, après avoir épuisé le bois des tables et celui du mobilier des chambres. Les corbeaux et les buses s'en accommodaient et se perchaient, toujours plus nombreux, sur les branches qui restaient. Les yeux de Valcourt parcouraient chaque centimètre du grand jardin maintenant désolé. Voilà, il était de retour chez lui, se disait-il. Il regardait sa maison vide, comme le veuf qui rentre seul après avoir enterré sa femme. La douleur et la tristesse s'étaient endormies. Valcourt ne ressentait ni colère, ni amertume, pas même de désespoir. Pire, il avait beau creuser en lui-même, il ne trouvait que le vide. Un vide absolu. Gentille avait donné un sens à ce paysage. C'était à son tour de tenter de lui en donner un.

Zozo le regardait, et ce n'était ni un rêve ni un mirage. Seules ses lèvres souriaient. Ses immenses yeux noirs regardaient Valcourt avec la tristesse désolante des chiens battus. Pourquoi, pourquoi Valcourt était-il revenu? Pour retracer le chemin de Gentille depuis le moment où un sergent de la garde présidentielle l'avait séparée de lui.

— Monsieur Bernard, je ne sais rien. Je sais seulement qu'elle est morte.

Valcourt le savait déjà, il ne s'était jamais fait d'illusion. Mais il ne rentrerait au Canada qu'après avoir tout appris sur la mort de Gentille.

Il s'enquit des amis. Il connaissait la réponse, mais il le faisait par respect pour leur mémoire. Il fallait bien que lui, le vivant, entende chacun des prénoms et le mot « mort » lui être accolé. Il disait un nom, Zozo répondait « mort ». Ils célébrèrent ainsi les funérailles d'une trentaine de personnes, dont toutes les filles de madame Agathe. Victor ?

— Victor, dit Zozo en riant, il aimerait bien avoir des clients dans son restaurant.

Victor étreignit Valcourt. Il le retint de longues secondes sur sa large poitrine, comme si c'eût été Valcourt le survivant, et non pas lui. Puis il posa les deux mains sur ses épaules, qu'il serra presque brutalement, et dit :

— Tu es un homme, Valcourt. Ils ne sont pas nombreux ceux qui ont le courage de revenir sur leurs traces jusque dans les coins les plus sombres de leur vie.

— Elle est morte, n'est-ce pas ? Tu sais comment, tu sais qui ?

— Oui, elle est morte, la mère d'Émérita me l'a dit, mais je ne sais pas comment.

— Et le sergent ?

— Je ne le sais pas. Viens manger. Tu m'excuseras, mais je n'ai pas de poisson ni de bière. Mais j'ai des œufs, des haricots, des tomates et du champagne sudafricain.

Victor raconta ses opérations de sauvetage comme on raconte des aventures de camping ou une partie de pêche. Il riait de chacune des difficultés qu'il avait surmontées et se moquait de ses craintes. Il protesta vigoureusement quand Valcourt louangea son courage. Somme toute, il n'avait fait que ce que tout homme muni d'un peu d'argent aurait fait à sa place. À Zozo, qui s'extasiait aussi, Victor répondit sobrement qu'il n'était pas un héros mais un chrétien. « Tu vas m'aider à découvrir ce qui est arrivé à Gentille ? » demanda Valcourt. Victor acquiesça en détournant les yeux.

Une bouteille de champagne à la main, Valcourt monta à la chambre 312. Le lit n'y était plus. Il s'allongea sur le balcon pour écouter le silence que froissaient à peine de rares aboiements. Nul cri, nul rire, aucun son humain, sinon parfois celui d'un moteur. Une averse et un vent chaud enveloppèrent la ville. Les oiseaux baissèrent la tête et refermèrent encore plus leurs ailes. Valcourt se colla contre le mur.

Le lendemain matin, il monta à Rundo, qu'on surnommait déjà la ville des veuves et des orphelins. Sur deux cents hommes, une cinquantaine avait survécu, dont la majorité avait fui vers le Zaïre, car c'étaient les assassins qui avaient fait toutes ces veuves et tous ces orphelins. Six cents. Les veuves hutues et tutsies s'étaient réunies et avaient décidé de se répartir les enfants abandonnés. Marie en avait recueilli trois, dont deux garçons qu'elle montrait à Valcourt. Leur père, un voisin et un bon ami, avait tué son mari. « Ils étaient très amis avec mon plus vieux... et les enfants ne sont pas responsables de nos crimes. » Il lui donna un peu d'argent. Elle lui demanda de trouver de l'aide pour reconstruire l'école. Comme Victor et Zozo, Marie lui dit que Gentille était morte, mais elle ne savait ni où, ni comment. Il repartit pour Kigali.

Valcourt avait trouvé, dans le fouillis de l'hôtel abandonné, un matelas à peu près intact et quelques couvertures qu'il transporta sous le ficus. Dans son ancienne chambre traînaient par terre des vêtements qui lui avaient appartenu. Il les souleva et découvrit les *Essais* de Camus, l'autre livre qui, avec Éluard, formait toute sa bibliothèque. Les premières pages de l'édition de La Pléiade avaient été arrachées, probablement parce que le papier bible faisait du bon papier cul. Il sourit à cette pensée. Le livre débutait maintenant à la page 49 : « Ce n'est plus d'être heureux que je souhaite maintenant, mais seulement d'être conscient*. »

Zozo arriva pendant qu'il lisait. Il apportait dans une petite gamelle une soupe piquante, un poulet rôti et deux bouteilles de champagne. Zozo raconta la mort de toute sa famille. Il connaissait les blessures de chacun et le nom de tous les assassins. Une cousine avait survécu. Il l'avait aidée et ils allaient se marier dans sa paroisse natale de Nyamata. Un autre petit miracle, disait Zozo. Lui, Béatrice, sa future femme, Victor et plusieurs autres qui avaient été sauvés par des Hutus. Valcourt revit le toit de l'église percée de mille étoiles meurtrières.

— Je resterai jusqu'à ton mariage.

— Il ne faut pas… Victor m'a demandé de vous donner ça. On le lui a remis l'autre jour, juste après votre départ.

C'était un cahier d'écolier, comme Valcourt en avait eu un au primaire, il y avait près de cinquante ans. Une cou-

---

* Albert Camus, *L'Envers et l'Endroit.*

verture bleue, une cinquantaine de pages avec un trait rose pour indiquer la marge et de fines lignes bleues. Sur les trois lignes du bas, un titre : « Histoire de Gentille après son mariage ». Les mots s'alignaient sagement comme une fine dentelle, faite de boucles élancées et de courbes régulières. Il reconnaissait cette écriture. C'était celle de sa mère et de ses quatre sœurs, cette graphie éthérée et fragile qu'enseignaient les religieuses québécoises et qui était devenue celle de toutes les jeunes Rwandaises qui, comme Gentille, avaient fréquenté l'École de service social de Butare. Il pouvait imaginer les étoiles brillantes, rouges, vertes ou bleues, et les chérubins rosés et blonds que les sœurs collaient pour souligner la qualité du travail. Pour écrire aussi gracieusement, il fallait s'exécuter patiemment, la tête légèrement penchée, dans une forme de recueillement devant les mots qu'on traçait.

14

11 avril

Je ne sais pas à qui j'écris, mais je sais pourquoi. Hier, je me suis mariée avec un homme que j'aime comme jamais je n'avais pensé qu'on puisse aimer. Aujourd'hui, je suis enfermée dans une petite pièce de la maison du sergent Modeste. J'écris pour raconter la mort (car je vais mourir) d'une jeune femme ordinaire. Je n'ai pas d'idées politiques, je ne suis d'aucun parti. Je ne me connais pas d'ennemis, sauf peut-être les nombreux hommes auxquels j'ai dit non. J'ai le corps long des Tutsis et la détermination paysanne des Hutus. Je me regarde et je sais que je fais un heureux mélange. Et si tous les sangs qui s'entrecroisent dans mes veines ne me font pas de maladies, c'est peut-être qu'ils peuvent s'entendre. Je ne suis l'ennemie de personne. Je suis Gentille, fille de Jean-Damascène, un homme généreux et droit. Je suis la femme de Bernard

Valcourt qui m'a appris l'amour en même temps que les mots de l'amour, et je suis la mère adoptive d'Émérita. Je ne reverrai jamais mon mari, je le sais. Il me reste pour supporter ce qui vient la respiration de ma fille qui dort dans mes bras et des mots que je lis sans arrêt et que je transcris ici pour mieux expliquer.

> *Je suis fille d'un lac*
> *Qui ne s'est pas terni*
> *... Je ris des viols absurdes*
> *Je suis toujours en fleur* *

12 avril

Hier, Modeste est venu après que sa famille s'est endormie. Sa femme est jalouse. Il voulait me protéger, disait-il. Une femme tutsie arrêtée dans son secteur avait été violée par une dizaine de ses soldats. Puis ils avaient fait pire encore. L'anus perforé avec un gourdin, les mamelons coupés. Modeste ne veut pas que cela m'arrive, c'est pour cette raison qu'il me garde ici même si sa femme est jalouse et lui fait des ennuis. Mais je pourrais être gentille pour le remercier. Il ne sait même pas que c'est mon nom. Je ne veux pas être violée, je ne veux pas souffrir. J'ai ouvert les jambes. Il n'a même pas voulu que je me déshabille. Il est entré en moi sans dire un mot et a fait son affaire. Je sais qu'il va revenir demain et j'ouvrirai de nouveau les jambes sans protester, pour ne pas qu'il me batte, pour que je puisse rester ici. Car ici, je suis à l'abri.

---

* Paul Éluard, *Le dur désir de durer.*

13 avril

Il est revenu avant la fin de la matinée avec d'autres histoires d'horreur. Il n'est pas laid, il a un beau corps. Il me veut tout de suite. Ce sera un autre viol, je le sais, mais pourquoi il n'y aurait qu'humiliation et soumission ? Je voulais le caresser comme Valcourt m'avait appris à le faire, non pas pour le caresser lui, mais pour fermer les yeux et m'inventer des souvenirs du bout des doigts. Il m'a traitée de putain et, même si j'étais toute nue, il ne m'a même pas regardée. Si quelqu'un, un jour, lit ces lignes, on ne comprendra sûrement pas pourquoi une femme violée souhaite en retirer du plaisir. Je n'ai pas le choix. Chaque fois qu'il apparaît, je sais. Je ne peux pas me battre, je ne peux pas me défendre. Je ne veux pas qu'il me force, qu'il me déchire. Mais je sais qu'il va planter son sexe. Puisque je vais mourir, j'aimerais bien que mon violeur me rappelle mon mari et me donne du plaisir. Je sais que c'est ridicule. Cette fois, il a pris plus de temps et m'a tripoté les seins et les fesses. Pas un souvenir n'est revenu. J'ai honte de ne pas vouloir résister, mais je veux vivre encore.

14 avril

Sa femme est venue. Elle est encore plus mince que moi, on dirait une Tutsie. Elle est très jalouse. Je veux lui voler son mari, qu'elle me dit, et elle ne se laissera pas faire. Elle était accompagnée de ses deux frères. Ils m'ont fait mal. Je saignais de partout quand ils ont eu terminé avec moi. Émérita hurlait. Modeste dans la nuit est venu pour me prendre. Il a vu le sang et est reparti sans rien dire. Un viol de moins. Il a dû croire que j'avais mes menstruations.

15 avril

Bernard, pourquoi m'avoir fait découvrir que le corps était un jardin mystérieux et secret qu'on parcourt infiniment sans jamais trouver ni le commencement ni la fin? Pourquoi m'as-tu enseigné le désir et aussi l'extase d'inventer la jouissance de l'autre? Il y a quelques jours, j'étais mille lieux de plaisir, mille notes de musique que tes doigts, tes lèvres, ta langue transformaient en cantique. Aujourd'hui, je ne suis que deux petits trous sales et puants qu'on s'obstine à élargir. Pour eux, je suis sans yeux, sans seins, sans cuisses. Je ne possède ni joues ni oreilles. Et, j'en suis certaine, ils ne ressentent même pas de plaisir. Ils se vident, ils se soulagent comme on urine ou on c… (je ne peux pas écrire ce mot) en transpirant, parce qu'on s'est longtemps retenu. Et surtout, pourquoi m'as-tu appris le pur plaisir, celui qui nous transporte dans un monde qui ne doit rien à l'amour ou au désir, dans un monde de pure chimie, de cellules qui se dilatent et qui explosent, un univers d'odeurs âcres, de peaux qui se frottent, de sueurs qui collent aux cheveux, de mamelons qui pointent et frissonnent tant le sang bouillonne? Bernard, je te l'avoue, j'aime le sexe, le « cul » comme tu dis quand tu joues à l'homme détaché. Chaque fois que la porte s'ouvre et que Modeste apparaît, il m'enfourche comme une botte de foin. Je ne suis plus humaine. Je n'ai plus de nom, encore moins d'âme. Je suis une chose, même pas un chien qu'on flatte ou une chèvre qu'on protège et puis qu'on mange avec appétit. Je suis un vagin. Je suis un trou. Éluard, cher Éluard, heureusement que je t'ai pour savoir que je ne suis pas seule et pour dire ce que je vis.

16 avril

Modeste m'a demandé pourquoi tous les Tutsis se pensaient supérieurs aux Hutus et pourquoi ils voulaient les éliminer de la terre. Personne ne croit que je suis hutue. Je ne sais pas quoi répondre à ces questions imbéciles. Il m'a expliqué qu'il n'aimait pas tuer mais qu'il n'avait pas le choix. Ou il tuait les ennemis et leurs amis, ou il serait tué. Voilà, c'est simple dans son esprit. Il a peur de mourir, alors il tue, il tue pour vivre. Il a beaucoup tué aujourd'hui. Il semble satisfait de son travail. Avec des miliciens, il a fait une rafle à l'église de la Sainte-Famille. Malgré les curés qui protestaient, ils ont éliminé une trentaine de cafards. C'est ainsi qu'il les nomme. Il ne dit jamais « Tutsi ». Il m'a demandé si je saignais encore, je lui ai dit oui. Il ne veut pas d'un trou qui saigne. J'ai eu envie de lui dire que j'avais des seins, des mains et une bouche qui pourraient lui donner autant de plaisir que mon petit trou sanglant. Je ne l'ai pas fait. Mais je sais que je vais le faire. Il faut que je prenne du plaisir à mourir. Plus tard, sa femme est venue. Elle n'est pas méchante. L'enfant ne peut vivre ici, m'a-t-elle dit. Sa sœur, qui est stérile et malheureuse, s'occupera d'Émérita. La petite est partie après m'avoir fait une bise sur la joue. Je touche ma joue comme pour la retrouver. Je n'ai plus de mari, je n'ai plus d'enfant.

Nous n'avons rien semé qui n'est pas ravagé

17 avril

Dimanche, cela fait une semaine que je suis mariée. Il semble qu'on ne tue pas le dimanche. La maison était pleine de parents et d'amis qui causaient joyeusement.

J'entendais les voisins qui riaient et s'interpellaient de maison en maison. Modeste est venu, l'air un peu penaud. Sa femme croit qu'il est amoureux de moi et il faut lui prouver le contraire, et puis il y a aussi des miliciens qui disent qu'il protège une putain tutsie et se la garde pour lui. Il doit leur prouver le contraire à eux aussi. Il a ouvert la porte et ils sont tous entrés, sa femme la première, qui m'a craché au visage. Ils ne m'ont même pas demandé de me dévêtir. Ils savent que je suis belle, mais cela ne les intéresse pas. Ils ne veulent pas regarder, ils veulent percer. Le premier était énorme et complètement soûl. Il m'a soulevée d'un seul bras et m'a couchée sur la petite table, pour que mes jambes pendent et qu'il puisse rester debout, sans jamais se pencher sur moi. « Elles sont sales, les Tutsies, il faut les laver. » Et il a fait pénétrer sa bouteille de bière dans mon vagin, ce qui a provoqué un immense éclat de rire. J'ai arrêté de compter à dix. Je regardais Modeste qui regardait. Aucun n'a baissé son pantalon, personne ne m'a touchée, mais tous, ils me regardaient pendant qu'ils s'escrimaient et forçaient et éjaculaient. Modeste s'est présenté le dernier. Il ne pouvait pas bander. Tout le monde a ri de lui. Je suis fatiguée et je suis maintenant certaine que je vais mourir.

18 avril
Modeste est entré avec une tasse de café et un morceau de pain. Il s'est excusé, mais il fallait que je le comprenne. S'il ne m'avait pas donnée, des choses pires auraient pu m'arriver. Il m'a sauvé la vie et il veut que je lui soit reconnaissante. Des choses pires ? Oui, par exemple avoir les seins coupés à la machette, le front fendu, les mains sec-

tionnées, et être laissée là comme on a fait avec toutes les autres. Comme il a fait avec tous les autres, tous les ennemis. Je suis vivante et il voulait que je lui dise merci. Dans quelques jours, tous les Tutsis seront morts. Alors je lui ai dit que j'étais encore plus morte que les cadavres, que je sentais ma mort puante qui sortait de mes entrailles par tous mes pores. Je crois que j'ai élevé la voix et il m'a frappée.

Doux avenir, cet œil crevé c'est moi
Ce ventre ouvert et ces nerfs en lambeaux
C'est moi, sujet des vers et des corbeaux*

19 avril
Je suis en terre au lieu d'être sur terre*

Bernard, je te parle et je te vois m'écouter. Je sais que tu ne m'en veux pas d'avoir cherché le plaisir dans la douleur. Mais je n'arrive pas à les guider vers les chemins que tu m'as fait découvrir. Ils ne m'entendent pas. Je ne parle pas leur langue. Je ne vis pas sur la même planète. Je sais qu'ils me tueront quand je puerai de toutes les odeurs de leurs sexes pourris. Si je ne peux tirer aucun plaisir de cette lente marche vers la mort, aussi bien fuir dans le soleil et mourir d'un seul coup de machette. Dans quelques minutes, je vais partir de cette maison avec ce cahier et Éluard, plus libre que je n'ai jamais pensé l'être, car maintenant, Bernard, je suis morte.

---

* Paul Éluard, *Le temps déborde.*

Nous ne vieillirons pas ensemble
Voici le jour
En trop : le temps déborde
*Mon amour si léger prend le poids d'un supplice**

* * *

Gentille sortit du réduit où on l'avait confinée pour découvrir la maison vide.

Après avoir marché quelques minutes dans le quartier de Sodoma où vivait Modeste, Gentille vit une barrière tenue par quelques miliciens hilares. Elle n'avait plus la force de marcher. Elle s'assit au milieu de la route de terre, puis s'allongea, remontant sa robe et écartant les jambes pour accueillir la dernière honte. C'est là qu'elle mourrait. Mais Gentille n'avait plus cette beauté qui, dix jours auparavant, avait rendu les hommes fous de désir. Elle n'était plus qu'une bête tuméfiée. Les deux miliciens qui s'avancèrent la regardèrent avec dégoût. Le plus jeune, qui ne devait pas avoir plus de seize ans, se pencha et déchira son chemisier, puis arracha son soutien-gorge. Seuls ses seins avaient été épargnés. Ils se dressaient, pointus et fermes, comme une accusation et une contradiction. Le jeune garçon donna deux rapides coups de machette et les seins de Gentille s'ouvrirent comme des grenades rouges. Ils la

---

* Paul Éluard, *Le temps déborde.*

272

traînèrent et la laissèrent le long de la route. La mère d'Émérita, qui n'avait pas cessé de faire marcher son bordel à quelques mètres de là, l'entendit agoniser dans les grandes herbes et la porta jusque dans une des petites chambres au crépi vert. Dans une autre chambre, la matrone cachait le docteur Jean-Marie, qui s'occupait avec respect et affection de toutes les filles du quartier. C'était un bon Tutsi. Avec les quelques pansements qui lui restaient et du fil ordinaire, le médecin tenta de réparer les dégâts, mais il ne donnait à Gentille que peu de temps à vivre. La fièvre la faisait frissonner, elle était secouée par une toux terrible et il ne lui restait plus que des aspirines. La mère d'Émérita lut le nom de Valcourt sur la page de garde des *Œuvres* de Paul Éluard. Elle déchira le feuillet, le mit dans une enveloppe et envoya un des jeunes miliciens de la barrière chercher Victor, l'ami de Valcourt. Gentille et Victor eurent une longue conversation et elle lui remit le cahier rose. Il s'agenouilla, il pria longuement au chevet de la jeune femme et rentra au Mille-Collines. Gentille était morte.

15

Plus tard dans la soirée, Valcourt descendit chez Victor
en compagnie de Zozo. De la bière était arrivée d'Ouganda
et du bœuf. Les exilés de 1963 et de 1972 ou leurs enfants
revenaient en masse. Les plus riches arrivaient à bord de
camions pleins de denrées et s'installaient dans les commerces abandonnés, sans se soucier d'un éventuel retour
de leurs propriétaires. Quant aux paysans, pasteurs tradi-
tionnels, ils revenaient avec leurs troupeaux qui rava-
geaient les quelques champs qui n'avaient pas été récoltés.
Tous ces gens parlaient anglais et se com-portaient comme
s'ils n'avaient jamais quitté le pays, qui de nouveau leur
appartenait. Il y avait de la place. La BBC disait qu'ils
étaient près de deux millions de Hutus à avoir fui l'avance
fulgurante des troupes tutsies jus-qu'au Zaïre. Cinq cent
mille en Tanzanie, et l'on évaluait le nombre de morts
à près d'un million. La moitié des habitants du pays

avait disparu, morte ou exilée. Deux mois pour vider un pays.

Victor avait invité tous les rescapés qu'il connaissait. Tous ces gens avaient été sauvés par des Hutus qui n'avaient pas hésité à courir les pires dangers pour les cacher. Il souhaitait que Valcourt recueille ces témoignages et en fasse un film, un livre ou des articles. Il ne fallait pas oublier le génocide, lui expliqua le restaurateur, mais il ne fallait pas non plus transformer tous les Hutus en démons. Un jour, on devrait bien réapprendre à vivre ensemble. Jusqu'au milieu de la nuit, ils racontèrent leur histoire, pendant que Valcourt prenait des notes et que les invités silencieux engouffraient le bœuf et la bière d'Ouganda.

Puis, quand ils furent seuls, Valcourt demanda à Victor s'il avait vu le cadavre de Gentille, s'il savait où et comment elle était morte, et qui l'avait tuée.

— C'est la mère d'Émérita qui a vu son cadavre et qui a retrouvé le cahier. C'est tout ce que je sais. Pourquoi veux-tu en apprendre plus ?

— Les morts ont le droit de vivre, Victor.

Il devait terminer le cahier interrompu, remplir de mots les dernières pages vierges, reconstruire les dernières heures, les derniers jours.

— Victor, il faut que je retrouve Modeste, sa femme, sa famille, les miliciens de la barrière. Tu veux m'aider ? Et il faut que je retrouve la petite aussi.

— Tu veux te venger ?

Valcourt haussa les épaules, presque en souriant.

— Non, pas du tout. Me venger de qui ? De Modeste ? C'est le travail de la police et des tribunaux, quand il y en aura. Est-il seulement coupable ? Me venger de l'Histoire, des curés belges qui ont semé ici les graines d'une sorte de nazisme tropical, de la France, du Canada, des Nations unies, qui ont laissé sans dire un mot des nègres tuer d'autres nègres? Ce sont eux, les véritables assassins, mais ils ne sont pas à ma portée. Non, je veux seulement savoir, et puis raconter.

Il inspecta de fond en comble la maison déserte de Modeste et ne trouva qu'un fichu rouge, peut-être celui que Gentille portait le matin du 11 avril. Les voisins aussi avaient fui, et les voisins des voisins. La mère d'Émérita répéta mot pour mot la version de Victor. Elle croyait que Modeste et sa famille avaient pris la direction de Ruhengeri, puis probablement de Goma, au Zaïre, où s'étaient réfugiés les militaires et les dirigeants du gouvernement. Les environs de Goma étaient devenus un immense dépotoir d'humanité hagarde et souffrante. Les militaires et les miliciens, qui avaient entraîné une grande partie de la population dans leur retraite, régnaient sur une nouvelle république, celle du choléra et de la tuberculose. Ils avaient déjà recréé leur ancien monde. Ils rançonnaient les organisations humanitaires, extorquaient, violaient, tuaient. Le pouvoir qu'ils avaient perdu dans leur pays, ils l'exerçaient maintenant sur ces centaines de milliers de réfugiés qui croupissaient dans la fange de leurs excréments. Une centaine de dollars, distribués à quelques intermédiaires, menèrent Valcourt jusqu'à Modeste, qui avait été promu lieutenant par le gouvernement en exil et qui contrôlait le commerce de la bière en provenance de Kisangani. Il ne se souvenait pas de lui. C'était un bel homme qui vous regardait droit dans les yeux et qui parlait sans jamais élever la voix. Pourquoi s'intéresser à la disparition d'une seule personne, alors que tout le peuple hutu allait être éliminé par un complot anglo-saxon et protestant ? Et cela parce que tous les Blancs sauf les Français haïssaient les Hutus. Heureusement, d'ailleurs, que les Français étaient intervenus pour les sauver de l'extermination et leur permettre de se réfugier ici et de préparer leur retour victorieux. La propagande est aussi puissante que l'héroïne : elle dissout subtilement tout ce qui pense. Valcourt parlait à un héroïnomane de la parole hutue. Modeste ne connaissait pas cette Gentille et ne se rappelait pas avoir intercepté un convoi de l'ONU, le long du boulevard de l'OUA. Des femmes, de belles femmes, il en venait chez lui tous les jours pour chercher sa protection ou du plaisir. Tout le quartier de Sodoma connaissait sa vigueur sexuelle. Valcourt sortit un cahier à couverture rose du sac qu'il portait en bandoulière. « Aujourd'hui, je suis enfermée dans une petite pièce de la maison du sergent Modeste. » Il poursuivit la lecture à voix basse, mais en pesant sur chaque mot et en laissant se déployer comme des ombres de longs silences, pendant lesquels il fixait de ses yeux fatigués ceux de Modeste. Il lut ainsi, quelques minutes, comme un greffier égrène sans émotion aucune les détails d'un acte d'accusation particulièrement horrible. « Il m'a demandé si je saignais encore, je lui ai dit oui. Il ne veut pas d'un trou qui saigne. » Le lieutenant ne broncha pas. Il ouvrit une autre bière, la troisième, et il cracha sur Valcourt.

— Je ne sais pas si elle est morte, ta femme, mais si elle l'est, remercie le ciel et les Hutus. Ta femme, c'était une putain, comme toutes les Tutsies, la pire que j'aie jamais rencontrée, la plus vicieuse. Tu imagines. Jamais elle n'a dit non, jamais elle n'a résisté. Ce n'était qu'une putain.

— Elle ne voulait pas souffrir.

Valcourt s'installa chez Victor pendant que les ouvriers refaisaient une beauté à l'hôtel. Ses amis le surveillaient, craignant que la douleur ne le porte à des excès. Oui, il buvait un peu plus, mais c'était surtout parce que, quand on est seul, on ingurgite plus de liquide. Zozo était rassuré : il avait fait son deuil. Il travaillait consciencieusement. Il aidait les journalistes, ignorants comme des tortues, qui venaient passer quelques jours à Kigali. La ville s'offrait comme un gigantesque cadavre. Chaque rue possédait sa fosse commune, que des travailleurs masqués fouillaient pendant que les caméras tournaient. Valcourt guidait les journalistes de fosse en fosse. Il verrait peut-être le long cou gracile, ou la robe de mariée qu'elle tenait sous le bras, les *Œuvres complètes* de Paul Éluard, sa jupe bleue. Quand il rentrait chez Victor, il s'installait tout au fond du restaurant et relisait sans cesse ses notes, comme un détective désemparé qui ne possède ni cadavre, ni témoins, ni suspects, mais qui sait que reposent tout près, à portée de la main peut-être, une dépouille et des meurtriers. Il s'endormait parfois sur la table, plus de fatigue mentale que d'excès de bière, jusqu'à ce que Victor le soulève et le transporte chez lui.

— Tu devrais partir, mon ami, au moins pour quelque temps.

— Non, mon ami, pas avant de savoir.

Pourquoi tenait-il autant à écrire la fin de Gentille ? Il ne le savait plus vraiment, mais il s'en était fait un devoir, une obligation, un engagement. Donc, il continuait, un peu comme un somnambule ou un aveugle qui avance lentement dans la nuit. Il n'était pas désespéré, ni amer. Il portait sa tristesse comme un vêtement léger et transparent, et rassurait ses interlocuteurs sur la beauté et la générosité de la vie qui dépassaient largement l'horreur dont on faisait aujourd'hui le bilan. Les nouveaux dirigeants tutsis, si bien éduqués et organisés, l'effrayaient. Il voyait s'installer un nouvel ordre martial et arbitraire, qui ressemblait beaucoup à une dictature dans son enfance. La vie ne l'avait jamais trahi. Les hommes, oui, qui trahissaient si souvent la vie. Mais avec Gentille et avant elle, avec Hélène et Louise et Nicole, avec chaque femme, il avait signé un pacte avec la vie. Chaque fois, il était mort un peu, chaque fois, on lui avait redonné la vie. Gentille avait constitué son dernier contrat avec la vie. Peu d'hommes peuvent se vanter d'avoir vécu quatre fois, même une seule fois, alors qu'ils se croyaient mort. La tristesse et la solitude ne le rongeaient pas. Elles l'habitaient paisiblement. Et puis, durant toutes ces semaines de bonheur, il n'avait vécu qu'avec une seule certitude : Gentille serait emportée par la logique de l'extermination qui s'annonçait. Elle mourrait ou le quitterait un jour normalement, parce que c'était écrit. Pourquoi ne l'avait-il pas sortie de là quand il était encore temps ? Parce qu'elle ne voulait pas démissionner, parce que, jusqu'à la dernière heure, un peu comme lui, elle avait cru que toutes les prophéties, toutes les analyses, tous les signes qui venaient des hommes étaient faux, et que ses frères et ses sœurs ne tueraient pas ses frères et ses sœurs. Si l'on veut continuer à vivre, pensait Valcourt en longeant le marché qui reprenait ses anciennes couleurs, il faut croire à des choses aussi simples et évidentes : frères, sœurs, amis, voisins, espoir, respect, solidarité.

Les joyeux cris des marchands avaient recommencé à fuser des étals. Valcourt ne reconnut aucune des vendeuses de tomates, ni aucun des vendeurs de pommes de terre. En fait, il ne connaissait presque plus personne dans cette ville peuplée maintenant d'étrangers venus de l'Ouganda ou du Burundi qui lui demandaient parfois leur chemin. Ce jour-là, Valcourt accompagnait une équipe de la télévision allemande qui voulait faire un quart d'heure *human interest* sur la vie après le génocide. Là où mille personnes se bousculaient, criaient et s'engueulaient il y a trois mois, une centaine peut-être, marchands et clients confondus, s'affairaient. Aux étals de boucherie, on trouvait plus de bœuf que de chèvre ou de poulet. Personne n'occupait le grand comptoir magique sur lequel s'étalaient comme des fleurs explosives les petits pots de safran doré et de piment moulu. Juste derrière, on aurait dû voir les vendeurs de tabac, et au bout de la ligne, le visage anguleux de Cyprien, ses omoplates creuses et ses yeux fiévreux. Les Allemands en avaient assez de ces traditionnelles images de marché africain ; Valcourt aussi, de ses souvenirs. Dans l'éclair d'un rayon de soleil, Valcourt vit la couverture blanche d'un livre, percée au centre d'une photo. Une vendeuse de tabac, la tête couverte d'un large chapeau de paille, lisait les *Œuvres complètes* de Paul Éluard. En s'approchant d'elle, il reconnut la nuque, puis en se penchant vers elle, les mains qui tenaient le livre.

— Gentille.

— Oui.

Elle ferma le livre et le déposa sur les feuilles de tabac. Il s'accroupit devant elle, mit ses mains sur ses épaules en l'attirant doucement vers lui. Elle eut un sursaut qui faisait penser à un réflexe de peur. Il retira ses mains et lui demanda doucement de le regarder. Elle baissa la tête encore plus.

— Gentille, parle-moi. J'ai lu le cahier, je t'aime. Rien n'a changé… Tu savais… tu savais que j'étais revenu… mais pourquoi, mon Dieu… Viens. Nous allons partir, viens…

La voix de Gentille n'était même pas un filet, un souffle peut-être, interrompu par une toux grasse.

— Non, non. Mon chéri, si tu m'aimes comme tu le dis, et je te crois, je te crois, tu vas partir. Je ne suis plus celle que tu as aimée et que tu penses aimer encore. Valcourt, je ne suis plus une femme. Tu ne sens pas les odeurs de la maladie ? Valcourt, je n'ai plus de seins. Ma peau est sèche et tendue comme celle d'un vieux tambour. Je ne vois plus d'un œil. J'ai probablement le sida, Bernard. Ma bouche s'emplit de champignons qui m'empêchent parfois de manger et, quand j'y parviens, mon estomac ne retient rien. Je ne suis plus une femme. Comprends-tu ce qu'ils m'ont fait ? Je ne suis plus humaine. Je suis un corps qui se décompose, une chose laide que je ne veux pas que tu voies. Et si je partais avec toi, je serais encore plus triste, car je verrais dans tes yeux fuyants que tu n'aimes que mon souvenir. Bernard, je t'en supplie, si tu m'aimes, va-t'en. Pars maintenant et quitte le pays. Je suis morte.

Elle passa un doigt sur sa main et s'excusa de l'avoir touché. « Pars, mon amour. »

Valcourt obéit sans dire un seul mot et entra une deuxième fois dans le deuil. Celui-ci, il ne savait s'il serait capable de le supporter. Il rentra chez Victor et but énormément.

Victor, soulagé d'être libéré du mensonge pour lequel il demandait pardon chaque jour, lui raconta comment Gentille avait réuni tous ses amis et leur avait fait prêter serment sur la Bible. Puisqu'elle avait cessé d'« être femme », c'étaient ses mots, Valcourt ne devait pas savoir qu'elle vivait encore. Depuis, ils se relayaient pour la conduire du bordel de la mère d'Émérita, qui l'avait recueillie, jusqu'au marché. Tous les jours, sauf le dimanche, qu'elle passait à lire Éluard, transcrivant les plus beaux vers dans un autre cahier d'écolière.

Ils étaient tous là, Victor, Zozo, Stratton, le docteur Jean-Marie, la mère d'Émérita. Bernard les remercia d'avoir respecté la volonté de Gentille. Il leur demanda maintenant de respecter la sienne.

Le lendemain matin, Victor dit à Gentille que Bernard était parti le matin même pour Bruxelles, puis pour Montréal. Elle remercia Dieu.

Tous les jours, Valcourt se rendait au bureau du procureur et assistait aux interrogatoires, espérant découvrir ceux qui avaient ordonné que Gentille et des milliers d'autres femmes soient reléguées dans le purgatoire des morts vivants. Chaque fois, en sortant, il fumait une cigarette, debout sur la plus haute marche. En contrebas, à une trentaine de mètres, le soleil faisait de curieux reflets sur un livre à la couverture blanche et sur un chapeau de paille dorée.

Six mois plus tard, une pneumonie foudroyante emporta Gentille en quelques jours. Elle est enterrée sous le grand ficus qui fait de l'ombre à la piscine de l'hôtel.

Bernard Valcourt habite toujours Kigali, où il travaille avec un groupe qui défend les droits des accusés de génocide. Récemment, le gouvernement, maintenant dominé par les Tutsis, l'a menacé d'expulsion. Quand, un peu soûls et perdus, des journalistes étrangers lui demandent d'expliquer le Rwanda, il leur raconte l'histoire de Kawa. Il vit avec une Suédoise, une femme médecin de son âge qui travaille pour la Croix-Rouge. Ils ont adopté une petite fille hutue, dont les parents ont été condamnés à mort pour participation au génocide. Elle s'appelle Gentille. Valcourt est heureux.

MISE EN PAGES ET TYPOGRAPHIE :
LES ÉDITIONS DU BORÉAL

CE DEUXIÈME TIRAGE A ÉTÉ ACHEVÉ D'IMPRIMER EN NOVEMBRE 2000
SUR LES PRESSES DE L'IMPRIMERIE AGMV MARQUIS
À CAP-SAINT-IGNACE (QUÉBEC).